Andrea Camilleri

ROMEO UND JULIA IN VIGATA

Aus dem Italienischen
von Annette Kopetzki

Nagel & Kimche

Titel der Originalausgabe: *La regina di Pomerania*

1 2 3 4 5 19 18 17 16 15

Herstellung: Andrea Mogwitz und Rainald Schwarz
Satz: Satz für Satz. Barbara Reischmann
Druck und Bindung: GGP Media GmbH
ISBN 978-3-312-00647-2
Printed in Germany

N&K

ROMEO UND JULIA
IN VIGATA

ROMEO UND JULIA

Eins

Als man in der Mitte des Jahres Achtzehnhundertneunundneunzig angelangt war, gab es auf der ganzen Welt keine Zeitung oder Illustrierte, die nicht in den höchsten Tönen vom neuen Jahrhundert gesprochen hätte. Die kommenden Jahre der Zivilisation und des Fortschritts, des Friedens und Wohlstands, die technische Umsetzung großer wissenschaftlicher Entdeckungen, vom elektrischen Licht, das Straßen taghell erleuchten würde, bis zu dieser besonderen Kutsche mit Motor, Automobil genannt, die es auf die irrsinnige Geschwindigkeit von dreißig Kilometern in der Stunde brachte. Einige behaupteten sogar, dass an einer Maschine gearbeitet werde, die den Menschen durch die Luft fliegen lasse wie einen Vogel.

Die Zeitungen berichteten auch von den großen Feiern, die von Paris bis Neujork vorbereitet wurden, und vom Ball Excelsior in der Mailänder Scala, dem grandiosesten Empfang für das neue, das moderne Jahrhundert, in dem sich das Leben aller Menschen ändern sollte. Zum Besseren natürlich.

«Und wir hier in Vigata machen gar nichts?», war die Frage, die schon bald im Städtchen umging.

Darum erhielt der Bürgermeister Pasquali Butera, als er auf der Oktobersitzung des Gemeinderats von Vigata den «Großen Maskenball der Silvesternacht zur Begrüßung des neuen Jahrhunderts» vorschlug, sofort die begeisterte Zustimmung aller Ratsmitglieder.

Man beschloss, für den Ball, der von zehn Uhr abends bis drei Uhr morgens dauern sollte, das Teatro Mezzano zu mieten. Die Teilnehmer würden in den Logen Platz nehmen, das Orchester auf der Bühne spielen und die Tänze im Parkett stattfinden, aus dem die Sessel entfernt waren.

Einen solchen Ball hatte es seit Menschengedenken in Vigata nicht gegeben.

Natürlich wurde bei Hochzeiten oder Verlobungen getanzt, doch das waren immer private Feiern mit eingeladenen Gästen, keine öffentliche Veranstaltung, an der jeder teilnehmen konnte, der wollte.

Der Bürgermeister Butera ließ ein Plakat anfertigen, auf dem geschrieben stand, wer mitmachen wolle, müsse dies «aus Gründen der öffentlichen Ordnung» dem zuständigen Angestellten der Gemeinde spätestens bis zum 30. des Monats zwölf Uhr mittags bekanntgeben.

Wer diese Mitteilung nicht rechtzeitig mache, werde nicht zugelassen. Ebenso werde nicht zugelassen, ob Mann oder Frau, wer nicht maskiert sei.

Im Verein stieß die schöne Idee des Bürgermeisters nicht auf so große Begeisterung wie im Gemeinderat. Ja, es gab sogar entschieden ablehnende Reaktionen.

Don Gaetano Sferlazza, den alle für einen hochgebildeten Mann hielten, sagte, dass der Prophet Nostradamus das kommende Jahrhundert als eine Zeit schrecklicher Kriege, Massenmorde, Hungersnöte und Revolutionen vorausgesagt hatte. Also gebe es wahrhaftig nichts zu feiern.

Don Girolamo Uccello war einverstanden mit dem Ball, aber nicht in Masken. «Masken trägt man beim Karneval, nicht zu Sylvester.»

«Das mit den Masken überzeugt auch mich ganz und gar nicht», sagte Dottore Annaloro. «Wir sind schon ohne Maske zu allem fähig, nicht auszudenken, was wir mit Maske täten!»

«Könnten Sie uns das genauer erklären?», bat Don Ramunno Vella.

«Ich werde mich Ihnen sogleich erklären, Verehrtester. Sie kommen mit Ihrer Gemahlin?»

«Selbstverständlich!», antwortete Don Ramunno, insgeheim bereits in Deckung gehend.

Es war nämlich unvorsichtig, bei Don Ramunno das Thema Ehefrau anzusprechen, da er eine seiner Nichten geheiratet hatte, Liliana, eine bildhübsche Kleine, dreißig Jahre jünger als er.

«Gut», fuhr der Dottore fort. «Nun nehmen wir einmal an, jemand beleidigt Ihre Gemahlin. Wie wollen Sie da erkennen, wer es ist, wenn sein Gesicht hinter einer Maske steckt?»

«Niemand wird so verrückt sein, meine Frau zu beleidigen», erwiderte Ramunno ostentativ gelassen. «Außerdem kann ich Liliana immer im Auge behalten, da ich ja weiß, wie sie maskiert ist.»

Nun mischte sich der Ingenieur Lacosta aus Palermo ein, ein gutaussehender junger Mann, der seit sechs Monaten in Vigata lebte, weil er die Arbeiten für den Bau der neuen Hafenmole leitete.

«In Palermo, verehrter Dottore, habe ich an vielen solcher Maskenbälle teilgenommen, und ich kann Ihnen versichern, dass niemals etwas geschehen ist, was die Regeln der Sittsamkeit verletzt hätte. Man amüsiert sich und tanzt, das ist alles.»

Dennoch gab es keine Familie in Vigata, die nicht über den Maskenball sprach.

Teilnehmen oder nicht teilnehmen?

Die Jüngeren waren Feuer und Flamme und überlegten schon, wie sie sich verkleiden würden, die Älteren waren entweder skeptisch oder ganz ablehnend und verschoben die Entscheidung von Tag zu Tag.

Jedenfalls versorgten die weniger Begüterten sofort sämtliche

Schneiderinnen in Vigata mit Arbeit, während die Reicheren sich an die renommierten Schneiderinnen von Palermo oder Catania wandten.

Im Hause des Barons Filiberto d'Asaro diskutierte die Familie einen ganzen Nachmittag lang.

Sie würden teilnehmen, keine Frage, das Problem war nur, dass auch der Baron Giosuè di Petralonga mit seiner großen Familie teilnehmen würde.

Nun muss man wissen, dass die d'Asaro und die Petralonga seit der Zeit Kaiser Friedrichs II. kein Wort mehr miteinander wechselten, und damit nicht genug – sobald sich die Gelegenheit ergab, bekriegten sie einander mit allen Mitteln, wobei jede Familie von nahen wie entfernten Verwandten und anderweitig Angehörigen unterstützt wurde.

Der letzte Kampf, bei dem Blut geflossen war, hatte vor zwei Jahren stattgefunden, ein Pistolenduell zwischen Don Filiberto und Don Giosuè, bei dem Don Filiberto eine leichte Verletzung am linken Arm davongetragen hatte.

Darum setzten die d'Asaro und die Petralonga alles daran, sich niemals persönlich zu begegnen. Vigata war stillschweigend in zwei Hälften geteilt worden, in einer wurden die Pietralonga geboren, wuchsen heran, gingen spazieren, heirateten, alterten und starben, ohne je die Grenze zu übertreten, und dasselbe machten die d'Asaro in der anderen Hälfte.

Wenn sie nun aber alle zusammen in einem Theater saßen, würde das nicht todsicher böse enden?

Weniger als ein Wort, ein einziger Blick, ob absichtlich oder nicht, hätte genügt, einen Riesentumult zu entfesseln.

Don Giosuè hatte ausrichten lassen, dass er eine Art Waffenstillstand vorschlage. Für die Dauer des Maskenballs dürfe es Beleidigungen von keiner der beiden Seiten geben, und auf gar keinen Fall dürfe ein Streit entstehen.

Die d'Asaro hätten ja gerne eingewilligt, doch konnte man auf das Wort der Petralonga vertrauen? Leute, die bekanntermaßen Schurken und Verräter waren?

Die d'Asaro beauftragten den Notar Cappadona, zwischen den beiden Familien zu vermitteln. Und der Notar fand eine Lösung.

Die Kostüme der Petralonga, einschließlich der nahen und entfernten Verwandten und Familienangehörigen, würden sämtlich grün sein, die der d'Asaro rot. So konnten die Familien sich gegenseitig kontrollieren.

Die d'Asaro würden sich mit allen Verwandten und verschiedenerlei Anhang auf die linke Seite des Rangs setzen, die Petralonga auf die rechte Seite, so dass die Mitte des Rangs, die Königsloge, frei blieb und als Puffer diente.

Als der Bürgermeister Butera von der Abmachung erfuhr, ordnete er an, dass in der Königsloge die Jury Platz nehmen sollte, die einzige normal gekleidete Personengruppe, welche die besten Masken prämieren würde. Die Jury bestand aus dem Bürgermeister selbst, dem Direktor des Gymnasiums Professore Lotito, der Zeichenlehrerin Agata Pinnarosa sowie, um Uneinigkeiten mit schlimmen Folgen zu vermeiden, aus einem jungen Vertreter der d'Asara und einem ebenso jungen Abgesandten der Petralonga.

Die d'Asara ließen ausrichten, sie hätten einen ihrer Söhne, den zwanzigjährigen Manueli, als Jurymitglied bestimmt.

Diese Nachricht gefiel dem Bürgermeister gar nicht.

Wenn die Petralonga ebenfalls einen jungen Mann schickten, würden alle Heiligen, Abmachungen und Versprechen nichts helfen – es würde garantiert böse enden. Darum ließ er den Notar Cappadona erneut intervenieren.

Diesem gelang es, Don Giosuè dazu zu bringen, seine achtzehnjährige Tochter Mariarosa in die Jury zu schicken. Niemand im Ort kannte sie, denn sie war seit ihrem zehnten Lebensjahr in einem Schweizer Internat untergebracht und kam nur in den Ferien nach Hause.

Es gab jedoch noch andere wichtige Abmachungen, von denen das Städtchen nichts erfuhr.

Zum Beispiel besprach sich Signora Liliana Vella unter großer Geheimhaltung mit ihrer Herzensfreundin und Komplizin bei leichtsinnigen Abenteuern, Signora Severina Fardella, jung wie sie und ebenfalls an einen reichen Cousin verheiratet, der allerdings so alt war, dass er schon nach Tod roch, obwohl er noch lebte.

Die beiden Damen vereinbarten, dass sie, mit den jeweiligen Ehemännern im Theater angekommen, nur auf die Freigabe der Tanzfläche warten würden, um sofort nacheinander in die Damentoilette zu gehen und dort …

Eine andere, wenn das überhaupt möglich war, noch geheimere Abmachung gab es zwischen Giogiò Cammarata, einem jungen Mann aus guter Familie, der sich durch das Laster des Spielens zu ruinieren drohte und bis zum Hals in Schulden steckte, und Don Rosario Cernigliaro, genannt zù Sasà, einem unbeirrbar konsequenten Mann, dem alle Respekt erwiesen.

In der Woche vor dem Ball ereigneten sich einige tragische Zwischenfälle. Donna Margarita Aliquò erschien halbnackt auf dem Balkon ihres Palazzos, schrie verzweifelt und drohte, sich vom Balkon herab in den Tod zu stürzen, weil die berühmte Schneiderin in Palermo ihr Kostüm vollkommen falsch genäht hatte. Die Arme wusste ja nicht, dass ihr Mann die Schneiderin dafür bezahlt hatte, falsch Maß zu nehmen, denn er war äußerst eifersüchtig und wollte nicht, dass seine Frau auf den Maskenball ging.

Don Girolamo Cannalora kündigte den Mitgliedern des Vereins an, dass er als Teufel verkleidet erscheinen würde.

«Mit Hörnern?», fragte die Lästerzunge Cocò Mennulia.

«Natürlich. Ich lasse mir künstliche Hörner anfertigen.»

«Wäre es nicht praktischer, Sie nähmen die, die Sie schon haben?», bemerkte Cocò.

Das unvermeidliche Duell hatte eine Brustverletzung von Don Girolamo zur Folge.

«Klassischer Fall von Pechsträhne», lautete der Kommentar im Verein.

Am Morgen des einunddreißigsten tauchte auf allen Mauern eine Anordnung des Bürgermeisters auf, die bekanntgab, dass die Straßen zum Theater für Kutschen gesperrt seien.

Was bedeutete, dass alle Teilnehmer am Maskenball mindestens dreihundert Meter zu Fuß laufen mussten.

Das war ein Geniestreich des Bürgermeisters. Denn so konnte das gemeine Volk, die Kutscher, die Fischer, die Hafenarbeiter, die Arbeiter in den Schwefelminen, kurzum alle, die nicht zum Fest zugelassen waren, wenigstens diesen Aufmarsch der Masken genießen.

Zwei

Um halb zehn Uhr abends, als noch knapp dreißig Minuten bis zur Prozession der Teilnehmer fehlten, bemerkte der Polizeikommissar Arminio Lofante, dass der Corso noch immer menschenleer war.

Keine Spur von all den Leuten, die sich auf den Bürgersteigen hätten drängen sollen, um die Masken vorüberziehen zu sehen.

Das war höchst sonderbar, wie konnte das einfache Volk so wenig Interesse zeigen? Da stimmte etwas nicht.

Nach einigem Überlegen kam er zu dem Schluss, dass jemand den Leuten gesagt haben könnte, sie sollten zu Hause bleiben. Jemand, der eine gewisse Macht über sie hatte.

Aber warum?

Während er sich über dieser Frage das Hirn zermarterte, bemerkte er am Ende des Corso, ganz in der Nähe des Theaters, wo sich ein Laden mit Obst und Gemüse befand, vier, fünf Männer, die sich immer wieder misstrauisch umblickten.

Also sagte er dem Brigadiere Cusumano und dem Polizisten Cannizzaro, sie sollten sich das einmal anschauen gehen. Nach einer Weile kehrten die beiden zurück, alles sei normal, es handle sich um ein paar Leute, die auf den Zug der Masken warteten.

Das überzeugte ihn aber nicht, der Sbirre in ihm witterte Ärger.

«Habt ihr jemanden erkannt?»

«Jawohl. Totò Bonito.»

Dieser Name versetzte ihn in Aufregung.

Totò Bonito war ein Anhänger Bakunins, ein Revolutionär, er war einer der lokalen Anführer der sizilianischen Fasci gewesen und hatte mehrmals als Aufrührer im Gefängnis gesessen.

«Ist der Laden offen oder geschlossen?»

«Offen.»

Schlagartig begriff er. Zu Cusumano, Cannizzaro und zwei weiteren Polizisten, die dabei waren, sagte er: «Verhaftet alle und bringt sie in die Arrestzelle.»

Von weitem beobachtete er die Szene. Dann ging er zu dem Laden, der noch immer geöffnet hatte. Drinnen war alles voller Obst und Gemüse, das war normal. Aber es war welkes Gemüse und verfaultes Obst.

Jetzt wurde ihm klar, was Bonito und seine Freunde beabsichtigten. Sie wollten das Fest ruinieren, indem sie die Gäste beim Betreten des Theaters mit faulem Obst bewarfen. Er wischte sich den Schweiß von der Stirn. Und da sah er auch schon die ersten Masken ankommen.

Der Ball sollte um zehn beginnen, doch die Begrüßungen, Handküsse und Verbeugungen zogen sich hin, so dass die Tore des Theaters erst um halb elf schlossen.

Das Orchester begann einen Walzer zu spielen. Urplötzlich, ohne dass der Dirigent es angeordnet hätte, verstummten die Instrumente.

Mit der Musik setzten auch die Worte, das Gelächter, sogar der Atem aller Anwesenden aus. In dem bis auf den letzten Platz gefüllten Theater herrschte eine solche Stille, dass man eine Stecknadel hätte fallen hören können.

Alle Augen waren fasziniert auf die Königsloge gerichtet, wo die achtzehnjährige Mariarosa Petralonga erschienen war.

Blond, großgewachsen, blaue Augen, Haare, die ihr, nichts für ungut, bis auf die Hinterbacken reichten, von einer geradezu furchterregenden Schönheit, trug sie ein prächtiges rosa Kleid mit Schleppe. Eine Märchenfee.

Sie schenkte dem Bürgermeister ein Lächeln, worauf der sich an der Brüstung der Loge festhalten musste, um nicht zu fallen, sie lächelte dem Schuldirektor und der Zeichenlehrerin zu, doch Manueli d'Asaro, der stocksteif dastand, erhielt weder ein Lächeln noch einen Gruß.

Der Bürgermeister bat sie, sich neben Manueli zu setzen.

Da ertönte aus einer der Logen ein feuriger männlicher Ausruf, an Mariarosa gerichtet: «Du bist das schönste Mädchen der Welt!»

«Ach was, von wegen Mädchen! Eine Königin ist sie!», rief eine andere Stimme.

«Stimmt! Eine Königin!», pflichtete ein Dutzend Gäste bei.

«Spielt ihr zu Ehren den Königsmarsch!», rief einer der Begeisterten den Musikern zu.

Die wollten gerade einsetzen, da kam der Polizeikommissar Lofante eilig auf die Bühne gelaufen und wandte sich ans Publikum. «Hochverehrtes Publikum, der Königsmarsch darf nur an nationalen Feiertagen erklingen. Es wäre eine schwere Majestätsbeleidigung, ihn jetzt zu spielen.»

Darauf trat der Dirigent des Orchesters, das eigentlich die Stadtkapelle war, zu ihm und sagte ihm etwas ins Ohr.

Der Kommissar setzte wieder an: «Stattdessen könnte das Orchester eine königliche Musik spielen, die es einstudiert hat, als der Kaiser in die Stadt kam, das ist auch etwas Majestätisches.»

Und so begann der Neujahrsball in Vigata mit der deutschen Kaiserhymne.

Punkt Viertel nach elf entschuldigte sich Liliana bei ihrem Mann, sie müsse auf die Toilette.

Drei Logen weiter entschuldigte sich Signora Severina ebenfalls bei ihrem Mann, sie müsse auf die Toilette.

Nach etwa zwanzig Minuten kehrten die beiden Frauen wieder zurück auf ihre Plätze.

Kurz vor Mitternacht wurde der Ball unterbrochen, und alle bereiten sich darauf vor, die Gläser zu erheben.

Um Mitternacht knallten die Korken wie schallende Ohrfeigen, und alle wünschten sich ein gutes neues Jahr.

Um halb eins wurde weitergetanzt.

Einer, der als römischer Legionär verkleidet war, forderte Liliana zum Tanzen auf, und sie willigte ein. Ihr Mann hatte sich ein Fernglas mitgebracht und ließ sie fortan nicht mehr aus den Augen.

Kaum dass sie Liliana im Parkett entdeckt hatte, verließ auch Severina ihre Loge. Für sie war das kein Problem, denn ihr Mann, der lebende Tote, schlief trotz des Lärms tief und fest.

Doch statt ins Parkett hinunterzugehen, stieg Severina, die das Theater gut kannte, weil sie schon öfter dort gewesen war, in die Galerie hinauf, die dunkel und verlassen war, weil der Bürgermeister es so gewollt hatte.

«Hier bin ich», sagte ein als Musketier verkleideter Mann mit tiefer Stimme und nahm sich die Maske ab.

Es war der junge Ingenieur Lacosta aus Palermo.

«Mein Liebster!», rief Severina, ebenfalls die Maske abnehmend.

Dahinter erschien Lilianas Gesicht.

Die beiden umarmten sich stürmisch, und eine Minute später hatten sie den Ball vergessen.

Don Ramunno Vella setzte derweil die Überwachung seiner Frau Liliana fort, die er an ihrem Kostüm erkannte.

Er wusste nicht, dass die Freundinnen auf der Toilette die Kostüme getauscht hatten, und die, die er beobachtete, nicht Liliana, sondern Severina Fardella war, deren Gatte, der lebende Tote, weiter selig schlief.

In der Königsloge wirkten Manueli d'Asaro und Mariarosa Petralonga, die nebeneinander saßen, wie zwei Statuen. Kein einziges Mal hatten sie den Kopf gedreht, um einander anzusehen. Reglos hielten sie den Blick starr auf das Parkett gerichtet. Von Zeit zu Zeit schrieben sie mit dem Bleistift etwas auf einen Block Papier, den der Bürgermeister jedem Mitglied der Jury ausgehändigt hatte. Wahrscheinlich notierten sie sich die schönsten Masken für die Preisverleihung.

Dann geschah etwas, was keiner sehen konnte. Ohne es zu wollen, streifte Manuelis linkes Bein das rechte Bein von Mariarosa.

Ruckartig zog Manueli sein Bein zurück, als hätte er sich verbrannt.

Nicht mal eine Minute später streifte Mariarosas rechtes Bein das linke von Manueli. Manueli befand sich in einer Position, in der er das Bein nicht bewegen konnte. Und Mariarosa zog das ihre nicht zurück.

Nach fünf Minuten klebten die beiden Beine aneinander wie zusammengeschweißt.

Um zwei Uhr passierte noch etwas. Als er auf die Herrentoilette ging, stieß der Polizeikommissar Lofante auf Don Vitaliano, der ausgestreckt am Boden lag, aber die Augen geöffnet hatte.

«Fühlen Sie sich nicht wohl?»

«Mir ist schwindelig.»

Lofante half ihm aufstehen, und Don Vitaliano ging hinaus.

Er kehrte in seine Loge zurück und rief seinen Sohn Pietrino. «Bring mich nach Haus, ich fühle mich nicht wohl.»

Zu Hause angekommen, legte Don Vitaliano sein Kostüm eines venezianischen Dogen ab. Erst da bemerkte Pietrino, dass das Kostüm blutgetränkt war.

«Papa, wer war das?», fragte er erschrocken.

«Ein als alter Römer verkleideter Hundsfott hat mir ein Messer in die Seite gestoßen und gesagt, dass zù Sasà mich grüßen lässt.»

«Gott sei Dank hat er dich nicht umgebracht!»

«Ich glaube, dazu hatte er keinen Befehl. Zù Sasà will mich überreden, etwas zu tun, was ich nicht tun will. Und jetzt hol mir einen Arzt.»

Und so geschah es, dass Giogiò Cammarata seine Spielschulden bezahlte.

Um Viertel nach zwei löste sich Liliana aus den Armen des Ingenieurs, kleidete sich wieder an, da sie fast nackt war, küsste ihren Geliebten, setzte die Maske wieder auf und ging hinunter auf die Damentoilette.

Severina war schon da.

«Alles in Ordnung?»

«Bestens.»

Sie tauschten die Kostüme und kehrten in ihre jeweiligen Logen zurück.

«Ist dir die Lust am Tanzen vergangen?», fragte Don Ramunno seine Frau.

«Bei diesen Tänzen verliere ich nie die Lust», antwortete Liliana lächelnd.

Severina traf ihren Mann noch immer schlafend an. Sie weckte ihn nicht, denn sie war so müde vom Tanzen an Lilianas Stelle, dass sie nicht einmal mehr sprechen wollte. Da hörte sie, wie an die Tür der Loge geklopft wurde.

Filippo Gangitano trat ein, und ihr Herz begann wild zu klopfen.

Den ganzen Abend lang hatte sie gehofft, mit ihm tanzen zu können, von seinen Armen umfangen zu werden, doch seine Frau Cristina war ihm keinen Augenblick von der Seite gewichen.

«Ich habe Cristina nach Hause gebracht, sie hat sich den Knöchel verstaucht. Tanzt du mit mir?»

Augenblicklich verflog Severinas Müdigkeit. Sie stand auf und ging Hand in Hand mit Filippo auf die Hinterbühne. Und da das Orchester mit einem Mazurka-Potpourri begonnen hatte, umarmten sie sich, küssten sich und taten es sofort im Stehen dort drinnen, es konnte sie ja niemand sehen.

Gleich zu Beginn der Mazurka fiel Mariarosa der Notizblock aus der Hand. Sie bückte sich, um ihn aufzuheben. Doch statt auf Papier stieß ihre Hand auf die von Manueli, der sich ebenfalls gebückt hatte. Die Finger der beiden Hände verschränkten sich, drückten sich, verflochten sich.

Als die Mazurka beendet war, erhob sich der Bürgermeister, bat um Stille, nahm die Zettel der Jurymitglieder, ging hinunter, stieg auf die Bühne und las die Namen der Sieger vor, Antonio Sutera, der sich als venezianischer Bäckerjunge verkleidet hatte, und Angelina Caruana, die ein Kostüm der Lucrezia Borgia trug.

Dann befahl er, zum Orchester gewandt: «Großer Galopp als Finale!»

Auf der Hinterbühne hatten Severina und Filippo die Aufforderung des Bürgermeisters, nach dem Mazurka-Potpourri auch noch einen Galopp zu tanzen, gar nicht erst abgewartet.

Der lebende Tote schnarchte ohnehin noch immer.

Während das Orchester wie entfesselt loslegte, schrieb Mariarosa etwas auf den Notizblock und ließ es Manueli lesen.

«Ich kann nicht abreisen, ohne dich wiederzusehen.»

«Aber ich lasse dich nicht abreisen», antwortete ihr Manueli mit derselben Methode.

Drei

Nach altem Brauch versammelten die d'Asaro sich mit nahen und entfernten Verwandten, Freunden und Angehörigen am Morgen des Neujahrstages alle in Fasanello, einem Lehnsgut, wo sie einen großen Bauernhof besaßen. Dort aßen und tranken sie bis um fünf Uhr nachmittags, um dann ins anderthalb Stunden Kutschfahrt entfernte Vigata zurückzufahren.

Manuelis engster Freund, Cola Zirafa, der bei Tisch neben ihm saß, bemerkte, dass der Junge besorgt schien, nicht lachte und keinen Appetit hatte. Er fragte jedoch nicht. Manueli selbst sagte, als das große Essen und Trinken beendet war, zu Cola: «Ich muss mit dir reden.»

Also erhoben sich die beiden Freunde und gingen hinaus auf die Felder. Als sie weit genug vom Bauernhof entfernt waren, setzten sie sich unter einen Olivenbaum, und Manueli erzählte dem Freund alles, was während des Maskenballs zwischen ihm und Mariarosa geschehen war.

«Und jetzt sind wir unsterblich ineinander verliebt», schloss er.

«Diese Geschichte gefällt mir nicht», sagte Cola, den Mund verziehend.

«Das Problem ist, dass du nicht der Einzige bist, dem sie nicht gefällt», erklärte Manueli. «Wenn Mama und Papa davon erfahren, wird sie auch ihnen nicht gefallen, da kannst du deine Hand ins Feuer legen. Von den Petralonga ganz zu schweigen.»

«Was habt ihr vor, du und Mariarosa?»

«Ganz einfach. Wir wollen heiraten.»

Cola war ein ruhiger, gewitzter Junge mit einem scharfen Verstand. Er schwieg eine Weile, dann sagte er: «Nun, vor allem darfst du mit niemandem darüber sprechen. Dein Vater und deine Mutter würden nicht nur nein sagen, sondern auch Himmel und Hölle in Bewegung setzen, damit du deine Meinung änderst. Und die Petralonga werden ihre Tochter sofort wieder in die Schweiz schicken.»

«Und wenn Mariarosa spricht?»

«Das Mädchen wird mit niemandem darüber reden oder vielleicht nur mit ihrer besten Freundin. Die Weiber werden listig geboren und wissen sich immer zu helfen.»

«Übrigens reist Mariarosa am achten Januar ab. Ich habe gehört, wie sie das zum Bürgermeister sagte.»

«Also haben wir wenig Zeit.»

«Wozu?»

«Um sie zu zwingen, hierzubleiben. Wenn Mariarosa in die Schweiz zurückfährt, kannst du sie vergessen, du siehst sie ganz sicher nie wieder.»

«Und was kann man da tun?»

«Hör mal, Manuè, ich bin noch reichlich benommen von dem Ball und dieser Völlerei. Komm morgen früh um acht zu mir, es ist niemand da, dann können wir in aller Ruhe reden.»

Manueli hatte die ganze Nacht kein Auge zugetan und sich im Bett hin und her gewälzt, doch er kam pünktlich.

«Als Erstes», sagte Cola, «müssen wir jemanden finden, der mit Mariarosa in Kontakt treten kann. Wir müssen über alles informiert sein, was sie in diesen Tagen unternimmt, und sie muss wissen, was wir tun.»

«Das ist nicht leicht», sagte Manueli. «Wir und die Petralonga haben keine gemeinsamen Freunde. Aber willst du mir nicht erklären, was du vorhast?»

«Sie entführen, einen anderen Weg gibt es nicht, ich habe lange darüber nachgedacht.»

«Das bedeutet, dass Mariarosa und ich flüchten müssen?»

«In Wirklichkeit wird es eine klassische Liebesflucht sein, aber es muss wie eine echte Entführung zum Zweck der Erpressung von Lösegeld aussehen.»

«Und warum diese Schauspielerei?»

«Wenn die Petralonga sofort kapieren, dass es eine Liebesflucht ist, müssen sie nicht lang überlegen, um zu dem Schluss zu kommen, dass du dahintersteckst. Dann erklären sie dir und den d'Asaro den Krieg. Und da du nicht auf die Unterstützung deines Vaters zählen kannst, weil er gegen die Heirat mit einer Petralonga sein wird, werdet ihr alle gegen euch haben. Sie finden euch in einem halben Tag, noch bevor du Gelegenheit hattest, sie zu umarmen und zu küssen, darauf kannst du wetten.»

«Stimmt. Aber wie entführen wir Mariarosa? Die Petralonga merken es sofort, wenn einer von uns einen Fuß in ihre Hälfte der Stadt setzt.»

«Darum muss ja auch jemand Fremdes hingehen, jemand von außen.»

«Und wo finden wir den?»

Cola sah ihn an, ohne zu antworten.

«Nun?», drängte Manueli nervös.

«Erlaubst du mir, mit zù Sasà über diese Sache zu sprechen? Er ist der Einzige, der das Problem lösen kann.»

Das und noch viel mehr für Mariarosa!, dachte Manueli, der mit zù Sasà niemals hätte zu tun haben wollen.

«Wenn du das für die einzig mögliche Lösung hältst … Aber der tut keinen Gefallen umsonst. Er will garantiert etwas dafür haben.»

«Das ist mehr als sicher. Aber vergiss nicht, dass zù Sasà ein Ehrenmann ist. Erst nach beendeter Arbeit wird er etwas fordern. Du musst entscheiden, ob es sich lohnt.»

«Na gut, sprich mit ihm.»

In der Nacht zwischen dem Neujahrstag und dem zweiten Januar verlor Giogiò Cammarata im Spielkasino tausend Lire, auf die er sein Ehrenwort gegeben hatte, in der Nacht vom Zweiten auf den Dritten weitere fünfhundert, ebenfalls auf Ehrenwort. Als er am Abend des Vierten zum Spielen ging, stand plötzlich einer vor ihm, den er nicht kannte. «Guten Abend.»

«Guten Abend.»

«Hört, zù Sasà erwartet Euch sofort bei sich zu Hause. Wenn Ihr erlaubt, begleite ich Euch.»

Giogiò spürte, wie seine Kehle schlagartig trocken wurde, aber er wusste, dass sein Schicksal besiegelt war, er musste gehorchen.

«Bitte, ich möchte niemandem mehr etwas Böses antun», sagte er, all seinen Mut zusammennehmend, sofort, als er vor zù Sasà stand.

Zù Sasà fing an zu lachen. «Diesmal sollst du nichts Böses tun, sondern etwas Gutes!» Und fragte gleich darauf: «Du bist ein guter Freund der Petralonga, meine ich. Wenn sie dich in ihrem Haus empfangen!»

«Jawohl, Signore.»

«Wäre es schwierig für dich, mit Mariarosa zu sprechen?»

«Nein, Signore.»

«Gott sei gesegnet! Dann hör mir jetzt zu.»

Am Morgen des Fünften ritten Manueli und Cola, jeder mit einer Doppelflinte über der Schulter, nach Fasanello. Sie wollten ein bisschen schießen üben, hatten sie gesagt. Nach einer halben Stunde kam eine geschlossene Kutsche an, aus der zù Sasà stieg.

«Alles bereit, Jungs!»

Zu dritt setzten sie sich bei einer Flasche Wein in die Küche. «Vossia», sagte zù Sasà zu Manueli, «heute Abend müsst Ihr mit dem Erstbesten, den Ihr findet, so großen Streit anfangen, dass die Carabinieri einschreiten und Euch während der Nacht und am nächsten Morgen in der Kaserne festhalten.»

«Warum das?», fragte Manueli erstaunt.

«Weil so keiner von den Petralonga auf die Idee kommen kann, dass Vossia mit der Entführung ihrer Tochter etwas zu tun habt.»

«Verflucht! Das ist gut!»

«Ich habe Signorina Mariarosa ausrichten lassen», fuhr zù Sasà fort, «dass sie morgen, an Epiphanias, nur von ihrem Hausmädchen begleitet, zur Frühmesse statt zur Mittagsmesse gehen soll, um zu beichten und die Kommunion zu empfangen.»

«Warum?»

«Weil es ein Feiertag ist und um sechs Uhr in der Früh wenige Menschen auf der Straße sind.»

«Ich verstehe.»

«Und wen habt Ihr mit der Sache beauftragt?», fragte Cola.

Zù Sasà setzte ein überlegenes Lächeln auf.

«Zwei meiner Männer in Roccalumera. Fremde, die in Vigata keiner kennt, aber Leute, die sich auf ihre Sache verstehen. Sie schnappen die Kleine und bringen sie ins Haus der Mutter von einem von ihnen. Dort wird sie wie eine Tochter behandelt.»

«Und wie wird sie dorthin gebracht?», fragte Manueli.

«Die beiden ergreifen sie, noch bevor sie in der Kirche ankommt, einer setzt sie zu sich aufs Pferd, und gleich vor dem Ort wartet eine Kutsche auf sie. Ich habe der Signorina sagen lassen, sie soll ordentlich Theater machen, schreien, weinen, als wäre das eine echte Entführung.»

«Und wann kann ich sie sehen?», rief Manueli begierig.

«Vossia, sobald die Carabinieri Euch freilassen, kommt Ihr schnurstracks hierher nach Fasanello, ohne mit jemandem zu sprechen, nicht mal mit Signor Zirafa. Ihr wartet einen halben Tag, dann nehmt Ihr ein Pferd und reitet nach Roccalumera zur Contrada Ristuccia. Dort gibt es ein rot angestrichenes Haus, und darin wartet Eure Mariarosa auf Euch. Und jetzt muss ich gehen, wenn Ihr gestattet.»

«Moment», schaltete sich Cola ein. «Haben Sie diesen beiden Männern aus Roccalumera denn auch genau erklärt, wie Mariarosa aussieht, damit sie sie erkennen? Nicht dass ich Ihr Können in Frage stellen will, aber die Tage sind kalt und die Weiber hüllen sich ein, sie tragen einen Schal ...»

Zù Sasà lächelte abermals überlegen. «Da musste ich nicht viele Worte machen. Ich habe ihnen gesagt, sie sollen die Schönere von beiden mitnehmen.»

Ein paar Stunden später, bei Tisch, verkündete Mariarosa, wie ihr Giogiò Cammarata aufgetragen hatte, dass sie am nächsten Tag zur Frühmesse gehen werde.

«Warum gehst du nicht mit uns allen in die Messe um zwölf Uhr?», fragte ihre Mutter.

«Weil ich zur Kommunion gehen möchte, und ich halte es nicht aus, bis zum Mittag und noch länger nüchtern zu sein. Nunziata wird mich begleiten.»

Um sieben Uhr abends erschien Manueli d'Asaro sichtlich betrunken im Café Castiglione. Er befand sich in Begleitung seines Freundes Cola, der ebenfalls getrunken hatte. Da es der Vorabend zu einem Feiertag war, waren alle Tische besetzt.

«Cameriere, ich will mich hinsetzen!», rief Manueli.

«Wenn Ihr Euch bitte fünf Minuten gedulden würdet …», bat der Kellner.

«Ich will mich nicht gedulden!», erwiderte Manueli.

Schwankend ging er zu Signora Panzeca, die mit ihrem Mann an einem Tisch saß, und setzte sich auf ihren Schoß. Sofort stieß ihn der Mann so heftig, dass er zu Boden fiel. Manueli rappelte sich auf und schlug dem Mann ins Gesicht. Unterdessen versetzte Cola, der nicht zurückstehen wollte, einem völlig unbeteiligten Kunden einen Tritt.

Binnen fünf Minuten flogen Stühle, Tischchen und Flaschen durch die Luft. Der Besitzer des Cafés schickte den Kellner eilig nach den Carabinieri. Sie kamen und brachten Manueli und Cola in die Kaserne.

Am nächsten Morgen um zwanzig vor sechs öffneten sich die Tore des Palazzo Petralonga, um Mariarosa und Nunziata herauszulassen. Trotz der Kälte war es ein schöner Morgen. Die beiden Frauen hatten Schals um ihre Köpfe gezogen, aber ihre Gesichter waren unbedeckt. Sie gingen mit schnellen Schritten. Auf der Straße waren nur drei alte Weiblein, die zur Messe wollten.

Sie hatten noch keine zehn Meter zurückgelegt, als zwei Männer zu Pferd aus einer Seitengasse auftauchten und rasch direkt auf sie zukamen. Unwillkürlich wich eine der Frauen nach links, die andere nach rechts aus. Diese wurde von den beiden Reitern umringt, dann beugten sie sich vor, packten sie jeder an einem Arm, hoben sie hoch, einer zog sie zu sich heran und setzte sie quer auf den Sattel. Die Frau schrie verzweifelt. Im Nu verschwanden die Entführer im Galopp. Die drei zu Tode erschrockenen alten Weiblein liefen eilig in die Kirche.

Die Begleiterin der Entführten aber blieb wie angewurzelt auf der Straße stehen, fassungslos, mit offenem Mund, zur Salzsäule erstarrt.

Vier

An Epiphanias öffnete das Café Castiglione schon in aller Frühe, um sechs, und die Kellner mussten Handschuhe anziehen, um Cannoli und Cassate einzupacken, die die Einwohner von Vigata für den Feiertag bestellt hatten.

Zù Sasà erschien um zehn nach sechs, setzte sich an ein Tischchen hinter dem Schaufenster und bestellte eine Granita und einen Zuckerkringel. Von seinem Platz aus konnte er sowohl die Kaserne der Carabinieri als auch das Kommissariat im Auge behalten. Gegen Viertel vor sieben sah er Don Giosuè Petralonga und seinen Sohn Jacinto ankommen, die beide recht aufgeregt wirkten. Sie blieben vor der Tür des Kommissariats stehen und klopften. Die Tür wurde geöffnet, sie gingen hinein.

Zù Sasà freute sich. Das bedeutete, dass die Petralonga die vorgetäuschte Entführung geschluckt hatten und sie jetzt bei der Polizei anzeigten. Eine Liebesflucht dagegen hätten sie den Gesetzeshütern nie und nimmer erzählt, um den Skandal zu vermeiden.

Zufrieden bestellte er noch eine Granita und einen zweiten Zuckerkringel.

Nicht mal zehn Minuten später stürmten Don Giosuè und Jacinto zusammen mit Kommissar Lofante und zwei Polizisten aus dem Kommissariat.

Alles lief genau nach Plan.

Um Viertel nach sieben erschien Don Gaetano Milonga, der Verwalter der Familie d'Asaro im Café. Er ging zur Kasse, wo der Besitzer stand. «Guten Morgen. Wie groß ist der Schaden?»

«Vier kaputte Stühle und ein Tischchen, zehn zerbrochene Gläser, zwei Cassate und vierzehn Cannoli zerdrückt.»

«In Ordnung. Ich schulde Ihnen?»

Signor Castiglione rechnete, nannte das Ergebnis, und Don Gaetano zahlte.

«Gehen Sie sofort zu den Carabinieri und ziehen Sie die Anzeige zurück», ermahnte er ihn, bevor er hinausging.

Manueli und Cola wurden um acht Uhr freigelassen. Vor der Kaserne stand ein Hausdiener der d'Asaro mit der Kutsche.

Manueli sagte, er brauche die Kutsche nicht, er müsse sein Pferd haben. «Bring es mir in zehn Minuten hierher.» Dann, zu Cola gewandt: «Lass uns einen Kaffee trinken.»

Sie betraten das Café und erblickten zù Sasà, der bei der fünften Granita mit dazugehörigem Zuckerkringel angekommen war. Manueli begrüßte ihn von weitem, Cola dagegen ging zu ihm und reichte ihm die Hand. Während sie die Hände schüttelten, sagte zù Sasà: «Alles in Ordnung.»

«Alles in Ordnung», berichtete Cola dem Freund.

Manueli bestieg sein Pferd und ritt nach Fasanello, den Anweisungen von zù Sasà folgend.

Die ganze Nacht lang tat er kein Auge zu. Bei dem Gedanken, Mariarosa bald in den Armen zu halten, wurde ihm heiß. Er sehnte sich danach, sie zu küssen. Drei Kamillentees musste er trinken, um sich ein wenig zu beruhigen. Als er draußen den Morgenvogel singen hörte, wusch und rasierte er sich, wechselte die Kleider, stieg aufs Pferd und ritt nach Roccalumera, das etwa drei Stunden entfernt war.

«Entschuldigung, welchen Weg nehme ich zur Contrada Ristuccia?»

Der Bauer hob die Augen, musterte ihn und sah, dass er ein Fremder war. «Ich bin nicht von hier.»

Auf der Piazza von Roccalumera waren nicht viele Leute. Manueli stieg vom Pferd und ging in das einzige Café, das er entdecken konnte. Er war nervös, weil er Zeit verlor. Drinnen war niemand, außer einem kahlköpfigen, fetten Mann um die fünfzig hinter dem Tresen. «Entschuldigung, können Sie mir sagen, welchen Weg ich zur Contrada Ristuccia nehmen muss?»

«Was will denn jemand wie Ihr in der Contrada Ristuccia?»

Manueli blickte ihn verwundert an. «Ich will einen Freund besuchen.»

«Jemand wie Ihr hat Freunde in der Contrada Ristuccia?»

Manueli wurde wütend. Er drehte ihm den Rücken zu, verließ das Café und ging auf das Rathaus zu. Auf halbem Weg begegnete ihm ein Polizist in Uniform. «Können Sie mir den Weg zur Contrada Ristuccia sagen?»

«Sind Sie bewaffnet?»

Manueli, der ohnehin schon befremdet war, wunderte sich sehr. «Nein. Warum?»

«Weil das kein Ort ist für anständige Leute wie Euch.»

Es kostete Manueli fünf Minuten, den Polizisten zu überreden, ihm den Weg zu schildern.

Nach einer weiteren halben Stunde Ritt durch sonnenverbrannte Felder, wo man keinen einzigen Baum sah, tauchte hinter einer Kurve des Weidepfads endlich ein rot angestrichenes Haus auf. Die Sonne stand mittlerweile senkrecht, und es herrschte vollkommene Stille.

Neben der offenen Tür hockte eine Alte auf einem durchgesessenen Strohstuhl und schälte Kartoffeln.

Er stieg vom Pferd und näherte sich. Die Alte, die taub sein musste, denn sie hatte ihn nicht kommen hören, hob die Augen, fuhr mit der Hand hinter den Stuhl, zog flink ein Jagdgewehr hervor und zielte damit auf Manueli. «Einen Schritt weiter, und du bist tot.»

Einerseits ärgerte sich Manueli, andererseits freute er sich. Mariarosa wurde gut bewacht. «Ich bin der Verlobte …», hub er an und trat mit einem beschwichtigenden Lächeln einen Schritt vor.

«Ich bin taub», sagte die Alte. Und schoss auf ihn.

Geistesgegenwärtig warf Manueli sich zu Boden.

«Nicht bewegen», sagte die Alte.

Die folgenden zehn Minuten, in denen er sich nicht zu rühren wagte, weil die Alte das Gewehr auf ihn angelegt hatte, verbrachte Manueli mit leisem Fluchen. Dann hörte er ein Pferd im Galopp näher kommen und eine Männerstimme, die sagte: «Langsam aufstehen.»

Manueli gehorchte. Der Mann, ein magerer Vierzigjähriger mit einem vertrauenerweckenden Schurkengesicht, stieg vom Pferd und kam näher, immer mit der Doppelflinte auf Manueli zielend. Die Alte schälte schon wieder ihre Kartoffeln.

«Ich komme von zù Sasà.»

«Weiß ich», sagte der Mann. «Ich heiße Cosimo Barletta.» Er bewegte sich nicht vom Fleck.

Manueli verstand nicht.

«Kompliment», sagte Cosimo plötzlich.

«Wofür?»

«Für die Schönheit Eurer Kleinen. Schön wie die Sonne.»

«Danke. Kann ich sie sehen?»

«Natürlich, Vossia ist der Padrone. Aber ich komme mit Euch, so kann ich Euch helfen, sie loszubinden.»

«Sie losbinden?», fragte Manueli bestürzt und blieb abrupt stehen. «Ihr habt sie gefesselt?»

Cosimo zuckte mit den Achseln. «Wir mussten sie sogar knebeln. Das ging nicht anders. Wenn Vossia sehen könnte, wie sie Nicola, meinen Kameraden, zugerichtet hat! Das ganze Gesicht zerkratzt, die Nase blutig geschlagen … und Ihr müsst aufpassen, denn die ist imstande, Euch die Nase mit einem Biss abzureißen.»

«Wo ist sie?», fragte Manueli.

«Im Zimmer oben.»

Während sie die hölzerne Treppe hinaufstiegen, die nach oben führte, fragte sich Manueli, was Mariarosa passiert sein mochte. Sie wusste doch genau, dass es nur eine vorgetäuschte Entführung war. Warum benahm sie sich dann so? Ob sie gar ihre Meinung geändert hatte? Wenn sie nun nichts mehr mit ihm zu tun haben wollte? Wenn die Sache auf dem Ball nur eine vorübergehende Laune gewesen war? Ja, das war die einzige Erklärung. So sind die Weiber. Er fühlte, wie sich sein Herz zusammenkrampfte, und blieb auf der letzten Stufe stehen, die Beine schwer wie Blei.

«Geht hinauf», drängte Cosimo hinter ihm.

Er ging hinauf, wie ein Verurteilter das Schafott besteigt.

Auf einem Bett in dem Zimmer lag, an Händen und Füßen gefesselt, ein Taschentuch um den Mund, ein junges Mädchen von zwanzig Jahren und sah mit ihn weit aufgerissenen Augen an. Sie war hässlich, zwergenhaft klein, stark behaart und fett wie eine Tonne.

Die Männer hatten sich geirrt, sie hatten das Hausmädchen entführt.

Entsetzt drehte Manueli sich zu dem Entführer um und bemerkte, dass dieser die Kleine wie verzaubert, mit träumerischen Augen anlächelte, wobei er murmelte: «Madonna, wie schön sie ist!»

Zum ersten und letzten Mal in seinem Leben hatte Manueli einen philosophischen Gedanken: Was ist Schönheit?

Dann begriff er, dass alles verloren war, drehte sich um, ging die Treppe hinunter, verließ das Haus und ritt nach Vigata zurück.

Unterdessen hatte die Nachricht von der Entführung Nunziatas, eines Hausmädchens der Petralonga, sich im ganzen Ort verbreitet.

Von Kommissar Lofante befragt, hatte Signorina Mariarosa erklärt, nein, es habe sich nicht um ein Missverständnis gehandelt, man wollte nicht sie entführen, es sei keine Verwechslung gewesen, die beiden Männer seien direkt und ohne zu zögern auf Nunziata zugeritten.

Zu Hause angekommen, sagte Manueli, er fühle sich nicht wohl, und ging sich hinlegen. Als er ausgestreckt im Bett lag, zog er sich die Decke bis über den Kopf und hoffte, die ganze Welt würde verschwinden.

Er hatte eine Stunde so gelegen, da klopfte es an die Tür. Er antwortete nicht. Die Tür öffnete sich trotzdem, und die Stimme seiner Mutter sagte: «Cola ist da, er möchte dich sehen.»

Auch jetzt antwortete er nicht. Cola trat ein, schloss die Tür hinter sich, nahm einen Stuhl und setzte sich.

«Wie fühlst du dich?»

Er bekam keine Antwort. Cola sprach weiter mit der Decke. «Vor einer Stunde ist Giogiò Cammarata auf mich zugekommen und hat mir etwas gegeben, das ich dir persönlich überreichen soll.»

Keine Reaktion.

«Es ist ein verschlossener Umschlag ohne Adresse. Ich glaube, darin ist ein Brief von Mariarosa.»

Sofort wurde die Decke zurückgeschlagen. Manuelis verstörte Augen erschienen. «Gib her.»

Cola gab ihm den Umschlag. Doch Manuelis Hände zitterten so sehr, dass er ihn nicht einmal aufreißen konnte. Cola tat es, dann reichte er ihm das halbe Blatt, das darin gesteckt hatte.

Manueli konnte nicht lesen, die Buchstaben tanzten vor seinen Augen. «Lies du.»

Sobald ich wieder in der Schweiz bin, werde ich eine Messe lesen lassen, zum Dank dafür, dass ich einen Idioten wie dich nicht geheiratet habe.

Keine Unterschrift, die aber sowieso überflüssig gewesen wäre.

Ohne ein Wort zu sagen, kehrte Manueli in seine Düsternis zurück.

Drei Monate später musste er nach Roccalumera, um bei der Hochzeit von Nunziata und Cosimo Barletto Trauzeuge zu sein.

DIE DUELLANTEN

Eins

Cecè Caruana, ein Mann in den Dreißigern, arbeitete im Winter als Maurer und verkaufte den Sommer über im Ort und am Strand Eis.

Er war keiner von den richtigen Maurern, die Häuser bauen, sondern eher ein gelegentlicher Ausbesserer, was bedeutet, dass er von den Leuten wegen kleiner Arbeiten gerufen wurde, Flickwerk eben, schnell eine Dachrinne ausbessern, die der Wind losgerissen hatte, oder ein herausgebrochenes Stück Putz ersetzen, oder ein Zimmer einmal weiß überstreichen.

Doch vom ersten Juli bis zum letzten Augusttag, also während der Badesaison, wurde aus Cecè, dem Maurer, ein Eisverkäufer. Er zog sich eine weiße Schürze an, setzte eine weiße Mütze auf und ging auf der Straße Eis verkaufen, das er selbst und immer nur in diesen Sorten herstellte: Granita aus Zitronensaft oder Kaffee, Eis mit Vanille- oder Schokoladengeschmack.

In Palermo hatte er sich einen passenden Karren gekauft, dessen Räder größer waren als die von Fahrrädern.

Der Karren hatte die Form eines in der Mitte durchgesägten Bootes, am Bug war Platz für zwei Schächte, in denen die Behälter mit Speiseeis standen, außerdem für das gestoßene Eis, das um die Behälter herum aufgehäuft wurde, damit der Inhalt nicht schmolz.

Nur die Deckel der Behälter, die wie Turbane geformt waren, ragten über den Bootsrand hinaus.

Ein Heck gab es nicht, stattdessen zwei lange Stangen aus Metall. Cecè stellte sich dazwischen, hob sie an und schob den Karren. Wenn er still stand, ruhte er auf zwei Metallbeinchen.

Damals war es in den Cafés von Vigata noch nicht Brauch, Granite oder Eis zum Mitnehmen zu verkaufen.

Darum liefen Cecès Geschäfte gut, denn er zog von Haus zu Haus, und sein Eis war köstlich.

Am frühen Morgen waren die beiden Behälter noch randvoll mit den zwei Sorten Granita, Zitrone und Kaffee. Das war das Lieblingseis der armen Leute, die in den dunklen Gelassen zu ebener Erde oder in den Häuschen jener Straßen lebten, wo man meinte, in der Kasbah zu sein.

Den Armen musste eine Granita mit ein bisschen Sahne oft als Mahlzeit für den ganzen Tag reichen.

Gegen zehn Uhr wurden die beiden Behälter mit den Eissorten Vanille und Schokolade gefüllt, und Cecè ging hinunter zum Strand, wo sich schon die ersten Badegäste tummelten.

Der Strand war in zwei Abschnitte aufgeteilt. Einer war den Besuchern der Badeanstalt vorbehalten, die natürlich «Neptun» hieß, und deren vierzig Kabinen alle in einer Reihe auf dem trockenen Teil des Strandes standen, der andere war frei, dorthin konnte gehen, wer wollte, ohne einen Centesimo zu zahlen.

Hierhin gingen alle, die kein Geld hatten, oder Leute, die aus den umliegenden Dörfern kamen und womöglich zum ersten Mal das Meer sahen.

Cecè hatte Zugang zu beiden Stränden, dem der Reichen und dem der Armen.

Die Eistüte war damals noch nicht erfunden.

Der Eisverkäufer benutzte einen Apparat. Dieser bestand aus einem Griff, an den ein Metallzylinder geschraubt war. Oben war der Zylinder offen, am unteren Ende ragte ein kleiner Hebel heraus, der dazu diente, den Boden des Zylinders zu heben oder zu senken.

Cecè steckte einen dünnen runden Keks, etwas wie eine Hostie, in den Zylinder, strich mit einer kleinen Schaufel das Eis darauf und bedeckte das obere Ende mit einer zweiten Hostie. Es gab drei Preisklassen.

Zehn Centesimi bedeutete, dass der Boden des Zylinders so hoch gehoben wurde wie möglich und wenig Platz zwischen den beiden Hostien blieb; fünfzehn bedeutete Boden auf halber Höhe, und bei zwanzig, das war das größte Eis, senkte sich der Boden ganz nach unten.

Doch je größer das Eis war, desto schwieriger war es zu essen, denn schon beim ersten Bissen quoll es nach allen Seiten heraus, und die beiden Hostien, eine am oberen, eine am unteren Ende, konnten es nicht mehr zusammenhalten.

Die Hälfte der großen Eisportionen landete unweigerlich im Sand.

Cecè war das ganz recht, denn dann fingen die Kleinen an zu weinen und wollten sofort ein neues Eis.

Wenn Cecè mit seinem Karren herumzog, rief er: «Erfrischt euch mit Cecès Eis! Das Eis von Cecè lässt euch die Hitze vergessen! Kauft Eis bei Cecè, der zwei Ehefrauen unterhalten muss!»

«Warum muss er zwei Ehefrauen unterhalten?», fragten die Badegäste von außerhalb.

Dann erzählten ihnen die wenigen Badegäste aus Vigata, die die Geschichte kannten, wie es dazu gekommen war.

Von seinem dreizehnten bis zum siebenundzwanzigsten Lebensjahr hatte Cecè erst als Hilfsmaurer und dann als selbständiger Maurer gearbeitet, ohne heiraten zu können, denn auf seinen Schultern lastete der Unterhalt seines Vaters, dem nach einem Unfall beide Beine abgenommen worden waren, und seiner Mutter, die notgedrungen zu Hause bleiben musste, um für den Mann zu sorgen.

Nachdem beide im Abstand von einem Jahr gestorben waren,

wartete Cecè die vorgeschriebenen zwölf Monate Trauerzeit ab, dann begann er Heiratspläne zu schmieden.

Er besprach sich mit zwei alten Weiblein, die das Gewerbe der Kupplerin ausübten.

Ein gutes Mädchen sollte es sein, häuslich wie seine Mutter. Doch als er an einem Septembertag des Jahres neunzehnhundertfünfunddreißig ins Haus von Fofò Pillitteri gerufen wurde, um das Dach zu flicken, hatte er das Pech, dessen Tochter Sisina zu begegnen.

Sie war eine wunderhübsche Kleine, damals achtzehn, immer nett herausgeputzt, immer elegant.

So wunderte sich das ganze Städtchen, als sie Cecè, der sich auf den ersten Blick rasend in Sisina verliebt hatte, fast sofort erhörte.

Warum?

Warum heiratete ein so schönes Mädchen, das ganz bestimmt die reichsten Männer im Ort hätte haben können, einen Hungerleider und obendrein auch noch so eilig?

Ein unergründliches Geheimnis.

Cecè und Sisina zogen in ein Haus des Vaters der Kleinen und bekamen sieben Monate nach der Hochzeit einen Sohn. Der aber sechs Tage nach der Geburt starb.

Da gab es für die Lästerzungen kein Halten mehr. Sie sagten, Sisina habe so schnell heiraten wollen, weil sie schon von einem anderen schwanger war. Und sie nannten auch den Namen dieses anderen: der Amtsarzt Arcangelo Foti.

Es dauerte nicht lange, bis das Gerücht auch Cecè zu Ohren kam, der es jedoch durchaus nicht glauben wollte.

Im Gegenteil, damit Sisina es besser hatte und er ihr die Sachen kaufen konnte, die sie haben wollte, nahm er die zusätzliche Arbeit als Eisverkäufer auf.

Nach einem Jahr Ehe begann Sisina zu kränkeln. Nicht dass sie Fieber gehabt hätte oder ihr der Appetit vergangen wäre, nein, sie litt nur an starken Kopfschmerzen, die sie immer abends nach dem Essen befielen und einen Großteil der Nacht anhielten. Darum sah die Ärmste, so sehr sie auch gewollt hätte, sich nicht in der Lage, es mit ihrem Ehemann zu machen.

Und so kam es, dass Cecè selbst seiner Frau riet, sich von Doktor Foti untersuchen zu lassen, weil er sie heftig begehrte.

Als Sisina nach dem ersten Besuch zurückkam, der fast zwei Stunden gedauert hatte, erzählte sie ihrem Mann, dass der Doktor ihr mit großen Packungen auf der Stirn Linderung verschafft hätte. «Ich muss ab jetzt einmal in der Woche hingehen, aber weil jeder Besuch lange dauert, hat er gesagt, ich soll donnerstagabends um sieben Uhr kommen, wenn die Praxis schließt.»

Nach drei Monaten Behandlung erlaubte Sisina ihrem Mann eines Nachts, es zu tun.

Und das nicht nur einmal, wegen der langen Wartezeit, die Cecè erduldet hatte. «Siehst du, wie gut mir die Behandlung tut?»

Cecè war hochzufrieden.

Eines Donnerstagabends, es hatte den ganzen Tag geregnet und gestürmt, schickte sich Sisina um sieben Uhr an, aus dem Haus zu gehen.

«Wo willst du denn bei diesem schlechten Wetter hin?»

«Weißt du nicht mehr, wohin ich gehen muss? Der Doktor sagt, wenn ich auch nur eine Packung versäume, eine einzige, ist der ganze Segen, den die Behandlung bis jetzt gebracht hat, verloren.»

«Nimm wenigstens einen Regenschirm mit.»

«Gut, aber mach dir keine Sorgen, es sind ja nur zehn Minuten Weg.» Und sie ging hinaus.

Etwa zwanzig Minuten später war die Hölle los. Ein schrecklicher Sturmwind kam auf, der innerhalb von fünf Minuten Dächer abdeckte, Bäume umstürzte, Schiffe versenkte, Karren und Autos umwarf.

Dann hörte alles schlagartig auf.

Zehn Minuten später klopfte ein Carabiniere an Cecès Tür, das Dach der Kaserne müsse sofort repariert werden, mehrere Dachrinnen seien davongeflogen.

«Ich komme sofort», sagte Cecè.

Da die Arbeit länger dauern würde, vielleicht sogar die ganze Nacht, wollte er Sisina benachrichtigen, damit sie sich keine Sorgen machte, wenn sie ihn nach ihrer Rückkehr aus der Arztpraxis nicht zu Hause vorfand.

Als er in der Praxis ankam, sah er, dass die Haustür halb aus den Angeln gerissen war. Er ging ins Vorzimmer, wo es dunkel war, das Licht brannte nicht. Doch aus dem Spalt unter der Tür des Behandlungszimmers drang ein Lichtschein.

Cecè hörte seine Frau stöhnen.

Sie hatte ihm gar nicht gesagt, dass die Packungen schmerzhaft waren. Er klopfte leise an die Tür, doch niemand antwortete.

Jetzt wurde Sisinas Stöhnen lauter.

Besorgt bückte er sich, um durchs Schlüsselloch zu spähen.

Seine Frau lag nackt auf der Liege des Doktors, und auf seiner Frau lag der Doktor, ebenfalls nackt.

Es wäre schwierig gewesen zu behaupten, er mache ihr eine Packung. Sie waren so beschäftigt, dass sie nicht nur das Klopfen überhört, sondern sicher auch den Sturm nicht bemerkt hatten.

Cecè überlegte. Wenn er hier an Ort und Stelle eine Szene machte, würde das Städtchen ihn zu Recht einen Hahnrei nennen.

Besser schweigen.

Darum drehte er sich um und ging arbeiten.

Am nächsten Tag kam er nach Hause.

Sisina hatte für ihn gekocht.

«Ich habe keinen Appetit.»

Er ging ins Schlafzimmer, nahm seine Sachen und steckte sie in einen alten Koffer.

«Du fährst weg?», fragte Sisina erstaunt.

«Ja. Ich gehe zurück in mein Haus, und dich will ich nicht mehr sehen.»

Drei Monate später erhielt er einen Brief von einem Anwalt. Sisina hatte ihn wegen «Verlassens der ehelichen Wohnung» angezeigt, und jetzt verlangte sie monatlichen Unterhalt von ihm.

Cecè verlor den Prozess. Und da es die Ehescheidung damals noch nicht gab, blieb Sisina auf dem Papier seine Frau.

Nach einem Jahr lernte Cecè eine junge, kinderlose Witwe kennen, die Assunta Cusumano hieß. Sie waren sich sympathisch, sie mochten sich, und Cecè nahm sie in seinem Haus auf.

Das war der Grund, warum er immer rief, dass er zwei Ehefrauen unterhalten musste, obwohl keine von beiden es wirklich war.

Zwei

Sechs Monate später begann Sisina, sich mit einem jungen Mann in der Öffentlichkeit zu zeigen, einem Nichtskönner und Habenichts namens Micheli Filippello.

Da ging Cecè zum Anwalt. «Warum muss ich Sisina weiterhin Unterhalt zahlen?»

«Weil sie immer noch deine Ehefrau ist.»

«Aber wenn sie sich doch unanständig benimmt …»

«Lebst du etwa nicht mit einer anderen Frau zusammen?»

«Ich errege aber kein öffentliches Ärgernis.»

«Die Sache ist aussichtslos, ich sag es dir lieber gleich.»

Und so musste Cecè weiter zwei Ehefrauen unterhalten.

Am dritten Juli des Jahres Neunzehnhundertneununddreißig, Cecè verkaufte seit zwei Tagen Eis, wie immer im Sommer, geschah etwas, was den ganzen Ort in Aufruhr versetzte.

Am Strand tauchte ein zweiter Eiswagen auf.

Er war moderner und größer als der von Cecè, er konnte nämlich drei Eisbehälter fassen. Außerdem war es eigentlich kein Karren, der mit Armeskraft geschoben werden musste, sondern ein Dreirad. Der Eisverkäufer konnte ihn bequem von der Stelle bewegen, indem er im Sattel saß und in die Pedale trat.

Doch was Cecè vor Wut fast den Verstand raubte, war der Eisverkäufer selbst, denn das war Micheli Fillipello, Sisinas Geliebter.

Bestimmt hatte die verdammte Hure diesen großartigen Einfall gehabt, nur um ihrem ehemaligen Mann eins auszuwischen.

Auch Micheli rief sein Eis aus: «Kauft euch ein Eis bei Micheli! Das beste Eis der Welt! Kauft ein Eis bei mir, denn ich muss die Frau eines anderen unterhalten!»

Neuheiten gehen bekanntlich immer gut. In fünfzehn Tagen verlor Cecè die Hälfte seiner Kunden. Michelis Gefährt war schneller, darum konnte er mehr Kunden am Tag bedienen.

Kaum eine Woche verging, schon hatte Cecè sich aus Palermo genauso ein Dreirad wie Michelis kommen lassen.

Jetzt kämpften sie mit gleichen Waffen.

Das Duell konnte beginnen.

Und tatsächlich erschien Micheli eines schönen Tages mit einem Megaphon aus Blech, damit man seine Rufe über größere Entfernungen hinweg hören konnte.

Am nächsten Tag kam Cecè ebenfalls mit einem Megaphon an.

Ihre fortwährenden Ausrufe, vor allem aber, was sie mit ihren Rufen sagten, verletzten die Gefühle des Cavaliere Antemio Pinna, Präsident der Vereinigung katholischer Familienväter, worauf er eine Eingabe beim Ortsvorsteher, dem Podestà, machte, in der er empört beschrieb, wie Cecè und Micheli öffentlich den Ehebruch und das Konkubinat lobten, womit sie «die heiligen Prinzipien der katholischen und faschistischen Familie in ihren Grundfesten erschütterten».

Abschließend gab er dem Podestà drei Tage Zeit, «der Schande ein Ende zu bereiten», andernfalls er sich an übergeordnete Behörden wenden würde.

Der Podestà, der wusste, wie lästig Cavaliere Pinna werden konnte, wenn er sich etwas in den Kopf gesetzt hatte, schickte sofort einen Gemeindepolizisten zum Strand, der das Ausrufen verbot.

Drei Tage später trat Micheli mit einer Trompete auf. Er rief nicht, aber er schmetterte drei mächtige Trompetenstöße, die man einen Kilometer weit hörte.

Also kaufte Cecè sich eine Trommel.

Zusammen veranstalteten sie einen solchen Lärm, dass der Commendatore Ballassaro Arcidiacono, Richter im Ruhestand und Vorsitzender des Vereins Ordnung und Gesetzestreue, eine Eingabe beim Podestà machte, in welcher er die beiden der «unerträglichen Störung des öffentlichen Friedens» beschuldigte.

Ein Polizist erschien, der Trompete und Trommel konfiszierte.

Nun ließ Micheli auf seinem Dreirad eine lange Stange anbringen, an der eine meilenweit sichtbare gelbe Fahne flatterte.

Am nächsten Tag tat Cecè das Gleiche, nur dass seine Fahne rot war.

Da schaltete sich die Hafenkommandantur ein. Die beiden Fahnen waren nautische Signale, die Missverständnisse hervorrufen konnten.

Der übliche Polizist ließ die Fahnen abnehmen.

Noch am selben Tag rief der Podestà Cecè und Micheli zu sich. «Entweder ihr hört auf, mir auf die Nerven zu gehen, oder ich entziehe euch die Lizenz.»

Dann hatte Cecè einen Geistesblitz. Er ließ sich vom Bäcker aus dem Teig, mit dem man Cannoli rollt, hundert Schälchen in Bootsform machen. Das Eis wurde direkt in diese Schälchen gefüllt.

Nun ging kein Tropfen Eis mehr verloren, ja, man konnte es auch noch essen, wenn es halb geschmolzen war. Die Erfindung war so erfolgreich, dass Cecè keine Kekse in Hostienform mehr benutzte.

Micheli sah sich auf einmal in Schwierigkeiten.

Und so endete die Saison eins zu null für Cecè.

Am Beginn des nächsten Sommers – einen Monat zuvor war Mussolini in den Krieg gezogen –, sah Cecè, als er gerade auf dem freien Strand Eis verkaufte, Don Cocò Zirafa auf seinen Wagen zukommen.

«Gib mir ein großes Eis, Vanille.»

Cecè bediente ihn vor den anderen Kunden, und die anderen Kunden protestierten nicht, denn gegen Don Cocò zu protestieren konnte sehr schlecht für die Gesundheit sein.

«Wie viel zahle ich?»

«Nichts, Don Cocò. Eine Ehre.»

Don Cocò aß das Eis stehend neben dem Karren. Plötzlich sagte er, einen Moment nutzend, in dem keine Kunden da waren, mit leiser Stimme: «Du musst mir einen Gefallen tun.»

«Zu Diensten.»

«Gehst du gleich hinüber an den Strand der Badeanstalt?»

«Jawohl.»

«Kennst du Signora Contino?»

«Gewiss.»

Wer kannte sie nicht? Die Gattin des Oberingenieurs der Gemeinde, fünfunddreißig, blond, großgewachsen, aus Triest, war eine gute Kundin. Sie war so gierig nach Eis, dass sie jeden Vormittag drei Stück aß.

«Wenn sie kommt, um sich ein Eis zu kaufen, gibst du ihr das hier.»

Er steckte ihm ein Stück Papier in die Hand, das aussah wie ein Schnürsenkel, so oft war es gefaltet und gerollt.

Als Signora Contino sich das erste Eis des Vormittags kaufen kam, gab er ihr heimlich das Papier. Sie nahm es ohne zu fragen und ohne Verwunderung zu zeigen.

Gegen ein Uhr kam die Signora, um sich das dritte Eis zu kaufen, und reichte Cecè stumm ein Papier.

Cecè überbrachte es Don Cocò.

Von da an spielte Cecè jeden Montag den Briefträger zwischen beiden.

Es waren sehr heiße Sommertage, man meinte in einem Ofen zu sitzen, die Leute gingen ins Wasser und wieder hinaus und blieben am Strand, bis die Sonne unterging.

Cecè hätte nach Herzenslust verdienen können, doch mit Micheli auf den Fersen, der ihm Konkurrenz machte, musste er sich mit dem begnügen, was er nach Hause bringen konnte. An allem war seine ehemalige Frau, diese verfluchte Hure, schuld!

Bevor er zur Arbeit ging, ließ er sich von Assunta immer ein Brötchen zubereiten, mal mit Salami, mal mit Rührei, und er nahm eine Flasche Wasser mit, die er neben einem der Eisbehälter aufbewahrte, damit sie kühl blieb.

Als er eines Morgens beobachtete, wie Assunta ihm das gewohnte Brötchen zubereitete, kam ihm eine geniale Idee. Er erzählte sie sofort Assunta.

An diesem Morgen kam Cecè zwei Stunden später zum Strand.

Über sein Dreirad war ein Spruchband gespannt, auf dem es hieß: «Verkauf von frischem Wasser und gefüllten Brötchen».

Die Flaschen waren Bierflaschen, aber mit Wasser gefüllt und in den Eisbehältern gekühlt. Die Brötchen, jedes in Butterbrotpapier eingewickelt, bewahrte Cecè in einer Holzkiste auf, die er an seinen Sattel gebunden hatte.

Innerhalb einer Stunde waren Brötchen und Wasser ausverkauft.

Am nächsten Tag gab es bei Micheli das gleiche Angebot.

Darauf schickte Cavaliere Antonio Pusateri, Leiter des Steuerbüros, eine Eingabe an den Podestà, in der er anzeigte, Cecè und Micheli hätten «durch Ausweitung ihrer Aktivitäten willkürlich die geschäftliche Bestimmung ihrer jeweiligen Betriebe verändert», und deshalb sei «eine Überprüfung der von dieser Gemeinde erteilten Verkaufslizenz mit entsprechender Erhöhung der Bewilligungssteuer vonnöten».

Nun war die Steuer so hoch, dass Cecè auf das Wasser und die Brötchen verzichtete.

Micheli dagegen zahlte.

Cecè ärgerte sich grün und blau. Bei all den Leuten, die ohne Proviant aus den nahen Dörfern im Inland kamen, um zu baden, hätte er reich werden können!

Aber es kam anders …

Drei Tage später konnte Micheli keine Brötchen und kein Wasser mehr verkaufen. Die Lizenz war ihm mit sofortiger Wirkung entzogen worden, ihm blieb nur die für den Eisverkauf.

Denn Don Pasqualino Privitera, der Eigentümer der Badeanstalt Neptun, dessen Frau die Geliebte des Podestà war, hatte die gute Idee gehabt, selbst Brötchen und Wasser zu verkaufen, wofür er in seiner Badeanstalt eine Art Bar eröffnete. Und der Podestà hatte ihm das nicht abschlagen können.

Jetzt kämpften Cecè und Micheli wieder mit gleichen Waffen.

Aber das ließ Cecè nicht schlafen. Er musste etwas ersinnen, um den Gegner zu schlagen. Endlich kam ihm eine Idee.

Eines Morgens sahen die Strandbesucher Cecè wie gewohnt auftauchen, diesmal aber im Meer. In Ufernähe lag ein Ruderboot mit dem Spruchband: «Lasst euch Cecès Eis im Wasser schmecken! Doppelte Erfrischung garantiert!»

Ein Sonnensegel schützte das Boot, der Eisbehälter befand sich am Heck in einer verzinkten Holzkiste, die randvoll mit Eisstückchen gefüllt war. Am Ruder saß ein Neffe von Cecè.

Der Erfolg war so überwältigend, dass Micheli kaum mehr etwas verkaufte.

Der Podestà erhöhte Cecès Lizenz auf das Doppelte. Aber der Verdienst war diese Ausgabe wert.

Eine Woche später trat Micheli mit einem kleinen Motorboot in Erscheinung, das nicht weniger als fünf Eisbehälter mit verschiedenen Sorten fassen konnte und viel schneller war als das Ruderboot.

Es war die Hafenkommandantur, die Cecè vor dem Ruin bewahrte, da sie «die Manöver des Motorbootes in so geringem Abstand zum Ufer als eine außerordentliche Gefährdung der leiblichen Unversehrtheit der Badenden» erachtete. Um niemandem Unrecht zu tun, entzog der Podestà beiden die Lizenz zum Eisverkauf im Meer.

Cecè und Micheli mussten sich mit den Dreirädern begnügen.

Das war der Moment, als Cecè die Eislieferung ins Haus erfand.

Bei der großen Hitze hatten die Leute wenig Lust, ihren Platz unter dem Sonnenschirm oder im Schatten der Kabinen zu verlassen, um hinunter zum Wasser zu gehen und sich ein Eis zu kaufen. Cecè musste aber mit seinem Dreirad auf dem nassen Sand direkt am Wasser bleiben, im trockenen Sand wären die Räder eingesunken.

Also flitzte Cecès Neffe zwischen den Sonnenschirmen und Kabinen hin und her, nahm Bestellungen entgegen und brachte den Kunden ihr Eis, ohne dass diese sich erheben mussten.

Nur Signora Contino und ein paar kleine Kinder kamen

noch persönlich, um ein Eis zu kaufen. Aber die Signora hatte andere Gründe.

Man muss kaum mehr erwähnen, dass Micheli die Idee am nächsten Tag kopierte.

Drei

Nun verzagte Cecè. Ihm waren die Ideen ausgegangen, wie er mit neuen Erfindungen die Kunden auf seine Seite ziehen konnte.

Die Saison neigte sich dem Ende zu, und schon wurden Wetten abgeschlossen, dass das Duell mit einem Gleichstand enden würde. Dahinter steckte Libertino Sparma, ein notorischer Glücksspieler, der in seiner Badekabine eine Art Wettbüro eröffnet hatte, wie bei Pferderennen. Man konnte auf drei Möglichkeiten setzen: auf den Sieg von Cecè, auf den von Micheli oder auf Unentschieden. Fast alle Gäste der Badeanstalt und sogar ein paar vom freien Strand hatten schon ihr Spiel gemacht, und die Mehrheit hatte auf Unentschieden gesetzt.

«Am Ende dieser Woche ziehe ich mich zurück», sagte Cecè eines Montags zu Don Cocò, als der ihm das übliche Billett für Signora Contino gab.

«Was soll das bedeuten?»

«Es bedeutet, dass ich kein Eis mehr verkaufe.»

Don Cocò erschrak. «Und was mache ich dann?»

«Darum sage ich es Ihnen ja rechtzeitig, damit Sie sich jemand anderen für die Billetts suchen.»

«Zuverlässig wie du, das wird schwierig. Ich will mich ja nicht in deine Angelegenheiten einmischen, aber darf ich erfahren, warum?»

«Das ist kein Geheimnis, Don Cocò. Ich kann mit der Konkurrenz von Micheli nicht mehr mithalten.»

«Aha!», sagte Don Cocò. Dann musterte er ihn. «Aha!», wiederholte er.

Cecè erschrak.

Don Cocòs Augen waren zu zwei schmalen Schlitzen geworden, und die Pupillen sahen aus wie blitzende Klingen. «Wenn das so ist, kann ich Abhilfe schaffen.»

Cecè verstand nicht. Wie konnte er Abhilfe schaffen? Indem er ihm neue Verkaufsmethoden vorschlug? Darum schwieg Cecè.

«Beantworten Sie nur diese einfache Frage», fuhr Don Cocò fort. «Der Mann oder die Sache?»

Was sollte denn das bedeuten? Aber eine Antwort musste er geben. Wenn er nichts sagte, wäre Don Cocò womöglich beleidigt. Und wenn Don Cocò beleidigt war, zog man besser in eine andere Stadt, am besten so weit wie möglich von Vigata entfernt.

«Die Sache», sagte er.

«Einverstanden», sagte Don Cocò.

Noch in derselben Nacht drangen Unbekannte in das Lager, wo Micheli sein Dreirad parkte, brachten es aufs Land und schlugen es mit Eisenhämmern in tausend Stücke.

Cecè, der von der Sache nichts wusste und Micheli nicht am Strand sah, dachte, dass sein Rivale vielleicht krank war. Das war nicht schlecht, denn wenn der andere ein paar Tage mit Grippe im Bett bleiben musste, würde er wieder auf seine früheren Einkünfte kommen.

Gegen Mittag erschien ein Carabiniere.

«Welche Sorte?», fragte Cecè, weil er dachte, der Mann wollte ein Eis.

«Komm sofort mit mir in die Kaserne.»

«Was ist los?», fragte Cecè erschrocken.

«Das wird dir der Maresciallo sagen.»

Cecè überließ seinem Neffen das Dreirad und ging in die Kaserne.

Der Maresciallo war ein Typ, der nicht mit sich spaßen ließ. Und ihm saß sogar die Hand locker.

«Guten Tag, Maresciallo. Worum geht es?»

«Ich stelle hier die Fragen.»

Cecè verstummte.

«Wo warst du gestern Nacht?»

«Wo soll ich wohl gewesen sein? Im Bett.»

«Gibt es Zeugen?»

«Maresciallo, ich hole nicht das halbe Städtchen, damit es zuguckt, wie ich mich ins Bett lege.»

«Spiel hier nicht den Clown!», rief der Maresciallo und hob drohend eine Hand.

Cecè witterte Stockschläge und machte ein Gesicht, als wollte er gleich in Tränen ausbrechen. «Darf ich denn wenigstens erfahren, warum …»

«Na gut, dieses eine Mal antworte ich dir. Heute Nacht wurde das Dreirad von Micheli Filippello unbrauchbar gemacht, oder besser, völlig zerstört.»

Cecè wurde blass.

Das war bestimmt das Werk von Don Cocò! Jetzt begriff er, was der Ausdruck «Abhilfe schaffen» bei Don Cocò bedeutete. Zum Glück hatte er «die Sache» gesagt, denn wenn er «der Mann» gesagt hätte, würde Micheli um diese Zeit mit zerschlagenen Knochen im Krankenhaus liegen.

Der Maresciallo hielt ihn eine Stunde fest und schikanierte ihn mit Fragen, dann ließ er ihn gehen.

Als Cecè aus der Kaserne kam, fasste er einen Entschluss. Eilig lief er zur Kabine von Libertino Sparma. «Ab morgen verkaufe ich so lange kein Eis mehr, bis Micheli mit einem neuen Dreirad auftaucht.»

«O Trefflichkeit der Ritter alter Zeiten!», rief Libertino aus, der häufig in Ariosts *Rasendem Roland* las.

Cecès Geste wurden von allen Badegästen mit Hochachtung und Lob aufgenommen. Sogar von Don Cocò.

Drei Tage später tauchte Micheli wieder auf, mit einem neuen Dreirad. Und auch Cecè verkaufte weiter Eis.

Die Saison endete mit Cecès Sieg: Seine großherzige Geste gegenüber dem Gegner hatte die Gewichte zu seinen Gunsten verschoben.

Im darauffolgenden Jahr wurde Cecè Mitte Juni zu einer Ausbesserungsarbeit ins Haus von Signor Giurlanno Castiglione gerufen, dem Eigentümer des wichtigsten Cafés von Vigata.

Cecè hatte nur die Grundschule besucht, aber lesen konnte er, wenngleich es ihm ein bisschen schwerfiel.

Als die Arbeit beendet war, nahm Signora Castiglione ihn mit in die Küche, um ihm einen Kaffee anzubieten. Auf dem Tisch lag eine Zeitschrift mit dem Titel *Die moderne Bar*.

Die erste Seite trug die Überschrift: «Eine Erfindung, die den Eisverkauf revolutionieren wird: die Eistüte».

Was war das für eine Tüte?

«Signora, darf ich die Zeitschrift mitnehmen?»

«Ja, ich wollte sie sowieso wegwerfen.»

Der Artikel im Innern des Hefts erklärte haarklein, was eine Eistüte war, wie viel sie kostete und wo der Großhandel sie verkaufte.

Cecè machte eine rasche Überschlagsrechnung: Hundert Tüten kosteten ihn nicht einmal die Hälfte von dem, was hundert Schälchen vom Bäcker kosteten.

Der nächste Großhändler saß in Catania. Doch in der Zeitschrift hieß es, dass die Eistüte im Norden erfolgreich war, während sie sich in der Landesmitte und im Süden noch nicht durchgesetzt hatte.

Cecè sprach mit Assunta darüber. «Was hältst du davon?»

«Ich finde, das ist eine gute Idee.»

Cecè verlor keine Zeit und fuhr schon am nächsten Tag nach Catania.

Bei der Eröffnung der neuen Badesaison war die Tüte ein Riesenerfolg. Alle Kunden von Micheli wechselten zu Cecè.

Micheli verlor kostbare zwei Wochen, bis er herausgefunden hatte, wo Tüten en gros verkauft wurden. Dann kam er eines Morgens ebenfalls mit Tüten an.

Also senkte Cecè die Preise. Das konnte er sich erlauben, weil die Tüten viel weniger kosteten als die Schälchen.

Micheli befand sich in der gleichen Lage, also senkte auch er die Preise.

Also streute Cecè ein paar geröstete Mandelsplitter über jedes Eis.

Vier Tage später häufte Micheli über jede Tüte einen Klacks Sahne.

Das Duell zwischen den beiden wurde erbitterter.

Der Kampf zwischen Cecè und Micheli fand zu der Zeit in Vigata größeres Interesse als der Krieg, an dem inzwischen die halbe Welt teilnahm. Fremde kamen eher in den Ort, um das Duell zu erleben, als um zu baden.

Cecè erfand die Extratüte. Das funktionierte so: Jeder, der eine Tüte Eis kaufte, bekam von Cecè einen Zettel mit einem Stempelaufdruck: «Prämierter Eisverkauf Cecè Caruana». Wer zehn solcher Gutscheine ablieferte, erhielt eine große Tüte gratis.

Micheli konterte mit der Verlosungstüte. Jeder, der eine Tüte Eis kaufte, bekam einen Zettel mit einer Zahl. Dann zog Micheli aus einem Säckchen mit den Zahlen der Tombola drei heraus. Wer eine der ausgelosten Zahlen auf seinem Zettel hatte, gewann eine große Tüte Eis.

Cecè schlug zurück, indem er den ersten fünf Kunden am Morgen eine Tüte Eis schenkte.

Micheli parierte. Bei ihm bekamen die letzten fünf Kunden am Tag eine Gratistüte.

Cecè erfand das Eisabonnement. Wer sich auf eine Tüte am Tag abonnierte, erhielt einen Preisnachlass. Der wurde größer, wenn ein Kunde mehrere Abonnements für seine Familie oder seine Freunde bestellte.

Micheli ersann die Tüte mit Extras. Das bedeutete, dass man zusammen mit einer Tüte Eis ein Stück Konfekt oder Schokolade bekam.

Cecè brachte die Familientüte auf den Markt. Wenn Vater und Mutter je eine Tüte kauften, bekamen ihre Kinder bis zu sechs Jahren eine Tüte geschenkt.

Micheli setzte einen drauf mit der Tüte zum halben Preis für Soldaten und Veteranen.

Cecè ließ sich die Überraschungstüte eigens anfertigen. Sie war größer, damit im unteren Teil Platz für eine Überraschung blieb: ein kleines Auto, ein Ringlein, eine Brosche, ein Anhänger.

Micheli hielt dagegen mit der Tüte «Erste Ziehung». Für jede Tüte bekam der Kunde eine Zahl von eins bis neunzig. Jeden Montag gewannen alle Kunden mit der Zahl, die als Erste bei der Lotterie von Palermo gezogen wurde, fünf Tüten.

Für das Wettbüro von Libertino waren das goldene Zeiten.

Don Pasqualino Privitera ließ eine Bekanntmachung aushängen, in der es hieß, dass die Badeanstalt wegen der anhaltenden großen Hitze bis zum fünfzehnten September geöffnet blieb.

Vier

Eines Samstagmorgens sahen sich Don Filiberto Magnacavallo und Don Liborio Sferlazza Seite an Seite im Wettbüro stehen. Beide waren um die sechzig, und zeit ihres Lebens hatten sie alles darangesetzt, einander nie zu begegnen.

Bis jetzt war ihnen das auch gelungen. Dann wollte das Schicksal es anders. Es ließ sie am selben Tag zur selben Stunde in derselben Minute ihre Einsätze machen.

Der niemals erloschene Hass zwischen den beiden Familien ging auf die Zeit zurück, als Garibaldi mit den Tausend in Marsala gelandet war. Angelo Magnacavallo gehörte zu Garibaldis Anhängern, während Gaetano Sferlazza auf der Seite der Bourbonen stand. Und so war es in den folgenden Jahrzehnten weitergegangen. Die Sferlazza waren Monarchisten, die Magnacavollo Republikaner; die Magnacavallo waren fromme Katholiken, die Sferlazza Papstgegner. Und jetzt gehörten die Söhne von Don Filiberto zu den faschistischen Parteifunktionären, während die Söhne von Don Liborio als Antifaschisten in die Verbannung geschickt worden waren.

Don Filiberto setzte auf Micheli.

Don Liborio setzte auf Cecè.

«Pah!», machte Don Filiberto verächtlich und spuckte auf den Boden.

«Pah!», antwortete Liborio und spuckte ebenfalls.

Im Nu wurden sie handgreiflich. Libertino fing an zu schreien.

Von einer Seite liefen Antonio, Manueli, Alberto und Giuseppi Magnacavallo herbei, um Don Filiberto zu helfen, von der anderen beeilten sich Cosimo, Stefano, Gaspano und Totò Sferlazza, Don Liborio zu unterstützen.

Die entfernten Verwandten der Magnacavallo, Männer, Frauen und Kinder, stürzten sich auf die Sferlazza. Die entfernten Verwandten der Sferlazza wiederum stürzten sich auf die Magnacavallo. Und schon bald beteiligten sich auch die Freunde der Magnacavallo und die Freunde der Sferlazza an dem Kampf. Es folgten die Freunde der Freunde. Dann begann das Gerangel zwischen Leuten, die einander gar nicht kannten und nicht das Geringste mit den Magnacavallo oder den Sferlazza zu tun hatten.

Die Sonne war allen zu Kopf gestiegen. Das Ganze war wie eine brennende Zündschnur, die sogar den Zaun zwischen dem Strand mit der Badeanstalt und dem freien Strand überwand. Auch hier entstanden Scharmützel und wuchsen sich binnen weniger Minuten zu einer allgemeinen Prügelei aus.

Nach einer halben Stunde gab es auf dem ganzen Strand keinen einzigen Badegast mehr, der sich nicht mit einem anderen Badegast in den Haaren lag.

Die Einzigen, die sich nicht prügelten, waren Cecè und Micheli, die starr vor Staunen neben ihren Dreirädern standen.

Die Ordnungshüter mussten eingreifen. Es gab vier Verhaftungen und zwölf Verletzte. Der Podestà ordnete an, dass der Eisverkauf auf der Straße vorläufig ausgesetzt war.

Am Sonntagabend gab es im Verein eine Diskussion über die Vorfälle vom Samstagmorgen.

«An allem sind nur diese zwei elenden Eisverkäufer schuld», sagte Don Arelio Mezzano.

«Die Eisverkäufer haben absolut nichts damit zu tun», entgegnete Don Sasà Carbone.

«Ach, nein?»

«Nein. Wenn überhaupt, liegt die Schuld bei den Magnacavallo und den Sferlazza.»

«O nein, verehrter Herr», sagte Don Arelio. «Magnacavallo und Sferlazza sind sich in dieser Badekabine begegnet, um auf die Eisverkäufer zu setzen. Hätten die Eisverkäufer nicht mit ihrem Wettkampf angefangen, wären Magnacavallo und Sferlazza sich nicht begegnet. Ergo …»

«Ergo muss beiden die Lizenz entzogen werden», schloss Don Mariano Picciò.

«Zu spät», bemerkte Professore Sarino Tripodi, der am Gymnasium von Montelusa Philosophie unterrichtete.

«Was meinen Sie damit?», fragte Don Sasà.

«Ich meine, dass die Gemüter mittlerweile zu erhitzt sind. Wenn man der Bevölkerung keine Gelegenheit gibt, sich abzureagieren, riskiert man einen dauerhaften Unfrieden.»

«Wollen Sie vielleicht noch eine Rauferei veranstalten?», fragte Don Mariano ironisch.

«Mitnichten. Ich schlage etwas vor, was mir am richtigsten erscheint: eine Volksabstimmung.»

Alle Anwesenden staunten.

«Erklären Sie das genauer», bat Don Sasà.

«Ohne es zu wollen, haben die beiden Eisverkäufer uns alle in die Irre geführt. Sie haben uns gezwungen, eine Auseinandersetzung über die Form statt über den Inhalt zu führen, über den Schein, nicht über das Sein ...»

«Meine Güte, Professore, ich bitte Sie!», unterbrach ihn Don Arelio. «Lassen wir doch die Philosophie aus dem Spiel!»

«Ich sage nur, dass wir uns über die Tüte gestritten haben, nicht über das, was in der Tüte ist. Das war ein Fehler. Nicht das Behältnis, sondern der Inhalt muss beurteilt werden. Habe ich mich klar genug ausgedrückt? In dürren Worten, die Quintessenz des Disputs hätte folgende sein müssen: Welches Eis ist besser, das von Cecè oder das von Micheli?»

«Das stimmt, verflucht!», rief Don Sasà.

«Und wie gedenken Sie die Sache zu organisieren?», fragte Don Mariano.

«Ganz einfach. Wir bilden eine Jury mit hundert Mitgliedern aus allen Schichten der Bevölkerung. Cecè und Micheli verteilen jeder hundert Tüten Eis. Die Jury wird entscheiden, wer von den beiden das bessere Eis macht. Und alle müssen sich dem Urteil der Jury fügen.»

«Was bedeutet fügen? Dass der Verlierer kein Eis mehr verkaufen darf?»

«Nein, das kann er weiterhin. Aber es liegt auf der Hand, dass die Leute das Eis des Siegers vorziehen werden.»

«Sprechen wir sofort mit dem Podestà!», schlug Don Arelio begeistert vor.

Dem Podestà gefiel der Vorschlag. Er ließ sofort ein Plakat drucken und aushängen, auf dem die verschiedenen Bevölkerungsgruppen, wie Lastenträger, Fischer, Karrenfahrer, Angestellte, Kaufleute, Akademiker usw. aufgefordert wurden, innerhalb von drei Tagen die Namen von zehn Vertretern ihrer Gruppe zu nennen.

Und damit begannen die Probleme. Denn in jeder Gruppe gab es bei der Wahl der Vertreter Zwistigkeiten, Diskussionen, Komplotte und interne Kämpfe.

Zum Beispiel bekämpften sich Austino Palummo und seine Frau Vigginia (Gruppe der Fischer) aufs Blut, weil die Frau ihren Mann nicht als Kandidat aufgestellt sehen wollte. Er könne nämlich einen frischen Fisch nicht von einem unterscheiden, der seit einer Woche tot war.

Zum Beispiel behauptete Miluzza, die Schwester des Vermessungstechnikers Sciaverio Corbo (Gruppe der Angestellten), eine Frau mit einem ausgeprägten Sinn für Gerechtigkeit, ihr Bruder sei nicht unparteiisch, weil er von Zeit zu Zeit mit Micheli Karten spiele.

Als Cecè erfuhr, dass der Amtsarzt Arcangilo Foti in der Gruppe der Akademiker zur Jury gehörte, wurde er zornig und ging zum Podestà. Und dort machte er ein solches Theater, dass der Arzt ersetzt wurde.

Um es kurz zu machen, sämtliche Gruppen ließen dem Podestà ausrichten, dass drei Tage nicht genügten.

Also bestimmte der Podestà, dass das letzte große Duell am fünfzehnten September stattfinden würde, dem letzten Tag der verlängerten Saison, der passenderweise auf einen Sonntag fiel.

Am zwölften September waren alle Mitglieder der Jury gewählt. Zum Präsidenten wurde Professore Tripodi ernannt, der die gute Idee gehabt hatte.

Das Wettbüro von Libertino hatte sich unterdessen in eine wahre Goldader verwandelt.

Noch am zwölften September sprach Dottore Marcello Scannaliato im Verein ein ernstes Problem an. «Das Urteil der Jury wird unvermeidlich von der Uhrzeit beeinflusst sein, zu der jedes einzelne Jurymitglied sein Abendessen einnimmt», sagte er plötzlich.

«Wollen Sie sich freundlicherweise erklären?», bat Don Arelio besorgt.

«Selbstverständlich. Was machen Sie, wenn Sie eine Blutprobe zur Untersuchung abgeben müssen? Sie beenden Ihr Abendessen gegen neun Uhr, und danach bleiben sie nüchtern, trinken morgens nicht einmal einen Kaffee, bis man Ihnen Blut abgenommen hat. Diese Regel müsste man auch im vorliegenden Fall anwenden. Aber, um nur ein Beispiel zu nennen, die Träger, die Auslader am Hafen, werden bis um Mitternacht und darüber hinaus in der Osteria trinken!»

«Und Sie glauben, das könnte ihre Geschmacksnerven beeinflussen?», fragte Professore Tripodi.

«Ich bin mir absolut sicher. Es wird ihr Geschmacksempfinden verändern, folglich wird ihr Urteil dadurch verfälscht werden.»

«Wir müssen sofort den Podestà darüber informieren!», sagte Don Sasà.

Der Podestà fand die Lösung. Alle hundert Jurymitglieder waren, wie zu erwarten, männlich. Mit Hilfe der Gemeindepolizisten ließ der Podestà allen hundert ausrichten, dass sie sich am Abend des Vierzehnten um halb acht im Filmtheater Splendor einzufinden hatten. Wer fehlte, würde aus der Jury ausgeschlossen. Im *Splendor* würden sie essen (das Abendessen stiftete die Stadtverwaltung) und in den Sesseln im Parkett schlafen, die recht bequem waren. Außerdem würde ein Tarzan-Film gezeigt, gratis.

Am nächsten Morgen würde die Jury um zehn Uhr aus dem

Splendor kommen und sich, eskortiert von der Gemeindepolizei, damit es nicht zu Abstechern in die auf dem Weg liegenden Bars kam, zum Strand begeben.

Vom frühen Morgen des Fünfzehnten an strömten Scharen von Menschen aus den nahen Dörfern herbei. Aus gegebenem Anlass hatte man beschlossen, den Palisadenzaun abzureißen, der den Strand der Badeanstalt vom freien Strand trennte.

Die Jury wurde vor das *Neptun* gesetzt. Die Stadtkapelle wurde an der Seite aufgestellt. Das Publikum reihte sich vor den Kabinen auf, und die Polizisten hatten Mühe, genug Platz für die Dreiräder von Cecè und Micheli zu lassen.

Um Punkt elf Uhr begann die Kapelle «Giovinezza, giovinezza» zu spielen, die Hymne der Faschisten, die von allen im Chor mitgesungen wurde. Danach gab der Podestà das Startzeichen für den Endkampf.

Cecè, mit dem Neffen an seiner Seite, war bleich wie der Tod.

Micheli, der einen Gehilfen bei sich hatte, war rot wie ein Peperone.

Professore Tripodi stellte sich zwischen die Dreiräder. Er hielt eine Münze in der Hand und fragte Cecè: «Kopf oder Zahl?»

«Kopf», sagte Cecè.

Der Professore warf die Münze in die Luft. Nachdem sie auf den Sand gefallen war, hob er sie wieder auf. «Zahl.»

Micheli durfte anfangen.

Über der Zubereitung der Tüten, dem Austeilen und dem Verspeisen derselben verging eine Stunde.

Bevor Cecè an der Reihe war, ließ der Podestà jedes Jurymitglied ein Glas Wasser trinken, damit ihnen der Geschmack des Eises von Micheli nicht im Mund zurückblieb.

Als die Verkostung von Cecès Eis begann, war es halb eins. Um zwei Uhr versammelte sich die Jury, bewacht von der Gemeindepolizei, im Innern der Badeanstalt.

Keiner im Publikum rührte sich. Die Sonne röstete sie bei lebendigem Leib, es gab sieben Fälle von Sonnenstich und neun Ohnmachten. Auch unter den Musikanten der Stadtkapelle, die keinen Atem mehr zum Spielen hatten.

Um fünf Uhr nachmittags verlas Professore Tripodi mit bebender Stimme das Urteil: Fünfzig hatten für Cecè gestimmt und fünfzig für Micheli. Absoluter Gleichstand.

Kaum hatte er zu Ende gelesen, erhob sich ein Schrei aus der Menge, und gleich darauf stürmte das gesamte Publikum die Badeanstalt. Man wollte die Jury lynchen.

Vierzehn Verletzte, zweiundzwanzig Festnahmen.

Und das bedeutete, dass das Duell weiterging.

Die Jahre verstrichen, der Krieg endete, es kamen die Landung der Amerikaner, der Frieden, die Freiheit, die Republik, der Kalte Krieg, Korea, Vietnam, der Fall der Berliner Mauer.

Micheli und Cecè verkauften weiterhin Eis am Strand und machten sich gegenseitig Konkurrenz.

Als Micheli in seinem fünfundsiebzigsten Lebensjahr gerade eine «Superfamilientüte» verkaufte, bestehend aus einer großen Tüte, einer mittleren und vier kleinen, die wie Trauben an der großen Tüte hingen, fiel er plötzlich der Länge nach auf den Strand.

Der Erste, der ihm zu Hilfe eilte, war Cecè. Doch er erkannte sofort, dass sein Rivale tot war, und brach in Tränen aus.

Nach Michelis Beerdigung zog Cecè sich aus dem Geschäft zurück.

DIE NEUEN SCHUHE

Eins

Das Fest von San Calò, ein schwarzer Heiliger, der, wenn er konnte, den Armen, den Hungerleidern, den Kranken und ganz besonders den armen, kranken Hungerleidern beistand, fiel immer auf den ersten Sonntag im September und begann Punkt zwölf Uhr mittags mit dem Auszug des Heiligen aus der Kirche.

Der Brauch verlangte zwei Rituale. Das erste war, dass am Vormittag Pferde, Maultiere und Esel, festlich geschmückt, nämlich mit einem Strauß bunter Federn auf der Stirn und einer schönen Decke als Schabracke, dem Heiligen Brotlaibe bis hinein in die Kirche brachten. Das zweite, dass die Leute, wenn die Statue des Heiligen durch die Straßen getragen wurde, ein besonderes, eigens für diesen Anlass gebackenes Brot von den Balkonen warfen.

Neben dem Heiligen gingen darum außer den Gläubigen, die von den nahen Feldern herbeikamen, immer auch gut hundert arme Schlucker aus den umliegenden Dörfern, die vom Betteln lebten und nach diesem Fest eine ganze Woche lang Brot zu essen hatten.

Am Abend spielte dann die Stadtkapelle, und die Menschen schlenderten auf der mit Lichterbögen geschmückten Hauptstraße zwischen den Buden hin und her, wo kleine Statuen des wundertätigen Heiligen, Schuhe, Kleider und Hemden, aber vor allem leckere Sachen zum Essen verkauft wurden, wie Nougat, eine Mischung aus gerösteten Kichererbsen, Erdnüssen und Kürbiskernen, Marzipan, das im Mund zerging wie Eis, und Krapfen.

Bartolomé Sgargiato war ein Bauer, der außerhalb des Städtchens in den Bergen von Crasto wohnte, wo er einen Hof besaß, den ihm sein Vater Jachino vererbt hatte. Dort wohnte er mit seiner Frau Assunta, dem ältesten Sohn Jachino, der neunzehn Jahre alt war, dem zweiten Sohn 'Ngilino, siebzehn Jahre alt, und seiner Tochter Catarina, die mit ihren fünfzehn Jahren wie eine erwachsene Frau wirkte. Neben dem Haus hatte Bartolomé einen Stall, in dem er den Esel, etwa fünfzig Hühner und ein Dutzend Kaninchen hielt. Das Bauernhaus umgaben mehrere Hektar guten Bodens, wo Gemüse und Obst angebaut wurde. Von diesem Garten und dem Wein lebte die ganze Familie.

Jeden Morgen gingen die Söhne abwechselnd mit dem bepackten Esel in den Ort hinunter und verkauften auf der Straße ihr schönes, frisches Gemüse und die Früchte der Jahreszeit, neue Kartoffeln, Bohnen, grüne Kichererbsen, Gurken und Melonen. Spätestens nach anderthalb Stunden war alles verkauft, denn es handelte sich um Gemüse, das von Bartolomé und seinen Söhnen mit Liebe gezogen worden war, und die Liebe spürt man auch im Geschmack.

Die Sgargiato, das wussten alle im Städtchen, waren rechtschaffene Personen, die das Glücksspiel und die Taverne mieden, sich um ihre eigenen Angelegenheiten kümmerten und achtgaben, dass sie mit ihren kargen täglichen Einkünften auskamen. Nie hatten sie mit den Einwohnern von Vigata Streit gehabt.

Probleme mit einem aus dem Ort bekam Bartolomé zum ersten Mal, als er eines trüben Tages dem Ortsgruppenleiter von Vigata begegnete, dem Parteigenossen Agazio Lattoneri.

Nicht weil Bartolomé und seine Söhne je irgendetwas gegen Benito Mussolini und den Faschismus gesagt hätten, im Gegenteil, bei den Aufmärschen der Landmänner, wie Mussolini das nannte, standen sie immer im schwarzen Hemd in der ersten Reihe. In ihrem Esszimmer hing sogar neben einem Bildchen von San Calò das Porträt von Mussolini an der Wand, der sie mit einem Helm auf dem Kopf und grimmigem Blick beobachtete, während sie ihre Suppe aßen.

Eines Morgens im August des Jahres neunzehnhundertneununddreißig waren beide Söhne, Jachino und 'Ngilino mit hohem Fieber aufgewacht. Eine Influenza ging um, zwei Tage im Bett, und die Sache war ausgestanden. Also wurde beschlossen, dass Bartolomé in den Ort hinuntergehen sollte, während Assunta und Catarina sich um den Garten kümmerten.

Tags zuvor war Bartolomé in Gallotta beim Fest des heiligen Castriota gewesen, um sich einen Esel zu kaufen, denn der, den er vorher gehabt hatte, war an Altersschwäche gestorben. Er hatte das gesamte Geld der Familie mitgenommen, das seine Frau in einem grünen Taschentuch zwischen ihren Brüsten aufbewahrte. Doch dieses Geld würde sicher nicht reichen, um einen jungen Esel zu kaufen.

Wer sucht, der findet, und so fand er schließlich einen, der ihm etwas weniger klapprig erschien als die anderen. Den Esel wollte ein Bauer aus Gallotta verkaufen, den Bartolomé kannte, mit dem er aber niemals hätte zu tun haben wollen. Der Mann hieß Lollo Mostocotto und saß regelmäßig im Gefängnis, weil er Kommunist war. Von Zeit zu Zeit drangen ein paar Faschisten in sein Haus ein und verpassten ihm eine solche Tracht Prügel, dass er mehr tot als lebendig am Boden liegen blieb. Aber nichts konnte ihn von seiner Überzeugung abbringen, er war und blieb Kommunist.

Bartolomé sah sich noch einmal überall um, aber da er nichts Besseres fand, kehrte er zu Mostocotto zurück, verhandelte und zahlte. Ihm blieb kein einziger Centesimo, das Geld hatte gerade eben gereicht.

«Wie heißt das Tier?», fragte er Mostocotto.

«Mussolini», antwortete der lächelnd.

Bartolomé war sprachlos vor Staunen. War Benito Mussolini nicht der Führer des Faschismus und Italiens? Wie konnte man einen Esel so nennen?

«Warum hast du ihn so genannt, wo du doch Kommunist bist?»

«Genau darum. Manchmal gebe ich ihm Stockschläge und beleidige ihn, um Dampf abzulassen. Aber du kannst ihn ja nennen, wie du willst.»

Auf dem Heimweg beschloss Bartolomé, ihn Curù zu nennen, wie den Esel, den er vorher gehabt hatte.

Die Sache ereignete sich dann am nächsten Tag. Bartolomé hatte gerade die letzten fünf Eier in den Korb gelegt, den eine Frau ihm vom Balkon herabgelassen hatte, da bemerkte er, dass der Esel sich mitten auf die Gasse gelegt hatte.

Er nahm ihn an den Zügeln und versuchte ihn zu bewegen. Doch der Esel rührte sich nicht. Bartolomé begann, mit aller Kraft zu ziehen, vergeblich. Also sprach er zu ihm. «Steh auf, Curù, steh auf.»

Doch der Esel schien taub geworden zu sein.

Da kam unglücklicherweise ein offenes Auto mit großer Geschwindigkeit herangefahren, und am Steuer saß der Ortsgruppenleiter der Partei Agazio Lattoneri in pechschwarzer Faschistenuniform, dass er aussah wie eine Krähe.

Er bremste mit quietschenden Reifen, denn der Esel mitten auf der Straße ließ dem Auto nicht genug Platz zum Vorbeifahren. «Schafft diesen Esel fort!», befahl er, nahm die Hände vom Steuer und stemmte sie sich, zu Fäusten geballt, in die Seiten, wie Benito Mussolini es immer machte, wenn er von einem Balkon zu den Leuten sprach.

«Eccellenza, was soll ich machen? Er will sich nicht bewegen!», sagte der arme Bartolomé verstört.

Lattoneri drückte auf die Hupe. Leute erschienen auf den Balkonen und an den Fenstern, andere versammelten sich um das Auto und den Esel.

«Helft diesem Mann!», befahl Lattoneri drei jungen Müßiggängern in der Menge, die das Schauspiel genossen.

Zwei stellten sich hinter den Esel, einer ging Bartolomé an den Zügeln helfen. Sie schoben und zogen, aber das Tier ließ sich um keinen einzigen Millimeter bewegen.

Also erhob sich der Ortsgruppenleiter und übernahm vom Fahrersitz aus das Kommando über die Operation. «Das muss koordiniert ablaufen, Genossen! Ich zähle bis drei, dann schiebt und zieht ihr alle gleichzeitig! Eins, zwei und … drei!»

Nichts geschah. Es war, als wollte man eine Marmorstatue zum Gehen bewegen.

Da riss Lattoneri der Geduldsfaden. Wie ein Verrückter schreiend, zückte er seinen Revolver und zielte auf den Esel. «Alle aus dem Weg!»

Obwohl er Todesangst hatte, umarmte Bartolomé den Kopf des Tiers. «Nein, bitte nicht, Eccellenza, Ihr ruiniert mich!»

«Ich zähle bis zehn», drohte Lattoneri, mit dem Revolver noch immer auf den Esel zielend.

Da nahm der verzweifelte Bartolomé einen Stock, hob ihn mit beiden Händen und versetzte dem Esel einen gewaltigen Hieb. «Beweg dich, Mussolini, verfluchtes Mistvieh!»

Wieder hob er den Stock und ließ ihn fallen. «Auf die Beine, verblödeter Mussolini!»

Da rührte sich der Esel.

«Sie können vorbei, Eccellenza.»

Doch das Auto des Ortsgruppenleiters fuhr nicht los. «Ihr da, Moment mal!», rief Lattoneri. Er meinte Bartolomé. Er stieg aus, steckte den Revolver zurück ins Halfter und näherte sich Bartolomé mit bösen Blicken. Unterdessen waren auch zwei Carabinieri gekommen. «Wie heißt dieser Esel?», fragte er.

«Curù, Eccellenza.»

«Quatsch, Curù! Ihr habt gewagt, ihn nach unserem geliebten Führer zu nennen! Das habe ich mit eigenen Ohren gehört! Dafür werdet Ihr büßen!» Und zu den Carabinieri: «Bringt ihn in die Kaserne!»

Die Carabinieri nahmen Bartolomé mit, der die Zügel jedoch nicht losließ, da der Esel sich jetzt ja ohne Probleme führen ließ.

Als sie ihren Vater nicht heimkehren sahen, standen seine Söhne trotz des Fiebers vom Bett auf und gingen hinunter in den Ort, wo sie von dem Vorfall erfuhren. Sofort holten sie den Anwalt Gaetano Minnolicchia, der ihnen mal bei einer anderen Sache geholfen hatte. Aber der Anwalt wurde nicht gebraucht.

Denn Bartolomé hatte am Nachmittag mit Maresciallo Spicuzza sprechen und ihm erklären können, wie die Dinge gelaufen waren. Der Maresciallo, der Bartolomé als einen ehrbaren, aufrichtigen Mann kannte, ging mit dem Ortsgruppenleiter sprechen.

Dieser ließ sich eine Weile bitten, dann willigte er schließlich ein, Bartolomé freizulassen. Allerdings erteilte er Bartolomé eine feierliche Warnung: Er dürfe den Esel niemals wieder Mussolini nennen. Wenn das ein zweites Mal passierte, würde er Bartolomé in die Verbannung schicken.

Einen Monat nach diesem Ereignis fand das Fest von San Calò statt.

Am Morgen öffnete Assunta den Schrank, in dem Catarinas Aussteuer lag, und holte die bestickte Decke heraus, ein wunderschönes Stück, an dem man sich nicht sattsehen konnte. Sie strich die Decke mit Catarinas Hilfe glatt, faltete sie und legte sie Curù auf den Rücken. An den Flanken des Esels befestigte sie zwei große Weidenkörbe, randvoll mit Brotlaiben, die sie selbst im Ofen gebacken hatte. Dann kleideten die Frauen sich für das

Fest um, die Männer zogen ihre guten Anzüge an, und sie gingen alle miteinander zu Fuß hinunter nach Vigata.

Vor der Kirche warteten die herausgeputzten Tiere in einer langen Schlange, dass sie an die Reihe kamen. Sicher würde es noch eine Stunde dauern, bis sie Curù vor den Altar führen konnten, um dort das Brot zu übergeben.

Also beschlossen Assunta und Catarina, einen Bummel zwischen den Verkaufsständen zu machen, während Bartolomé und 'Ngilino ein Glas Wein trinken gingen, schließlich war ja Festtag. Jachino blieb, um Curùs Zügel zu halten.

Nun muss man wissen, dass Bartolomé damals, als er aus der Kaserne freigekommen und nach Hause zurückgekehrt war, Curù an einen Baum gebunden und ihn, um seine Wut abzulassen, eine halbe Stunde lang ununterbrochen mit dem Stock geschlagen hatte. Dabei hatte er immer wieder geschrien: «Du heißt Curù! Hast du kapiert? Curù!»

'Ngilino, Assunta und Catarina waren dazugekommen und hatten sich ihrerseits mit Stockhieben von dem erlittenen Schreck befreit. Nur Jachino hatte an der gemeinsamen Rache nicht teilnehmen wollen. Und das hatte der Esel verstanden, denn wenn er Jachino morgens erblickte, begrüßte er nur ihn mit einem fröhlichen Eselsgeschrei.

Beim Warten sah Jachino, dass rechts von ihm auf dem Gehweg eine Bude stand, wo Schuhe verkauft wurden. Er brauchte unbedingt ein neues Paar Schuhe, denn obwohl er die Schuhe, die er besaß und die früher seinem Vater gehört hatten, nur trug, wenn er ins Städtchen hinunterging, hatten sie inzwischen jeder ein Loch in der Sohle, durch das Wasser kam.

Sein Blick fiel auf ein Paar, wie er es sich immer gewünscht hatte. Es waren Schuhe mit hohem Rand, aus dickem Naturleder, die Sohlen benagelt. Von solchen Schuhen hatte man sein Leben lang etwas, es genügte, sie von Zeit zu Zeit mit Fett einzuschmieren.

Der Verkäufer sah seinen bewundernden Blick. Er nahm einen Schuh und reichte ihn Jachino. «Seht mal, das ist ausgezeichnete Ware!»

Jachino streichelte den Schuh, bog ihn, berührte die Nägel in der Sohle, und gab ihn zurück. «Wie viel kosten die?», fragte er mit trockener Kehle.

«Fünfunddreißig Lire. Euch kann ich sie für zweiunddreißig lassen.»

Jachinos gesamte Ersparnisse, die er in seinem Säckchen bei sich trug, bestanden aus fünf Lire und zwanzig Centesimi. «Danke», sagte er.

Und blickte woanders hin.

Zwei

Dann waren sie endlich an der Reihe, die Kirche zu betreten, in der ein solches Gedränge herrschte, dass nicht mal eine Flunder dazwischenpasste. Langsam schoben sie sich eine weitere halbe Stunde voran, dann standen sie endlich alle vor dem Hochaltar, der Esel in ihrer Mitte, und der Pfarrer segnete die ganze Gruppe auf einen Streich.

Bartolomé ergriff die Zügel des Esels und brachte ihn in die Sakristei, wo die Familie die Körbe ausleerte und dem Küster die Brote übergab.

Aus der mit Menschen und Tieren vollgestopften Kirche herauszukommen war noch schwieriger, als hereinzukommen. Alle anderen gingen voraus, und zu Jachino, der den Esel hielt, sagten sie, man würde sich im Haus von Tante Cuncetta treffen, die ein Essen für alle vorbereitet hatte. Jachino blieb zurück, denn sich mit dem Esel und den leeren Körben an seinen Flanken einen Weg durch die Menge zu bahnen, war keine leichte Sache.

Als er dem Gedränge endlich entkommen war, verließ er die

Hauptstraße und nahm einen einsamen Weg, der zum Haus von Tante Cuncetta führte. Nach einer Weile fiel ihm auf, dass der Esel, der vor ihm trabte, sich von Zeit zu Zeit umdrehte und ihn anschaute.

Warum tat er das? Wollte er etwas? Wahrscheinlich war er durstig, der Arme.

Auf der Piazza Martiri Fascisti stand eine Tränke, zu der er den Esel manchmal brachte. Sie würden einen Umweg machen müssen, aber das war nicht schlimm, für das Mittagessen war es sowieso noch zu früh.

Aber kaum hatte Jachino die Zügel ergriffen, um den Esel auf den anderen Weg zu führen, blieb der stehen und wollte sich nicht mehr rühren. Machte er jetzt mit ihm das Gleiche, was er mit seinem Vater gemacht hatte?

Also beschloss Jachino, ihn mit Worten zu überzeugen. Er kam näher, blickte den Esel an und sagte: «Hör mal, Curù, ich möchte dich zur Tränke bringen. Hast du denn keinen Durst?»

Statt einer Antwort zeigte der Esel ihm erst die Zähne, dann spuckte er ihm etwas ins Gesicht.

Jachino säuberte sich das Gesicht mit dem Jackenärmel, dann bückte er sich, um zu betrachten, was da auf den Boden gefallen war.

Es war eine schwarze Geldbörse, wie die Frauen sie in ihren Handtaschen bei sich tragen. Sie war ganz nass von der Eselsspucke. Er öffnete sie. Darinnen war ein Heiligenbildchen von San Calò und eingewickelte Münzen. Er zählte sie. Siebzig Lire. Auch eine einzelne metallene Lira war dabei.

Während Jachino noch staunend dastand, drehte Curù sich um und begann zu laufen.

Jachino folgte ihm keuchend.

Der Esel führte ihn bis vor die Bude des Schuhverkäufers.

Doch Jachino konnte sich nicht entscheiden. Natürlich hatte der Esel die Geldbörse nicht gestohlen, indem er einer Frau die

Tasche öffnete, das konnte er nicht. Er hatte sie auf der Straße oder in der Kirche am Boden gefunden. Darum wäre Jachino verpflichtet gewesen, sie einem Gemeindepolizisten auszuhändigen, damit der sie, wenn jemand kam und seine Geldbörse suchte, dem Eigentümer zurückerstatten konnte.

Doch konnte man sich auf die Ehrlichkeit eines Gemeindepolizisten verlassen? Womöglich steckte der sich die Börse selbst ein, und Ende der Vorstellung!

«Wollt Ihr diese Schuhe nun haben oder nicht?», drängte der Verkäufer, der ihn wiedererkannt hatte.

Jachino öffnete die Geldbörse und zählte das Geld.

Der Verkäufer missverstand ihn. Vielleicht dachte er, dem Jungen würde das Geld nicht reichen. «Sagen wir dreißig, und sie gehören Euch.»

Jachino nahm dreißig Lire und gab sie ihm. Der Verkäufer tat die Schuhe in eine Schachtel, die er ihm überreichte. «Die halten ein Leben lang.»

«Könntet Ihr mir einen Gefallen tun und einen Moment auf das Tier aufpassen? Ich bin sofort zurück», sagte Jachino.

Der Verkäufer nickte.

Jachino lief zur Kirche, nahm die Geldbörse mit den restlichen einundvierzig Lire und steckte sie in den Spalt einer Kasse, über der geschrieben stand: «Gaben für den heiligen Calògero».

Dann ging er den Esel abholen.

Da die Sgargiato Menschen waren, die einander nichts verschwiegen und keine Geheimnisse voreinander hatten, erzählte Jachino haarklein, wie sich die Sache mit den Schuhen abgespielt hatte. Alle beglückwünschten ihn und lobten Curù.

Die Erste, die sich dann aber doch nicht damit einverstanden erklärte, dass Jachino das ganze Geld San Calò gegeben hatte, war Catarina. «Ich habe ein Kopftuch gesehen, ein wirklich schönes Stück, und es kostete nicht mal zwei Lire.»

Bartolomé: «Eine neue Hose könnte ich wirklich gebrauchen. Sie kostet zehn Lire.»

Und Assunta: «Da gab es einen Rock, der war wie für mich gemacht. Acht Lire.»

Und 'Ngilino: «Habt ihr vergessen, dass ich immer noch die Schuhe vom Großvater trage? Da war ein Paar, das zwanzig Lire kostete und …»

«Aber dann wäre ja keine einzige Lira für San Calò übrig geblieben!», protestierte Jachino.

«Wofür braucht San Calò im Paradies denn Geld? Soll er sich da geröstete Kürbiskerne kaufen?», entgegnete Bartolomé.

«Wann wirst du diese Schuhe einweihen?», fragte Catarina.

«Weiß nicht», antwortete Jachino. «Sobald ich Zeit habe.»

Denn die Sgargiato arbeiteten an jedem einzelnen Tag des Jahres von morgens bis abends auf den Feldern. Da auch der Sonntag für sie ein Arbeitstag war, kannten sie im ganzen Jahr nur vier Feiertage: das Fest von San Calò, Ostern, Weihnachten und Neujahr.

Im Januar säten sie nämlich auf dem offenen Feld Bohnen, Fenchel, Spinat und Erbsen und an geschützten Plätzen Zwiebeln, Karotten, Salat, Tomaten, Sellerie, Petersilie, Rettich, Gurken, Melanzane, Peperoni und Zucchine. Im Februar Knoblauch, Spargel, Wirsing und Rucola. Im März säten sie Kartoffeln und stützten die Artischockenpflanzen. Im April stützten sie die Bohnenranken, die Kartoffeln und die Erbsen, außerdem pflanzten sie Basilikum, Wassermelonen und Wintermelonen.

Und so ging es das ganze Jahr weiter.

Doch ein Garten braucht vor allem sehr viel Wasser. Besonders in jener Gegend, wo es im Winter wenig regnete und im Sommer große Trockenheit herrschte. Zum Glück gab es direkt vor ihrem Haus einen Brunnen mit genügend Grundwasser, um den ganzen Garten zu bewässern. Doch das Wasser aus dem

Brunnen zu holen war ein mühseliges Unterfangen, das die ganze Familie jeden Nachmittag mindestens vier Stunden lang beschäftigte.

Vor Jahren hatte Bartolomé bei der Agrargenossenschaft eine Saugpumpe gekauft, die das Wasser über ein System aus hängenden Schläuchen dorthin brachte, wo es gebraucht wurde. Freilich funktionierte die Pumpe nur mit Körperkraft, es gab einen Hebel aus Holz, den man mit dem Arm unaufhörlich vor und zurück bewegen musste, wenn das Wasser gleichmäßig fließen sollte.

Der Hebel war sehr schwer zu bewegen, man mochte ihn noch so gut einfetten, nach nicht mal einer halben Stunde schmerzte einem der Arm so sehr, dass man ihn nicht mehr rühren konnte. Dann kam ein anderes Familienmitglied an die Reihe. Bei den Frauen genügte eine Viertelstunde, um sie außer Gefecht zu setzen. Nach ihnen übernahm derjenige, der angefangen hatte.

Ein paar Tage nach dem Fest von San Calò geschah es, dass Jachino gerade an der Pumpe arbeitete, als der Esel aus dem Stall kam und zuschaute, was der Junge tat.

«Glaubst du, nur du musst dich abrackern, weil du ein Esel bist? Auch wir Menschen schinden uns bis auf die Knochen, schlimmer noch als du!»

Dann war seine Schicht zu Ende, und er rief 'Ngilino, der nach ihm an der Reihe war. Doch der antwortete aus der Ferne, dass er nicht sofort kommen könne. Ein Rohr, durch das Wasser in den Garten geleitet wurde, hatte sich gelöst, und er musste es sofort reparieren. Jachino beschloss, sich fünf Minuten auszuruhen. Er ging ins Haus, um sich zu waschen. In der Küche bügelten seine Mutter und seine Schwester. Sie hatten ihre Schicht an der Pumpe schon hinter sich.

Als er wieder nach draußen ging und sah, was dort geschah,

blieb er wie vom Donner gerührt stehen. Der Esel hatte den Hebel mit den Zähnen gepackt und schwenkte ihn mit einer einfachen Kopfbewegung vor und zurück. Und das Wasser sprudelte so kräftig wie nie zuvor. Jachino rief erst seine Mutter und Schwester, dann seinen Vater und den Bruder. Alle staunten.

Nachdem er das nötige Wasser heraufgepumpt hatte, ging der Esel zu dem Holztrog, wo sie ihm manchmal Karuben hineinlegten. Der Trog war leer.

«Er will mit Karuben bezahlt werden!», rief Jachino. Und er füllte ihm den Trog.

«Daran sieht man», bemerkte Bartolomé, «dass sein früherer Besitzer die gleiche Pumpe hatte wie wir.»

Um es kurz zu machen, Curù befreite die Familie von der schrecklichen täglichen Last des Pumpens.

Noch am selben Abend, es war ein Montag, verkündete Jachino der Familie, dass er jetzt, wo er nachmittags ein bisschen freie Zeit hatte, am nächsten Sonntag mit den neuen Schuhen ins Städtchen hinuntergehen werde.

Am Dienstag war Jachino an der Reihe, Obst und Gemüse im Ort zu verkaufen. Als er auf der Höhe des Barbierladens von Don Pitrino angekommen war, hörte er seinen Namen rufen.

«Da ist Post für dich», sagte Don Pitrino.

Schon immer hatte sich der Briefträger geweigert, die Post bis in die Berge von Crasto hinaufzubringen. So hatten sie abgemacht, dass er die Post beim Barbier ließ. Die Sgargiato bekamen ohnehin niemals Briefe oder Postkarten; wenn sie Post bekamen, handelte es sich immer um Steuern oder Rechnungen.

Doch diesmal war es eine rosa Postkarte.

«Was ist das?», fragte Jachino, der rechnen, aber nicht lesen und schreiben konnte.

«Bist du gemustert worden?», fragte Don Pitrino.

«Ja. Letztes Jahr.»

«Haben sie dich für tauglich erklärt oder ausgemustert?»

«Tauglich.»

«Was fragst du dann? Diese Karte ist der Einberufungsbefehl. Du wirst Soldat. Freitagmorgen um neun Uhr musst du dich beim Bezirkskommando von Montelusa melden.»

Assunta und Catarina begannen zu weinen, sobald sie es erfuhren, und wollten gar nicht mehr aufhören. Das erschreckte Jachino so sehr, dass er seine linke Hand in die Hose steckte und sich an die Hoden fasste.

«Mir tut nur eins leid», sagte er, «nämlich dass ich am Sonntag nicht die neuen Schuhe anziehen kann.»

«Nimm sie mit», schlug 'Ngilino vor.

«Was soll ich damit? Ich werde doch Soldatenstiefel tragen müssen.»

Bevor er aufbrach, fettete Jachino die Schuhe ein, wickelte sie in ein Wolltuch und legte sie wieder in die Schachtel.

Zwei Wochen nach Jachinos Abreise wurde 'Ngilino vom Barbier angesprochen.

«Ein Brief ist gekommen.»

«Von wem?»

«Von deinem Bruder Jachino.»

«Lest ihn bitte vor, Vossia.»

In dem Brief, den er sich natürlich von einem Kameraden hatte schreiben lassen, erzählte Jachino, er sei in einer sehr kalten Stadt, die Cuneo heiße, er mache jeden Tag anstrengende militärische Übungen, da sei die Gartenarbeit weniger hart, es gehe ihm gut, zu Weihnachten bekomme er keinen Ausgang, er umarme und grüße alle, auch Curù, und vielleicht sei es besser, wenn 'Ngilino die Schuhe trage.

Bevor er entschied, wann er sie anziehen würde, dachte 'Ngilino lange nach, mehrere Tage lang. Er hatte das Gefühl, seinem Bruder unrecht zu tun, wenn er sie trug. Eines Sonntagabends, bei Tisch, bat er seine Mutter um Rat: «Soll ich sie anziehen?»

«Machst du Scherze? Die Schuhe gehören Jachino und werden nicht angerührt!»

«Aber durch meine eigenen kommt Wasser!»

«Du lässt sie reparieren!»

Bartolomé schaltete sich ein. «Jachino hat es ihm doch erlaubt!»

«Jachino hat es ihm erlaubt, weil er ein gutes Herz hat!», erwiderte Assunta. «Aber die Schuhe bleiben, wo sie sind!»

Bartolomé wurde wütend. «Hier kommandiere ich, und es wird nicht diskutiert! Am nächsten Sonntag ziehst du Jachinos Schuhe an!»

Und keiner wagte einen Mucks zu tun.

Drei

Am nächsten Tag, es war ein Montag und es regnete in Strömen, rief Don Pitrino schon wieder nach einem Sohn von Bartolomé. «Post für dich. Eine Karte, die schon am Freitag gekommen ist, aber ich habe vergessen, sie dir zu geben.»

«Für mich?»

«Ja.»

«Was steht drin?»

«Dass du am Donnerstag zur Musterung nach Montelusa musst.»

«Nicht schlimm», dachte 'Ngilino. «Nach der Musterung kehre ich nach Hause zurück, und am Sonntag ziehe ich die neuen Schuhe an.»

Seine Füße waren völlig durchnässt, die Sohlen der alten Schuhe bestanden nur noch aus Löchern.

Als er zu Hause die Karte zeigte und erklärte, was sie bedeutete, raufte seine Mutter Assunta sich die Haare und weinte sich die Seele aus dem Leib. «Jetzt holen sie sich auch noch dich, diese Verbrecher! Heilige Maria, so ein Unglück, heilige Maria, was für ein Kummer!»

«Weine nicht, Mama, es ist doch nur die Musterung. Zwischen der Musterung und der Einberufung vergeht viel Zeit!», versuchte 'Ngilino ihr zu erklären.

«Außerdem ist gar nicht gesagt, dass sie ihn für tauglich befinden», tröstete Bartolomé sie, aber er war nicht überzeugt von dem, was er sagte.

Es half alles nichts. Assunta schrie noch lauter als vorher. «Ich fühle es, dass sie ihn mir wegnehmen, meinen schönen Sohn, die Freude meines Herzens! Sie werden beide in den Krieg schicken!»

«Was denn für einen Krieg? Wie kommst du bloß darauf? Wir sind im Frieden!», sagte Bartolomé.

«Und dieser Freund von Mussolini, dieser Hurensohn mit dem Schnurrbart, führt der etwa nicht Krieg? Der reißt Mussolini mit! So sicher wie der Tod reißt der ihn mit sich in den Krieg!»

Zu seinem Unglück fiel dem Esel draußen im Stall ausgerechnet in diesem Moment ein zu schreien.

«Was gibt's da zu schreien, blödes Drecksvieh, hä, Mussolini?», schrie Assunta. Und ohne noch ein Wort zu sagen, nahm sie den Fleischklopfer und lief nach draußen.

Dann hörten sie, wie sie den Esel beschimpfte: «Nimm das, Mussolini, du Schurke, das ist für meinen Sohn Jachino! Und das hier, Mussolini, stinkendes Scheusal, das ist für meinen Sohn 'Ngilino!» Sie hieb mit dem Klopfer auf den armen Esel ein, der mit den Hufen klapperte, weil er ihr auszuweichen versuchte.

«So bringt sie ihn um», sagte Catarina.

«Lass sie sich austoben», befahl Bartolomé.

«Tauglich», sagte ein Unteroffizier und drückte ihm ein Blatt Papier in die Hand. «Anziehen und wegtreten.»

Beim Hinausgehen musste er an zwei Gefreiten und einem Unteroffizier vorbei, die alle Namen aufschrieben. «Wie heißt du?»

«Sgargiato, Angelo.»

«Zeig dein Papier.»

«Jawohl.» Er reichte es ihm.

«Das hier ist für dich.» Der Unteroffizier behielt das Papier und gab ihm dafür genauso eine rosa Karte, wie Jachino sie bekommen hatte.

«Was ist das?»

«Du bist eingezogen. Übermorgen um acht musst du dich hier melden.»

Übermorgen? Am Samstag? Addio, neue Schuhe!, war 'Ngilinos erster Gedanke.

Sie verbrachten ein so trauriges Weihnachtsfest, dass gar nicht Weihnachten zu sein schien, sondern der zweite November.

Von 'Ngilino hatten sie vor einer Woche einen Brief bekommen, ein Kamerad hatte ihn geschrieben, in dem er berichtete, auch er habe keinen Ausgang zum Fest, darum könne er der Familie nur auf dem Papier fröhliche Weihnachten wünschen. Er fragte auch nach Jachino. Aber von Jachino hatten sie schon seit über einem Monat nichts gehört.

«Wenn er nicht schreibt, ist er bestimmt krank», jammerte Assunta von abends bis morgens und von morgens bis abends.

In 'Ngilinos Brief standen nach der Unterschrift noch ein paar Zeilen. Sie lauteten so: «Lieber Vater, vielleicht zieht sich das hier länger hin, darum ist es besser, wenn du die Schuhe trägst.»

Assunta blickte ihn warnend an.

«Nicht mal im Traum!», schwor Bartolomé.

Das Neujahrsfest wurde ein kleines bisschen besser. Denn am dreißigsten Dezember wurde Bartolomé, der nun selbst in den Ort hinunterging, um das Gemüse zu verkaufen, von Don Pitrino angesprochen. «Eine Karte von deinem Sohn ist angekommen.»

«Von welchem?»

«Jachino.»

Endlich! «Und was sagt er?»

«Er sagt, dass es ihm gutgeht, und er wünscht der ganzen Familie fröhliche Weihnachten und ein gutes neues Jahr.»

«Ist das alles?»

«Das ist alles.»

Besser als gar nichts.

Eines Tages mitten im März stand Bartolomé, nachdem er aus dem Ort zurückgekehrt war und gegessen hatte, nicht wie gewohnt vom Tisch auf, um in den Garten zu gehen, sondern blieb sitzen. Nicht nur das, er schenkte sich auch ein halbes Glas Wein ein.

«Was ist los? Was ist passiert?», fragte Assunta sofort erschrocken. «Was ist Jachino passiert? Was hat 'Ngilino getan?»

«Unsere Söhne haben nichts damit zu tun», beruhigte sie Bartolomé.

«Was ist dann los?»

«Es ist los, dass heute Morgen, während ich die Sachen verkauft habe, Carmelo Indelicato auf mich zugekommen ist.»

Er sah Catarina an. Die errötete.

Turuzzo, der Sohn von Indelicato, fand sich nun schon seit drei Monaten jeden Sonntagmorgen, wenn sie aus der Messe kamen, vor der Kirche ein und begleitete sie, indem er mit fünf Schritten Abstand hinter ihnen ging. Bis zum Piano Lanterna, wo der Weidepfad zu den Crasto-Bergen abzweigte.

Die ganze Zeit über waren seine Augen starr auf Catarina gerichtet.

«Und was wollte er?», fragte Assunta.

«Kannst du dir nicht denken, was er wollte? Er will, mit unserer Erlaubnis, dass Turuzzo und Catarina sich verloben.»

Carmelo Indelicato hatte eine Weinschänke, und sein Sohn half ihm. Als Partie war gegen Turuzzo, der so alt war wie Jachino, nichts zu sagen, die Geschäfte seines Vaters liefen gut.

«Wie denkst du darüber, Assunta?», fragte Bartolomé.

«Tja!», machte sie.

«Er ist ein Goldjunge», sagte Bartolomé. «Hat kein einziges Laster, ist kein Schürzenjäger …»

«Tja!», wiederholte Assunta.

«Das ist ja nicht auszuhalten! Erklär mir, was du meinst!»

«Was gibt es da zu erklären? Ich frage mich und sage dir: Wieso sind alle seine Kameraden Soldaten, und er nicht?»

«Carmelo Indelicato hat mir gesagt, dass der Junge bei der Tauglichkeitsprüfung ausgemustert wurde.»

«Siehst du, da wollte ich dich haben! Von außen ein Junge, der scheinbar gesund ist wie ein Pferd, aber wenn sie ihn ausgemustert haben, bedeutet das, dass er irgendwas Verstecktes hat, was man nicht sieht und was nicht funktioniert. Darum musst du dich zuallererst danach erkundigen.»

«Ist nicht nötig, dass Papa sich erkundigt», sagte Catarina, die bis jetzt den Mund nicht aufgemacht hatte.

«Und warum nicht?», fragte Bartolomé.

«Weil ich mich erst einmal nicht mit ihm verlobe. Und auch nicht mit sonst wem.»

«Willst du Nonne werden?»

«Nein, Vater. Aber solange meine Brüder nicht heimkehren, verlasse ich dieses Haus nicht. Das kannst du Carmelo Indelicato sagen. Wenn sein Sohn Geduld genug hat, auf mich zu warten …»

Turuzzos einzige Antwort war, dass er am nächsten Sonntag wieder vor der Kirche stand.

Es war am zehnten Mai um vier Uhr morgens, Bartolomé stand gerade langsam aus dem Bett auf, um sich zu waschen und sich anzuziehen und dann in den Garten zu gehen, um das frische Gemüse zu ernten und es im Ort zu verkaufen, als er plötzlich eine Stimme hörte: «Heda, ihr im Haus! Hier bin ich!»

Er meinte, die Stimme zu erkennen, aber er wollte sichergehen, dass er sich nicht täuschte. Also öffnete er das Fenster und spähte hinaus.

Die Bestätigung kam durch ein lautes Iahen des Esels.

«Jachino!», rief er, und sein Schrei weckte Assunta und Catarina auf.

Er beeilte sich, die Tür zu öffnen, umarmte den Sohn und ließ ihn eintreten. Dann mussten alle rasch Assunta beistehen, die in Ohnmacht gefallen war.

Jachino hatte fünf Tage Urlaub. Er verbrachte alle Tage im Haus, ging kein einziges Mal hinunter ins Städtchen. Über sein Leben als Soldat sprach er fast gar nicht, obwohl Bartolomé ihn fortwährend ausfragte. Dass er sehr verändert war, bemerkten sie alle. Er war jetzt schweigsam und lachte nicht mehr, wie früher, bei der erstbesten Gelegenheit. Wenn sie ihn etwas fragten, dauerte es meist lange, bis er antwortete. Es war, als ginge ihm andauernd ein Gedanke im Kopf herum.

Am dritten Tag hielt Assunta es nicht mehr aus. «Jachì, hast du dich etwa verliebt?»

«Machst du Witze, Mama?»

Am nächsten Tag, dem letzten vor seiner Abreise, fragte er: «Hat 'Ngilino meine Schuhe angezogen?»

«Nein, die sind immer noch in der Schachtel.»

Da ging er die Schachtel holen, nahm die Schuhe heraus und betrachtete sie. Er sah, dass sie kein Fett brauchten, und legte sie an ihren Platz zurück.

«Wann fährst du morgen ab?», fragte Bartolomé.

«Um neun Uhr muss ich den Autobus nach Montelusa nehmen.»

«Wir bringen dich alle zum Bus», sagte Assunta.

«In Ordnung. Es reicht, wenn wir um acht von hier aufbrechen.»

Aber als sie am nächsten Morgen aufwachten, fanden sie Jachino nicht mehr. Er war nachts ganz leise fortgegangen, um niemanden zum Weinen zu bringen.

Wie er es geschafft hatte, den Esel vom Schreien abzuhalten, konnten sie sich nicht erklären.

Am ersten Junitag sagte Don Pitrino zu Bartolomé, ein Telegramm sei angekommen.

Bartolomé wurde blass. Telegramme brachten immer Unglück. «Macht es auf und lest es mir vor.»

«Komme am Vierten um zehn mit Autobus aus Montelusa Stop sechs Tage Urlaub Angelo.»

So etwas tat Bartolomé sonst nie, aber als er das hörte, verspürte er das Bedürfnis, zur Schänke von Carmelo Indelicato zu laufen und ein Glas Wein zu trinken.

Dann bestieg er den Esel, obwohl er noch nicht alles Gemüse verkauft hatte, und kehrte nach Hause zurück.

Die Freude war groß. Und noch größer, als 'Ngilino aus dem Autobus stieg. Bartolomé, Assunta und Catarina erwarteten ihn an der Haltestelle.

Und ein bisschen weiter weg stand auch Turuzzo Indelicato, der Catarina nicht aus den Augen ließ.

Wie kam es, dass dieser junge Mann jedes Mal, wenn sie ihn sahen, magerer erschien? Was war da los, aß er nichts? Bei ihm zu Hause herrschte bestimmt kein Mangel an guten Sachen.

Warum dann?

Genauso wie Jachino setzte auch ’Ngilino während des ganzen sechstägigen Urlaubs keinen Fuß ins Städtchen. Doch im Gegensatz zu seinem Bruder sprach er von nichts anderem als seinem Leben als Soldat und den Städten, die er gesehen hatte. Er war kein Junge mehr, er wirkte wie ein erwachsener Mann. Aus Bologna, der Stadt, wo er gerade stationiert war, hatte er seiner Mutter eine besondere Pasta mitgebracht, die Tortellini hieß, damit sie sah, wie die gemacht waren. Assunta untersuchte sie genau, und am vierten Tag kochte sie ihm die Tortellini.

’Ngilino leckte sich die Finger. «Die sind besser als die aus Bologna.»

Als Geschenk hatte er zwei schöne Kopftücher mitgebracht, eins für seine Mutter und eins für seine Schwester. Bartolomé bekam ein Schweizer Messer, das man für alles gebrauchen konnte.

Das Einzige, was er tat, war essen, schlafen und es sich gutgehen lassen.

«Habt keine Angst, das ist bald vorbei.»

«Ihr braucht euch keine Sorgen um mich zu machen.»

«Jetzt weiß ich, wie ich aus jeder Situation herauskommen kann.»

Am Tag der Abreise ließ er sich zum Autobus begleiten, auf dem ganzen Weg redete und lachte er. Wäre nicht seine Soldatenuniform gewesen, hätte man meinen können, er fahre auf einen Ausflug.

«Ach ja», sagte er zu seinem Vater, kurz bevor er in den Bus stieg. «Hast du Jachinos Schuhe getragen?»

«Die liegen immer noch an ihrem Platz», sagte Assunta.

Ein paar Tage später erklärte Mussolini den Franzosen und Engländern den Krieg. Kaum hatte sie es erfahren, packte Assunta den Fleischklopfer und verpasste dem Esel eine so fürchterliche

Tracht Prügel, dass seine Beine nachgaben. Tatsächlich bemerkte Bartolomé, als er am nächsten Morgen ins Städtchen hinunterging, dass das Tier hinkte.

Der Eintritt in den Krieg verwandelte das Schlafzimmer von Bartolomé und Assunta in eine Art Kapelle, die dem heiligen Calò gewidmet war. Nun gab es jedoch viele verschiedene San Calò, den von Naro, bei dem war keine Gunst umsonst, den von Canicattì, wo bald bereut, wen die Gnad zu früh erfreut, den von La Marina, der hörte Sorgen nur am Morgen, den von Girgenti, der war sich nicht zu schade für jede Gnade, und so weiter, darum hatte Assunta sich, um keinem unrecht zu tun, von jedem San Calò eine kleine Statue beschafft. Die hingen nun ringsum an den Wänden, und unter jedem brannte auf einem Brettchen ein Wachslicht.

Da Bartolomé das Fluchen verboten worden war, damit es den Söhnen im Krieg kein Unglück brachte, konnte der Arme, so ohne Erleichterung, nicht mehr einschlafen, außerdem erstickte er fast im Wachsgestank, und mit all den brennenden Lichtern ringsum war ihm, als läge er auf dem Friedhof.

Also ging er im ersten Licht der Morgenröte hinaus in den Garten und fluchte eine Viertelstunde lang ununterbrochen, begleitet vom Kikeriki der Hähne.

Dank San Calò kamen in den folgenden drei Jahren immer wieder Karten von Jachino und 'Niglino an, auch wenn zwischen zwei Karten manchmal mehrere Wochen vergingen. Dann begannen die Engländer und Amerikaner, an jedem zweiten Tag das Städtchen zu bombardieren. Sie taten es nachts, und der Lärm war so gewaltig, dass die Sgargiato aufwachten und nach draußen gingen, um sich das Feuer der Bomben und die Leuchtspuren anzuschauen, die die Flakartillerie in den Himmel zeichnete. Sie selbst waren dort oben auf dem Gipfel des Crasto in Sicherheit.

Mitte April neunzehnhundertdreiundvierzig wendeten sich die Dinge zum Schlechten. Jetzt flogen die Engländer und Amerikaner auch am Tag Bombenangriffe. Lebensmittel wurden knapp und teuer. Bartolomé hatte fünfzig Hühner und verdiente gut, trotzdem sagte Assunta eines Morgens, er solle nicht mehr in den Ort hinuntergehen.

«Warum nicht?»

«Hör zu, Bartolomé, ich werde langsam verrückt, weil ich seit zwei Monaten keine Nachricht von meinen Söhnen habe. Wenn die Bomben fallen, während du im Ort bist, zerspringt mir das Herz.»

«Und wovon sollen wir leben?»

«Ich gehe», sagte Catarina.

«Kommt gar nicht in Frage», erklärte Assunta entschlossen.

Es endete damit, dass Bartolomé sich mit einem Nachbarn einig wurde, der ebenfalls als Bauer seine Erzeugnisse verkaufte. Sie würden etwas weniger verdienen, aber damit mussten sie sich abfinden.

Eines Morgens Ende Juni, es mochte zehn Uhr sein, sah Bartolomé vom Garten aus, dass ein Mann von der Weidestraße in den Pfad eingebogen war, der zu ihrem Haus führte. Trotz seines Alters hatte er gute Augen, darum erkannte er Turuzzo Indelicato schon von weitem. Er lief ins Haus und befahl Catarina, sich in ihrem Zimmer einzuschließen.

«Warum denn?»

«Turuzzo kommt an.»

«Und was kann er tun, frisst er mich?»

«Er frisst dich nicht, aber das gebietet der Anstand.»

Catarina wurde rot vor Zorn, aber sie gehorchte. Assunta blieb in der Küche, Bartolomé ging hinaus. «Guten Morgen», sagte er kühl.

«Guten Morgen. Ich muss Euch sprechen.»

«Kommt herein.»

Turuzzo trat ein. Mager wie er war, hatte der Aufstieg ihn ermüdet, und das sah man.

«Wollt Ihr ein Glas Wein?»

«Ja, danke.»

Bartolomé gab es ihm, und er trank das halbe Glas mit einem Schluck, bevor er zu sprechen begann. «Ist die Signora Assunta nicht da?»

«Sie ist in der Küche.»

«Kann sie herkommen? Ich möchte, dass sie zuhört.»

Er sagte nicht, dass er Catarina auch dabeihaben wollte, doch Bartolomé wusste es trotzdem. Er ging seine Frau holen.

«Würdet Ihr Euch bitte setzen?», fragte Turuzzo.

Die Eheleute blickten sich verwundert an. Was wollte der Junge? Hatte er womöglich den Verstand verloren? Im Haus der zukünftigen Verlobten zu erscheinen, ohne vorher um Erlaubnis gefragt zu haben, das tat man nicht. Immerhin setzten sie sich.

«Ich muss Euch etwas anvertrauen, das Ihr niemandem sagen dürft, sonst werfen sie mich ins Gefängnis. Ich höre Radio London.»

Bartolomé und Assunta wussten, was das war, vor zwei Wochen war der Apotheker verhaftet worden, weil er Radio London gehört hatte.

«Haltet Euch fest, ich bitte Euch. Euer Sohn 'Ngilino lebt. Er ist Kriegsgefangener der Engländer, aber es geht ihm gut. Sie haben den Namen ganz deutlich gesagt: Angelo Sgargiato, Sohn von Bartolomeo aus Vigata.»

Riesendurcheinander, Tumult, Mordskrach.

Assunta tat einen gellenden Schrei und fiel ohnmächtig zu Boden. Doch niemand half ihr, denn Bartolomé war nach draußen gelaufen und machte zwei Meter hohe Sprünge, während der Esel schrie. Catarina war erschrocken aus ihrem Zimmer gekommen und tröstete sich jetzt in Turuzzos Armen.

Am zweiten Juli, es dämmerte schon, der Esel bediente den Hebel der Wasserpumpe, Assunta und Catarina saßen vor der Tür und putzten das Gemüse für das Essen, blieb Curù plötzlich stehen, ließ den Hebel los, iahte und lief auf den Pfad, der zur Straße führte.

Sofort hatten Assunta und Catarina denselben Gedanken. «Jachino ist zurück!»

Und sie liefen ihm entgegen. Bartolomé, der im Garten arbeitete, sah sie laufen und rief: «Was ist passiert?»

«Jachino ist zurück!»

Also eilte Bartolomé den beiden Frauen hinterher.

Der Esel war unterdessen bei der Straße angekommen, hatte sie eingeschlagen und rannte wie verrückt weiter. Dann blieb er schlagartig stehen.

Keuchend holten die drei ihn ein. Das erhitzte Blut rauschte ihnen so laut in den Ohren, dass sie nichts hörten.

Tatsächlich hörten sie das Brummen des amerikanischen Flugzeugs im Tiefflug nicht, sie hörten nur den furchtbaren Knall der Bombe, die auf ihr Haus fiel und eine Hälfte zerstörte. Der Stall blieb unversehrt.

Wenn Curù nicht weggelaufen wäre, wären die beiden Frauen ganz sicher gestorben.

Sie gaben ihm einen ganzen Sack voller Karuben.

Mit der Landung der Amerikaner endete der Krieg in dieser Gegend.

Zwei Monate lang schliefen die Sgargiato im Stall, vom Himmel fiel sowieso für alles Gold der Welt kein einziger Tropfen Wasser, und nachts schlief es sich gut bei dem lauen Lüftchen.

Als die Maurerarbeiten beendet waren, nahmen die Sgargiato wieder Besitz von ihrem Haus, kauften sich ein paar neue Möbel und stellten alles wieder an seinen Platz zurück, einschließlich der Statuen von San Calò mitsamt Lichtern.

Doch etwas Seltsames war passiert. Als die Bombe gefallen war, hatte sie alles durch die Luft fliegen lassen, auch die Schachtel mit Jachinos Schuhen. Assunta fand nur einen im Garten wieder, den linken, vom anderen, dem rechten, keine Spur. Sie suchten tagelang, dann gaben sie es auf. Trotzdem fettete Assunta den einen Schuh gut ein und legte ihn in eine neue Schachtel.

Sie hatte mindestens zehn Kilo verloren und sprach fast nicht mehr. Zwar wusste sie, dass 'Ngilino lebte, aber monatelang ohne Nachricht von Jachino zu bleiben, war mehr, als sie ertragen konnte.

Der Erste, der Ende des Jahres neunzehnhundertfünfundvierzig wiederauftauchte, war 'Ngilino. Als er aus dem Autobus stieg, war seine erste Frage: «Jachino?»

Bartolomé zuckte mit den Schultern, Catarina fing an zu weinen. Assunta war nicht mitgegangen, um ihren Sohn an der Haltestelle zu empfangen, denn sie hatte am Tag zuvor alle San Calò in ihrem Schlafzimmer angefleht: «Wenn ich mir morgen die Freude versage, 'Ngilino schon bei seiner Ankunft zu sehen, erweist ihr mir dann die Gnade, Jachino heimkehren zu lassen?»

'Ngilino brauchte nicht lang, um sein früheres Leben wiederaufzunehmen, als hätte er niemals Tod und Zerstörung gesehen. Einen Monat später verlobte er sich mit einem hübschen Mädchen. «Catarina, warum verlobst du dich nicht auch mit Turuzzo?»

«Ich habe etwas gelobt. Ich muss auf Jachino warten.»

«'Ngilì, gibt es deiner Meinung nach Hoffnung, dass Jachino wiederkommt?»

Es war fast Abend, Vater und Sohn waren im Garten.

«Ich sage es dir jetzt, wo Mama nicht dabei ist. Die ARMIR, das war unsere Armee in Russland, hat ein sehr schlimmes Ende genommen. Während der Gefangenschaft habe ich mich informiert. Jachinos Division wurde eingekreist, ein paar konnten die Umzingelung durchbrechen, aber der Rückzug durch Eis und Schnee war schrecklich, sie starben wie die Fliegen.» Er blickte seinem Vater in die Augen. «Wenn du wirklich wissen willst, was ich denke, dann sage ich dir, Mama betet vergebens zu San Calò.»

Als er sah, wie Bartolomés Miene sich veränderte, versuchte er, einen Scherz zu machen. «Tja, es war wohl Schicksal, dass er die neuen Schuhe niemals tragen sollte.»

Aber 'Ngilino irrte sich.

Im nächsten Jahr wurde 'Ngilino am Morgen des dritten April vom Barbier angesprochen.

«Ist Post da?»

«Nein, aber einer vom Telegraphenamt ist gekommen. Es wird einen Telefonanruf vom Roten Kreuz in Trento geben, den jemand aus der Familie Sgargiato entgegennehmen soll. Er muss nachmittags um Punkt vier Uhr beim öffentlichen Fernsprecher sein.»

'Ngilino kehrte nach Hause zurück und erzählte niemandem davon. Wenn es eine schlechte Nachricht war, wollte er seine Mutter langsam darauf vorbereiten.

Genau um vier Uhr kam der Anruf. 'Ngilino schwitzte so sehr, dass ihm der Hörer aus der Hand fiel.

«Hallo? Wer spricht da?», sagte eine weit entfernte Männerstimme, die er nicht kannte.

«Ich bin 'Ngilino Sgargiato.»

«Und ich bin dein Bruder Jachino.»

Auf einmal bekam 'Ngilino in der Kabine keine Luft mehr. Er öffnete den Mund, aber es kam kein Laut heraus.

«Wie geht's Papa? Mama? Catarina? Und Curù?», fragte die Stimme, die behauptet hatte, die seines Bruders zu sein.

«Alle wohlauf», konnte ’Ngilino stammeln, während er seine Tränen hinunterschluckte. «Und du?»

«Morgen nehme ich den Zug. Ich komme übermorgen um zehn Uhr vormittags in Montelusa an.»

«Gut, wir holen dich ab. Aber wie geht es dir?»

«Sie haben mir den rechten Fuß abgeschnitten. Er war erfroren.»

Dann hörte man nichts mehr, die Leitung war gestört.

Welch ein Glück, dass sie ihm den rechten Fuß abgeschnitten haben, dachte ’Ngilino, während er versuchte, die Tür des Telefonhäuschens zu öffnen, was ihm nicht gelang, weil er sich so schwach fühlte wie ein Kind. So kann er wenigstens einen neuen Schuh anziehen.

DIE KÖNIGIN VON POMMERN

Eins

Marchese Carlo Alberto Squillace del Faìto betrat Vigata zum ersten Mal am Morgen des zehnten März neunzehnhundertneunzehn, als er aus dem Zug stieg, der aus Palermo kam.

Er hatte nur einen Koffer dabei, aber was war das für ein Koffer! Ein Stück aus weichem, hellem Leder, zart wie Menschenhaut, das ihn ein Vermögen gekostet haben musste. Auch der Anzug, den er trug, stammte gewiss von einem jener ganz besonderen Schneider, die überall auf der Welt ausschließlich für den Hochadel arbeiten.

Der Marchese war schlank, in den Vierzigern, nach Art des Königs Umberto frisiert, und seine spitzen Schnurrbartenden hätten ihm die Augen durchbohren können. Er trug eine Brille mit einem goldenen Gestell, so fein, dass es nicht aus Metall, sondern aus Spinnwebfäden gemacht schien.

«Zum Rathaus!», befahl er dem Kutscher, während er eine der Kutschen bestieg, die auf dem Bahnhofsplatz auf Kunden warteten.

Eine Woche zuvor hatte der Bürgermeister von Vigata, Cavaliere Ersilio Buttafoco, einen Brief aus Palermo erhalten. Das Papier, das sich wie Pergament anfühlte, trug den Briefkopf «(zeitweiliges) Königreich Pommern», und darunter stand geschrieben: «Der Honorarkonsul».

Der Brief lautete:

Hochverehrter Herr Bürgermeister!

Unsere Königin Edwine von Pommern hat mir die ehrenvolle Aufgabe erteilt, so schnell wie möglich eine konsularische Vertretung des Reiches in der Stadt Vigata zu eröffnen. Darum bitte ich Sie, mich am Morgen des Zehnten dieses Monats empfangen zu wollen, um Ihre wertvollen Ratschläge hinsichtlich der Wahl des Konsulatssitzes zu hören.

Falls Sie zu diesem Datum verhindert sein sollten, bitte ich Sie, mir einen anderen, Ihnen genehmen Tag zu nennen und mir eine entsprechende Mitteilung in das Hotel des Palmes in Palermo zu senden. Sollte ich nichts von Ihnen hören, betrachte ich das Datum als bestätigt.

Nehmen Sie, hochverehrter Herr Bürgermeister, einstweilen den Ausdruck meiner vorzüglichen Hochachtung entgegen.

Der Honorarkonsul des (zeitweiligen) Königreichs Pomerania

Marchese Carlo Alberto Squillace del Faìto

Der Bürgermeister rief sofort den Gemeindesekretär, den Gebildetsten im Ort, und gab ihm den Brief zu lesen.

«Eins mehr, eins weniger», sagte der Sekretär, als er ihm den Brief zurückgab.

«Was soll das bedeuten?»

«Nun, wir haben schon ein englisches Konsulat, ein französisches, das deutsche, das vorläufig geschlossen ist, das portugiesische, das spanische …»

«Ja, gut, aber wissen Sie, wo dieses Pommern liegt?»

«Nein, Signore. Doch wer will sich da noch auskennen bei dem ganzen Durcheinander und all den Veränderungen nach dem Krieg, wo alte Staaten verschwinden und neue auftauchen?»

«Tun Sie mir einen Gefallen und informieren Sie sich. Ich möchte mich vor dem Konsul nicht blamieren. Und dann hören

Sie sich ein bisschen um, ob es eine Villa zu vermieten gibt, etwas Ansehnliches, versteht sich.»

Am nächsten Morgen berichtete der Sekretär dem Bürgermeister Buttafoco alles, was er über Pommern hatte herausfinden können. «Hören Sie, Cavaliere, soviel ich weiß, war es vor dem Krieg ein Gebiet zwischen Deutschland und Polen, das aber ganz zu Deutschland gehörte. Nun, da Deutschland den Krieg verloren hat, wurde beschlossen, dass ein Teil dieses Pommern, der Pommerellen heißt, unter polnische Herrschaft kommen soll, allerdings nicht sofort, sondern erst im Dezember des nächsten Jahres, also neunzehnhundertzwanzig.»

«Was hat es dann aber mit diesem Königreich auf sich? Und was bedeutet zeitweilig?»

«Das kann ich Ihnen nicht sagen.»

«Haben Sie die Villa gefunden?»

«Es gibt zwei, die zu vermieten sind.»

Natürlich erzählte der Bürgermeister noch am selben Abend, kaum im Verein angekommen, die Neuigkeit von der bevorstehenden Ankunft des neuen Konsuls, doch es wurde sofort klar, dass keiner der Anwesenden je etwas von Pommern gehört hatte.

Gegen zehn Uhr erschien Don Giacomino Paletta, einer der größten Schwefelhändler von Vigata. «Natürlich weiß ich, wo Pommern liegt! Es gehörte zu Deutschland und war eine Region an der Ostsee. Bis vor dem Krieg kamen bei uns von Zeit zu Zeit Schiffe aus einer Hafenstadt an, die Danzig heißt. Sie luden Schwefel und fuhren zurück. Sieht so aus, als würde dieses Pommern nächstes Jahr an Polen gehen.»

«Wovon ist hier die Rede?», fragte Baron Cocò di Sant'Alberto, der erst in diesem Moment angekommen war.

«Von Pommern», antwortete der Bürgermeister.

«Aha», machte der Baron.

Don Giacomino Pintacuda, Griechischlehrer, der den Baron

nicht ausstehen konnte, legte los: «Was wollt Ihr mit diesem ‹Aha› sagen? Wollt Ihr uns weismachen, dass Ihr wisst, was Pommern ist?»

«Ich weiß es.»

«Na los, dann sagen Sie mir: Was exportiert Pommern?»

«Fisch, Stahl und Hunde.»

«Hunde?!»

Das kam fast wie im Chor.

In Sachen Hunde war der Baron eine Autorität. Es genügt zu erwähnen, dass er in seinem Landhaus in Sicudiana fünfzehn Hunde hielt, und alle gehörten unterschiedlichen Rassen an.

«Wie sind denn diese Hunde?»

«Sehr schön. Es sind Spitze, aber größer als der italienische Spitz. Sie haben einen prächtigen gelockten Schwanz, den sie zusammengerollt auf dem Rücken tragen.»

«Sind es Jagdhunde?», fragte der Bürgermeister.

«Aber nein! Es sind Gesellschaftshunde, außerordentlich intelligent. Und sie kosten ein Vermögen.»

«Warum?»

«Weil es ein Gesetz gibt, das ihre Ausfuhr beschränkt, und wer sie ausführt, muss sehr hohe Steuern bezahlen. Darum findet man sie so selten bei uns. Aber wollen wir jetzt dieses Spielchen machen oder nicht?»

Nachdem der Bürgermeister schon die Visitenkarte mit den heraldischen Kugeln auf dem Adelswappen bewundert hatte, die der Pförtner ihm gebracht hatte, beeindruckten ihn die Eleganz, das Auftreten und Benehmen des Marchese noch mehr.

«Natürlich wissen Sie alles über die derzeitige politische Lage Pommerns», sagte dieser, als er sich gesetzt hatte.

«Natürlich», bestätigte der Bürgermeister.

«Der Friedensvertrag verpflichtet Deutschland, einen Teil der Region, jenen, der Pommerellen genannt wird, am zwanzigsten

Dezember nächsten Jahres Polen zu übergeben. Bis es so weit ist, wurde diese Gegend, um Auseinandersetzungen zwischen den verschiedenen ethnischen Gruppen zu vermeiden, vorläufig zum Königreich Pommern erklärt. Es lag somit nahe, eine direkte Nachfahrin des Fürsten Stanislaus Svantibor, welcher der Region im elften Jahrhundert die politische und administrative Einheit verlieh, zur Königin auszurufen.»

«Entschuldigen Sie, Marchese, aber ist die Königin nicht verheiratet?»

«Sie war es, unglücklicherweise ist sie einen Tag vor der Proklamation Witwe geworden. Jedenfalls ist sie die Nachfahrin von Fürst Svantibor, nicht ihr Gatte.»

«Ich verstehe.»

«Ihre Majestät, die Königin, beabsichtigt, während des kurzen Bestehens ihres Königreichs mit der, ebenfalls zeitweiligen, Hauptstadt Bydgoszcz ...»

«Entschuldigung, wie sagten Sie?», fragte der Bürgermeister verwirrt.

Der Marchese lächelte. Er zog eine weitere Visitenkarte und einen goldenen Füllfederhalter aus seiner Jacke, wie der Bürgermeister noch nie zuvor einen gesehen hatte, schrieb den Namen der Hauptstadt darauf und reichte sie dem Bürgermeister. «Neben Stettin und Danzig ist sie eine der drei großen Städte Pommerns», erklärte er.

Dann fuhr er fort. «Wie ich soeben sagte, Ihre Majestät beabsichtigt, das Land aus der völligen Verwüstung, welche es infolge des Krieges erlitten hat, wiederauferstehen zu lassen. Und sie hat eine Idee, die ich ohne Zögern genial nennen möchte. Eine großartige Frau. Sie hat die Erlaubnis erwirkt, eine nationale Währung einzuführen, um sowohl der Entwertung der deutschen Mark als auch der geringen Kaufkraft der polnischen Währung zu entgehen. Außerdem hat sie die Stahlwerke von Danzig auf ein Produktionsniveau gebracht, das zweimal höher ist als vor dem Krieg. Sie hat den Fischfang gesteigert, der das Land nicht nur mit einem seiner wichtigsten Nahrungsmittel versorgt, sondern durch den Export auch ein Quell des Reichtums darstellt. Wollen Sie einen Schirz sehen?»

«Was ist das?», fragte der Bürgermeister.

«Die gültige Währung Pommerns.» Er zog eine Brieftasche aus feinstem schwarzen Leder hervor und entnahm ihr eine Banknote. Auf der Vorderseite trug sie das Porträt einer schönen Frau um die vierzig, die mit einer Krone auf dem Kopf auf einem Thron saß, neben ihr prangte die Zahl 1 und darunter stand das Wort Schirz. Auf der Rückseite sah man einen Arbeiter vor einer Art Ofen und einen Fisch, der ein Stockfisch sein mochte.

«Das Bildnis der Königin auf der Vorderseite ist sehr gut getroffen», erklärte der Marchese. «Auf der Rückseite sind die Stahlerzeugung und der Fischfang sinnbildlich dargestellt.»

«Welchem Wert entspricht sie?», fragte der Bürgermeister.

«Ein Schirz? Etwa hundertfünfzig italienische Lire. Wie ich Ihnen schon sagte, die Einrichtung einer konsularischen Vertretung in Vigata ist Teil des von Ihrer Majestät gewünschten nationalen Wiederaufbaus. Übrigens weiß ich, dass Pommern vor dem Krieg Schwefel aus …»

«Das stimmt!», unterbrach ihn der Bürgermeister. «Gestern noch sprach ich darüber mit Don Giacomino Paletta, dem wichtigsten Schwefelhändler, welcher …»

«Sehen Sie?», fiel ihm nun der Marchese ins Wort. «Ich hoffe, dass Sie so freundlich sein werden, mich in den kommenden Tagen allen vorzustellen, die …»

«Aber gewiss doch! Stehe gänzlich zu Ihrer Verfügung! Sie brauchen nur in den Verein zu kommen!»

«Ich danke Ihnen. Und was den Sitz des Konsulats betrifft …»

«Darum habe ich mich schon gekümmert. Möchten Sie mieten oder kaufen?»

«Mieten. Sie werden verstehen, wenn es darum gegangen

wäre, sich für einen längeren Zeitraum zu verpflichten, hätte ich lieber gekauft, doch so ...»

«Natürlich! Wenn Sie möchten, bringe ich Sie persönlich zu den Villen.»

«Bemühen Sie sich bitte nicht! Mir genügt ein Gemeindepolizist.»

«Sagen Sie das nicht einmal im Scherz!»

Der Marchese entschied sich für die Villa des jüngst verstorbenen Commendatore Filiberto Squarò, dessen Witwe an ihren Geburtsort zurückgekehrt war. Die Villa war groß genug. Im Erdgeschoss gab es einen Vorraum mit zwei Türen und einer Treppe, die ins Obergeschoss führte. Die Tür zur Linken führte in ein Zimmer, von dem aus man in ein zweites, größeres Zimmer gelangte.

«Diese beiden Räume sind ideal für die Räume des Konsulats», sagte der Marchese. «Wartezimmer und mein Büro.»

Die Tür zur Rechten führte in einen großen Salon und in ein Speisezimmer mit angrenzender Küche und Bad.

In der oberen Etage gab es zwei Eheschlafzimmer, groß wie Exerzierplätze, ein Schlafzimmer für eine Person und ein Bad. Im Dachgeschoss befanden sich ein Schlafkämmerchen und ein winziges Bad.

«Ausgezeichnet!», sagte der Marchese. «Wenn jemand aus Pommern zu Besuch kommt, können wir ihn beherbergen. Das Hausmädchen wohnt auf dem Dachboden. Das kleinere Schlafzimmer wird leer geräumt.»

«Was stellen Sie dort hinein?»

«Einen Spieltisch und ein Dutzend Stühle. Menschen aus Pommern machen am Samstagabend gerne ein Spielchen.»

Dazu sagte der Bürgermeister nichts.

«Mit wem muss ich wegen der Miete sprechen?», fragte der Marchese.

«Mit mir», antwortete der Bürgermeister. «Ich habe eine Vollmacht der Eigentümerin. Doch keine Sorge, das hat Zeit, außerdem ist die Miete bescheiden. Sagen Sie mir lieber, ob Ihnen die Möbel gefallen, die hier stehen?»

Der Marchese schien die Frage nicht gehört zu haben. «Vielleicht sollte man die Wände streichen lassen. Und dann alles gründlich säubern. Kennen Sie jemanden, der sich darum kümmern könnte? Ich kann leider nicht so lange bleiben, bis …»

«Ich sorge für alles», versprach der Bürgermeister. «Wann wollen Sie zurückkommen?»

«So schnell wie möglich. Sobald Sie mich freundlicherweise benachrichtigt haben, dass alles erledigt und in Ordnung ist. Sie finden mich im Hotel des Palmes. Ich weiß gar nicht, wie ich mich für Ihre übergroße Hilfsbereitschaft und Liebenswürdigkeit bedanken soll.»

«Ich tue nur meine Pflicht, Signor Marchese.»

Sie verließen die Villa, der Bürgermeister schloss die Tür und steckte den Schlüssel ein.

Zwei

«Sind die Möbel für Sie denn so in Ordnung?», fragte der Bürgermeister Buttafoco abermals.

«Für mich ja. Ich muss freilich abwarten, was meine Frau dazu sagt, die in Geschmacksfragen etwas heikel ist. Aber wir werden uns bei der ersten Gelegenheit um die Sache kümmern.» Er holte eine goldene Uhr aus der Westentasche, bei deren Anblick Rothschild vor Neid erblasst wäre. «Vielleicht schaffe ich es noch rechtzeitig zum Zug nach Palermo. Vorher muss ich aber noch im Rathaus vorbei, wo ich den Koffer gelassen habe. Ich hatte ihn mitgenommen, weil ich dachte, ich würde mehr Zeit benötigen, um alles zu regeln. Doch dank Ihrer …»

«Gestatten Sie mir, Sie mit meiner Kutsche zum Bahnhof zu bringen.»

Auf dem Weg zum Bahnhof erfuhr der Bürgermeister, dass die Frau des Marchese Wilfride Svantibor hieß und die jüngere Schwester der Königin von Pommern war. Der Marchese erzählte ihm auch, dass man ihn als Mitglied der diplomatischen Delegation Italiens für den Friedensvertrag beauftragt hatte, zusammen mit anderen Abgesandten die genauen Grenzen von Pommerellen festzulegen, das an Polen übergehen sollte. So hatte er Wilfride kennengelernt, seine zukünftige Frau.

Der Bürgermeister rechnete rasch im Kopf nach. «Dann sind Sie ein frischgebackenes Ehepaar?»

Der Marchese lächelte. «Wir haben vor knapp zwei Monaten geheiratet.»

Eins kam zum andern, und so dauerte es zwanzig Tage, bis die Villa hergerichtet war. Der Marchese reiste mit drei riesigen Truhen und vier Koffern an. Zwei Kutschen waren nötig, um das ganze Gepäck zu transportieren.

«Und Ihre Frau?», fragte der Bürgermeister.

«Sie wird übermorgen eintreffen. Sie ist in Palermo geblieben, um das Nötigste für den Haushalt einzukaufen, Bettdecken, Laken, Kissenbezüge …»

Eine der Truhen war voll mit Sachen für das Konsulat. Darunter zwanzig große, schwarz eingebundene Bücher, die der Marchese in das Regal hinter seinem Schreibtischsessel stellte. Sie waren alle auf Deutsch geschrieben. «Das sind das Strafgesetzbuch, das Bürgerliche Gesetzbuch und das Handelsgesetz», erklärte er dem Bürgermeister. Außerdem allerhand Papiere mit Briefkopf, Aktenmappen, Stempel mit deutschem und italienischem Aufdruck, ein Porträt in Öl der Königin, zwei Flaggen und eine Kupferplatte, die glänzte wie Gold und in die graviert war: «Konsulat des (zeitweiligen) Königreichs Pommern». Sie wurde von einem Gemeindepolizisten, der beim Einrichten half, an die Tür der Villa geschraubt. Derselbe Polizist hängte auch das Porträt der Königin an die Wand hinter dem Schreibtisch.

Von den beiden Flaggen war eine kleiner, die andere größer. Die kleinere ließ der Marchese hinter seinem Sessel in einer Ecke des Büros aufhängen. Die größere ließ er so anbringen, dass sie über der Balkonbrüstung des Eheschlafzimmers im Obergeschoss flatterte.

Eine schöne Fahne hatte das Königreich Pommern, keine Frage. Blau wie das Meer, trug sie in der Mitte einen Kreis aus zehn goldenen Sternen, die die Krone der Königin umgaben.

Noch am selben Abend lud Bürgermeister Buttafoco den Marchese zum Essen zu sich nach Hause ein. Signora Mommina, seine Frau, die eine gute Köchin war, hatte sich den ganzen Tag fast totgeschuftet, um Speisen zuzubereiten, die eines Marchese und Schwagers der Königin von Pommern würdig waren. Doch der Marchese sagte ab, er sei etwas erschöpft, und es werde ja in Zukunft an Gelegenheiten nicht mangeln.

«Wo essen Sie denn zu Abend?», fragte der Bürgermeister, ein wenig enttäuscht über die Absage.

«Ich habe mir bereits ein paar Sachen vom Maître des Hotels zubereiten lassen. Ein kaltes Abendessen. Machen Sie sich keine Sorgen um mich.»

«Und der Besuch im Verein, wann haben Sie vor …»

«An einem der kommenden Abende, ich werde Sie benachrichtigen.»

«Hören Sie, meine Frau hat sich überlegt, dass Ihre Gattin vielleicht ein Hausmädchen gebrauchen könnte, das …»

Der Marchese lächelte. «Meine Gattin hat ihr eigenes Hausmädchen. Sie hat es aus Pommern mitgebracht.»

«Wenn Sie bei der Ankunft Ihrer Gattin meine Kutsche brauchen, machen Sie bitte keine Umstände.»

«Danke, das wird nicht nötig sein. Ich bräuchte eher jemanden, der die Einkäufe macht, da das Hausmädchen meiner Frau unsere Sprache nicht spricht.»

«Ich werde dafür sorgen.»

Warum hatte er es erst mit allem so eilig gehabt und jetzt nicht mehr? Und warum war er jetzt zwar noch immer höflich, aber distanziert, ja sogar ein bisschen kühl?

Nur drei Einwohner von Vigata sahen die Frau des Konsuls und ihr Hausmädchen ankommen. Als einzige Passagiere entstiegen die beiden Frauen dem Zug, der um Mitternacht aus Palermo ankam. Der Marchese stand auf dem Bürgersteig und erwartete sie, er hatte zwei Kutschen geholt. In die eine stieg das Hausmädchen mit einer großen Reisetruhe, in die andere stiegen der Marchese und seine Gattin.

Am nächsten Morgen erzählte der Bahnhofsvorsteher den wartenden Reisenden, wie schön die beiden Frauen waren, beide blond, beide mit blauen Augen, beide jung, denn die Frau des Marchese war ungefähr dreißig und das Hausmädchen sicher nicht älter als zwanzig.

«Es war ja mitten in der Nacht, aber als sie aus dem Zug stiegen, schien die Sonne aufzugehen», schloss der Bahnhofsvorsteher seinen Bericht.

Die beiden Kutscher waren nicht weniger hingerissen. Derjenige, der das Hausmädchen gefahren hatte, erzählte, dass seinem Pferd bei ihrem Anblick der Schwengel herausgekommen sei. Die Kleine habe das Ding betrachtet und gelacht. Der andere, der das Ehepaar gefahren hatte, sagte, es habe ihm genügt zu beobachten, wie die Frau in die Kutsche einstieg und wieder ausstieg, um die ganze Nacht keinen Schlaf zu finden.

Nach kurzer Zeit wusste ganz Vigata, dass sich jetzt zwei Schönheiten im Städtchen aufhielten, die einem Mann das Paradies auf Erden bereiten konnten.

Doch eine ganze Woche lang schmachteten die Männer von Vigata vergebens. Der Konsul ging jeden Nachmittag um vier einen Spaziergang auf der Mole machen, aber die beiden Frauen blieben im Haus eingeschlossen. Trotzdem reckten jeden Morgen gegen zehn ein paar junge Vigateser vor dem Konsulat die Hälse, um das Hausmädchen zu erspähen, wenn es die Balkontüren öffnete, um das Schlafzimmer ihrer Herrschaft zu lüften. Dann lehnte sie sich nämlich einen Augenblick lang aus dem Fenster und schaute nach draußen. Und allen blieb in dieser halben Minute die Luft weg. Die alte Nirina, die den Auftrag bekommen hatte, Einkäufe zu machen, erzählte, dass die Frauen nicht mit ihr sprachen, es war der Marchese, der ihr sagte, was sie kaufen sollte, und ihr das nötige Geld gab.

Der Bürgermeister war ein wenig beleidigt, weil der Marchese sich nicht mehr blicken ließ. Also beschloss er eines Nachmittags, ihn auf seinem gewohnten Spaziergang auf der Mole abzufangen.

«Signor Marchese, stets zu Ihrer Verfügung.»

«Bescheidene Bitten, Bürgermeister.»

«Wie ist es Ihnen in diesen ersten Tagen ergangen? Wenn ich Ihnen behilflich sein kann …»

Der Marchese schien ein wenig verlegen. «Wissen Sie … die Sache ist die, dass meine Gattin und ich … nun ja, wir leben zum ersten Mal in einem Haus ganz für uns allein … bis jetzt hat es uns immer von einem Hotel ins andere verschlagen, ohne dass uns je ein Tag ungestörter Zweisamkeit vergönnt war …»

«Ich verstehe», sagte der Bürgermeister voller Neid.

«Doch am nächsten Samstag öffne ich mein Haus. Als Erste lade ich, wie es die Etikette will, meine Kollegen ein, die in Vigata ansässigen Konsuln. Dann muss ich nach Rom abreisen, weil ich von unserem Botschafter zum Rapport bestellt bin. Doch am darauffolgenden Samstag werde ich die Ehre haben, Sie und fünfzehn weitere Personen als Gäste laden zu dürfen, darunter alle Honoratioren, die Sie mir nennen werden, wenn Sie so freundlich sein wollen. Die Herren können selbstverständlich mit ihren Gattinnen kommen.»

Alle in Vigata ansässigen Konsuln bekamen ein Kärtchen mit Prägedruck und vergoldeten Buchstaben, auf dem es hieß, dass der Konsul des (zeitweiligen) Königreichs Pommern die Ehre habe, dann folgte der Name, von Hand geschrieben, Signor Soundso, Konsul von Soundso, am Samstagabend um zwanzig Uhr zum Abendessen einzuladen.

Sie erschienen zu viert, denn Signora Villasevaglios, die Frau des spanischen Konsuls, war ein bisschen erkältet, außerdem überaus eifersüchtig, darum verbot sie ihrem Mann, ohne sie zu dem Essen zu gehen. Ein anderer, der französische Konsul, wurde den ganzen Abend von seiner neben ihm sitzenden Gattin gequält. Sobald er die Augen vom Teller hob, um die Hausherrin anzuschauen, erhielt er einen Tritt, der ihn am Knie oder ins Gemächt traf. Der englische Konsul, Mister Peirce, kam schon betrunken an und ging hinterher noch betrunkener nach Hause.

Der portugiesische Konsul hingegen spürte, kaum dass er über die Schwelle getreten war und Signora Wilfride ihm die Hand zum Handkuss hingestreckt hatte, wie ihn erst eine Hitzewelle, dann Eiseskälte erfasste, und begriff, dass er sich hoffnungslos in die Hausherrin verliebt hatte. Darum versank er in tiefe Schwermut, als er die Hässlichkeit der Frau an seiner Seite sah, und machte den ganzen Abend lang den Mund nicht auf.

Der Einzige, der gemeinsam mit seiner Frau nach Herzenslust trank und aß, war der dänische Konsul, der jedoch siebzig Jahre alt war.

Das Abendessen hatte der Marchese beim Hotel des Temples in Montelusa bestellt, und es wurde von den Kellnern des Hotels serviert. Das achtzehnjährige Hausmädchen von Signora Wilfride erschien erst zum Schluss, um allen einen Schnaps anzubieten, der aussah wie Wasser, sich aber im Mund in flüssiges

Feuer verwandelte. Und als sie schließlich mit der Flasche in der Hand lächelnd hinausging, hätte man sich wirklich nicht mehr zwischen dem Hausmädchen und der Hausherrin entscheiden können.

Am Montagmorgen erschien der Marchese im Rathaus. «Ich muss nicht mehr so dringend nach Rom. Der Herr Botschafter hat mir meine Post durch den diplomatischen Kurier zustellen lassen. Es ist ein Brief des Handelsministers Tadeus Wicziz mit genauen Anweisungen. Und auch ein Brief Ihrer Majestät, über den ich in den nächsten Tagen mit Ihnen sprechen werde. Wenn Sie die Güte hätten, mir die Liste zu übergeben …»

«Welche Liste?», fragte Buttafoco erstaunt.

«Die der Honoratioren, der fünfzehn Personen, die am nächsten Samstag eingeladen werden. Auch die Adressen brauche ich. Der Minister hat mich angewiesen, die Sache zu beschleunigen.»

«Am Nachmittag werde ich sie Ihnen von einem Gemeindeangestellten bringen lassen. Sind Sie an jemand Bestimmtem interessiert?»

«Mein teurer, hochgeschätzter Freund, mich interessieren vor allem die Händler mit Schwefel und Salz. Und wenn es außerdem freundliche Menschen gibt, die ein wenig Zeit mit meiner Gattin verbringen möchten …»

«Wie habe ich das zu verstehen, Entschuldigung?», fragte der Bürgermeister höchst erstaunt.

«Beim Pokerspiel. Meine Frau ist eine leidenschaftliche Spielerin, ich etwas weniger.»

Im Verein spielten sie Rommé, Scala Quaranta, Landsknecht, Scopa, Tresette und Briscola, von Heiligabend bis Dreikönig außerdem Bakkarat. Poker spielten nur Baron Cocò di Sant'Alberto, Cavaliere 'Ntonio Fiannaca, der Ragioniere Pippo Spataro und der Commendatore Pasqualino Cutrera. Er würde alle vier einladen.

Wie aus der Liste hervorging, bestanden die übrigen elf aus den beiden größten Schwefelhändlern, den zwei größten Salzhändlern, dem wichtigsten Exporteur von Mandeln, Kichererbsen und Bohnen, dem Amtsarzt, dem Hafenkapitän, dem Präsident der Vereinigung Soldaten und Veteranen, Don Giacomino Pintacuda, dem Präsidenten des Vereins und dem Apotheker Samonà.

Alle fünfzehn Männer, deren Alter eine Spanne von dreißig bis sechzig Jahren umfasste, verliebten sich auf den ersten Blick in die Hausherrin. Abgesehen von ihrer geradezu unwirklichen Schönheit besaß sie eine Liebenswürdigkeit, eine Eleganz, eine Weise, alle anzulächeln, an der man sofort erkannte, dass sie wirklich eine Aristokratin aus uraltem Geschlecht war, die Schwester einer Königin eben.

Beim Essen fand Baron Cocò di Sant'Alberto, ein heißblütiger, gutaussehender junger Mann um die dreißig, Gelegenheit zu bemerken, dass er gerne Poker spielte. Der Bürgermeister hatte ihm aufgetragen, dieses Thema anzusprechen.

«Ich schpiele auch kerne», sagte Wilfride und warf ihm einen verschwörerischen Blick zu. «Venn Ihr vollt Partie machen hier Samstag ...»

«Und ob!», stammelte der Baron, im Himmelblau ihrer Augen ertrinkend.

«Wir spielen auch gerne Poker!», riefen Fiannaca, Spataro und Cutrera im Chor.

«Kommt alle», sagte Wilfride. «Ihr könnt euch apvechseln.»

«Besitzen Sie einen Hund aus Pommern?», fragte der Baron, der unterdessen wieder zu Atem gekommen war.

«Sie mögen Hunden, Baron?»

«Ich habe fünfzehn Rassehunde. Aber einen aus Pommern besitze ich nicht.»

«Leiter in meinem Land Ausfuhr ist derzeit verpoten», bedauerte Wilfride.

Sie hatte eine Stimme, die einem über die Ohren direkt in den Bauch drang und auch noch ein bisschen tiefer.

Erst jetzt bemerkte Cocò, dass der Marchese-Gatte ihn unverwandt anblickte. Vielleicht war es ein Fehler, so großes Interesse an der Signora zu zeigen, dachte er. Während des restlichen Abends sagte er nichts mehr. Aber manchmal hob er die Augen und begegnete unvermeidlich dem himmelblauen See.

Drei

Beim Abschied hatte Cocò den Eindruck, Wilfrides Hand bleibe ein bisschen länger als nötig in seiner. Doch es konnte sein großes Verlangen nach ihr sein, das ihn zu Einbildungen verführte. «Also, bis Samstag?»

«Pis Samstag», bestätigte Wilfride lächelnd.

Als der Marchese sich von Don Giacomino Paletta verabschiedete, sagte er: «Dürfte ich Ihre Freundlichkeit in Anspruch nehmen?»

«Gerne, sprechen Sie, Signor Marchese.»

«Wann immer es Ihnen genehm ist, morgen oder später, würde ich Sie gerne unter vier Augen sprechen. Hier oder in Ihrem Büro, entscheiden Sie.»

«Bemühen Sie sich nicht, Signor Marchese, ich komme morgen Vormittag um zehn. In Ordnung?»

«Sehr gut, ich danke Ihnen.»

Um Punkt zehn Uhr klopfte Don Giacomino an die Tür des Konsulats, und ihm öffnete das Hausmädchen, das sich am Abend zuvor nicht hatte blicken lassen, denn den Schnaps hatte Signora Wilfride serviert. Heilige Muttergottes, was für ein Busen! Als sie sich dann umdrehte und ihm vorausging, war es das Wogen dieser jungen Hinterbacken unter dem engen schwarzen

Rock, das Don Giacomino verzauberte. Sie mussten fester sein als ein gekochtes Ei. Der Marchese befand sich nicht in seinem Büro.

«Sie varrten hier, er kommt kleich», sagte das Hausmädchen und forderte ihn auf, im Sessel vor dem Schreibtisch Platz zu nehmen.

Don Giacomino drehte sich um, damit er sehen konnte, wie sie aus dem Zimmer ging. Gleich darauf kam der Marchese, schüttelte ihm die Hand und setzte sich in seinen Schreibtischsessel. «Ich komme sofort zum Thema. Unser Handelsminister hat mir einen Brief geschrieben, in dem er mir unter anderem den Auftrag erteilt, in Vigata einen großen Posten Schwefel zu kaufen. Es handelt sich um …»

Er unterbrach sich, öffnete die mittlere Schublade seines Schreibtisches, holte einen Umschlag heraus und entnahm ihm fünf dicht von Hand beschriebene Seiten. Don Giacomino konnte sehen, dass jedes Blatt denselben Briefkopf in einer fremden Sprache trug.

Der Marchese überflog die Seiten und fand, was er suchte. «Ach ja, hier. Es handelt sich um vierhundert Tonnen Schwefel der besten gelben Sorte.»

«Entschuldigung, was sagten Sie?», fragte Don Giacomino fassungslos.

«Vierhundert Tonnen. Ist das wenig? Nun, dies wäre ja auch nur eine erste Bestellung. Weitere werden folgen. Sagen Sie mir, was Sie davon halten. Ich verstehe nicht viel von diesen Dingen, müssen Sie wissen. Seine Exzellenz, der Minister, schreibt hier, dass der bei Ihnen handelsübliche Preis sich um die fünfundneunzig Lire bewegen müsste.»

Der Preis lag im Moment bei neunzig Lire die Tonne, doch darüber schwieg Don Giacomino. Wichtiger war, dass ein Auftrag von dieser Größenordnung, nachdem der Krieg den Handel fast zum Stillstand gebracht hatte, Arbeit und Reichtum bedeutete. Doch es gab einige Probleme. «Signor Marchese, ich glaube, dass der Schwefel in unseren Lagern nicht einmal auf zweihundert Tonnen kommt. Doch das ist das geringere Problem, denn den Rest könnte ich bei hiesigen Kollegen oder in Catania kaufen. Das eigentliche Problem ist ein Gesetz, das die Ausfuhr von Schwefel ins Ausland zum vollen Preis auf hundertfünfunddreißigtausend Tonnen beschränkt.»

«Nun, mir scheint, dass vierhundert Tonnen …»

«Sie müssen wissen, Signor Marchese, dass diese Ausfuhrmenge unter allen Schwefelhändlern der Insel aufgeteilt wurde. Und ich habe die mir zustehende Quote bereits erschöpft, im Grunde dürfte ich nicht einmal mehr hundert Gramm verladen lassen.»

«Da ist also nichts zu machen?»

«Darf ich Ihnen bis morgen Nachmittag darauf eine Antwort geben?»

«Natürlich. Ach ja, ich muss Ihnen auch sagen, dass Sie sich selbst um die Anmietung geeigneter Frachtschiffe kümmern müssten. Die Schifffahrtsgesellschaft, an die Sie sich wenden sollen, wird mir Seine Exzellenz noch mitteilen. Die Kosten für die Schiffe werden Ihnen selbstverständlich getrennt erstattet.»

«Und Ihre eigenen Schiffe?»

«In Pommern sind zu wenige übrig geblieben. Der Zielhafen ist Danzig. Natürlich wird die Ware bei Lieferung bar in Pfund Sterling bezahlt.»

Er stand auf. Als Don Giacomino sich ebenfalls erhob, fragte er, auf den Briefumschlag des Ministers zeigend: «Brauchen Sie das noch?»

«Den Umschlag?», fragte der Marchese verblüfft.

«Nein, die Briefmarke. Mein Sohn sammelt Marken.»

Der Marchese nahm eine Schere und schnitt ein Stück des Umschlags mit der Marke heraus. Sie zeigte das Profil der Königin von Pommern und kostete dreißig Schirz.

Eine echte Rarität.

Am nächsten Morgen erschien Don Ramunno Gesmundo, der andere große Schwefelhändler, der auch zum Abendessen eingeladen worden war, um zehn Uhr beim Konsul von Pommern.

«Bitte entschuldigen Sie die Störung, Signor Marchese. Aber …»

«Sie stören nicht. Im Gegenteil, ich hatte mir ohnehin vorgenommen, im Laufe des Vormittags bei Ihnen vorbeizuschauen. Sprechen Sie, ich höre.»

«Wissen Sie, das Städtchen ist klein, früher oder später erfährt man alles. Sie sollen Don Giacomino Paletta gestern vorgeschlagen haben …»

Der Marchese hob die Hand, und sein Gegenüber verstummte. «Wenn ich gestern mit ihm gesprochen habe, bedeutet das, dass ich heute mit Ihnen gesprochen hätte. Die Entscheidung wäre dann nach einem Vergleich der beiden Angebote erfolgt. Dies ist meine übliche, von Unparteilichkeit, Korrektheit und Gerechtigkeit geprägte Verfahrensweise.»

«Ich bitte um Entschuldigung.»

«Signor Paletta hat mir zu verstehen gegeben, dass er sich in Schwierigkeiten befindet, weil er seine Ausfuhrquote an Schwefel bereits erreicht hat. Wie sieht es bei Ihnen aus?»

«Mir bleiben noch hundert Tonnen.»

«Das hört sich schon besser an. Und der Rest?»

«Ich werde einen Weg finden, seien Sie unbesorgt.»

«Der Preis?»

«Dreiundneunzig Lire.»

«Die Schiffe müssten Sie …»

«Ich bin bereits informiert. Hat Paletta von Ihrer Provision gesprochen?»

«Eine Provision? Für mich?» Der Marchese stand auf, blass vor Empörung. «Erlauben Sie sich nie wieder, mich … Hinaus!»

«Hören Sie, das ist ein Missverständnis», sagte Gesmundo, sich ebenfalls erhebend. «Der Vermittler hat ein gesetzliches

Anrecht auf eine Provision. So steht es in unserem Handelsgesetz.»

«Wirklich?»

«Wenn Sie möchten, bringe ich es Ihnen morgen vorbei.»

«Ihr Wort genügt mir. Und wie hoch ist diese Provision?»

«Zwei bis fünf Prozent. Bei einem so großen Geschäft wie diesem wäre natürlich der Höchstsatz zu veranschlagen.»

«Wann werden Sie mir eine Antwort geben können?»

«Morgen Nachmittag.»

Am Nachmittag desselben Tages traf der Marchese nach seinem Spaziergang auf der Mole Don Giacomino Paletta an, der auf ihn wartete.

«Ich fühle mich zur Ehrlichkeit verpflichtet», hub der Marchese an, «darum muss ich Sie davon informieren, dass Signor Gesmundo mich heute Morgen aufgesucht hat und …»

«Ich weiß alles. Ich weiß auch, dass er Ihnen fünf Prozent für Ihre Vermittlung angeboten hat. Ich hatte nur aus Gründen der Diskretion noch nicht über die Provision gesprochen, glauben Sie mir. Aber ich kann erhöhen.»

«Was erhöhen, bitte?», fragte der Marchese.

«Den Prozentsatz der Provision. Ich kann ihn auf sieben erhöhen. Im Voraus.»

«Meine Provision ist vollkommen unwichtig, und ich finde es auch, mit Verlaub, irritierend und unangebracht, dass Sie dies überhaupt zur Sprache bringen.»

«Bitte vergeben Sie mir.»

«Was zählt, ist die Ladung. Haben Sie den benötigten Schwefel gefunden? Wie wollen Sie die Quote überschreiten und gleichzeitig peinlich genau die Grenzen der Legalität wahren?»

«Ich bin nach Palermo gefahren, um mit Professore Montemagno zu sprechen, der an der Universität Handelsrecht lehrt. Er hat mir eine unfehlbare Methode vorgeschlagen.»

«Der Preis bleibt bei fünfundneunzig Lire pro Tonne?»

«Ich bedaure, Signor Marchese, aber bei all den Ausgaben, die auf mich zukommen, kann ich keinen einzigen Centesimo heruntergehen.»

Am Nachmittag des nächsten Tages erschien Don Ramunno.

«Ich habe gehört, dass Paletta Sie gestern aufgesucht hat. Sagen wir zehn, und kein Wort mehr.»

«Zehn was?»

«Die Provision. Im Voraus.»

Der Marchese zuckte zusammen. «Verflixt noch mal! Genug jetzt mit diesem Gerede von der Provision! Das ist außerordentlich unangenehm! Es verstimmt mich!»

«Ich bitte um Entschuldigung.»

«Sprechen wir lieber über Ihre Probleme. Wie wollen Sie …»

«Ich bin in Palermo gewesen und habe …»

Auch für ihn hatte Professor Montemagno eine unfehlbare Methode gefunden.

«Ich muss Ihnen allerdings sagen, dass der Preis pro Tonne nicht unter hundert Lire liegen kann, weil ich mit der Anmietung der Schiffe in Vorkasse gehen muss.»

«In ein paar Tagen werde ich meine Entscheidung treffen», sagte der Marchese, als er sich von Don Ramunno verabschiedete. «Ich werde Sie sowohl Ihnen als auch Signor Paletta mitteilen.»

Am Mittwochnachmittag übergab ein Laufbursche dem deutschen Hausmädchen einen Brief, den sie dem Marchese aushändigte. Auf dem Umschlag stand der Absender: «Giacomino Paletta & Söhne, Schwefelhandel». Im Umschlag befand sich ein Stück Papier mit nur zwei Zeilen: «Zehn Prozent im Voraus gehen auch für mich in Ordnung. Es bleibt beim vereinbarten Preis von fünfundneunzig Lire pro Tonne. Hochachtungsvoll.» Dann folgte die Unterschrift.

Am Donnerstagmorgen traf Don Manueli Locascio, der größte Salzexporteur von Vigata, der am Tag zuvor eine Einladung von Seiten des Marchese erhalten hatte, im Konsulat ein.

Wieder hatte der Konsul den Brief des Handelsministers vor sich liegen, während er Don Manueli erklärte, dass Pommern zweihundertfünfzig Zentner gereinigtes Steinsalz benötigte.

«Das ist unsere gesamte Jahresproduktion», sagte Don Manueli erstaunt.

«Gibt es Probleme?»

«Keins.»

«Was den Transport per Schiff betrifft, so wissen Sie vielleicht nicht, dass ...»

«Doch, Marchese, ich weiß alles. Sowohl Paletta als auch Gesmundo haben es mir erklärt. Ich werde mich an Ihre Regeln halten. In allen Punkten. Einschließlich der zehn Prozent Provision im Voraus.»

«Auch bei Steinsalz gibt es eine Provision?»

«Aber sicher doch!»

Der arme Marchese tat Don Manueli fast leid. Es war wirklich offensichtlich, dass er als Adeliger von Geschäften rein gar nichts verstand!

«Hören Sie, Signor Locascio, bereiten Sie den Vertrag vor. Ich werde ihn übersetzen und unverzüglich Seiner Exzellenz, dem Minister, schicken. Ach, da fällt mir ein, gibt es hier in Vigata Ihres Wissens nach jemanden, der ...» Er hielt inne, um einen Blick auf den Brief des Ministers zu werfen. «... jemanden, der Kalziumsulfat produziert?»

Don Manueli Locascio lächelte. «Wir hier in Vigata sind doch die größten Produzenten! Die Produktion bewegt sich um die fünfhunderttausend Tonnen jährlich!»

«Großartig! Pommern benötigt vierhunderttausend.»

«Wenn Sie einverstanden sind, spreche ich mit Don Mariano Zichicco, der handelt mit Kalziumsulfat.»

«Fragen Sie ihn doch bitte, ob er so freundlich wäre, morgen um zehn ins Konsulat zu kommen.»

Don Mariano Zichicco war so freundlich. Inzwischen gab es im Ort keinen Händler mehr, der nicht wusste, dass mit dem Konsul von Pommern Bombengeschäfte zu machen waren. Nach zehn Minuten hatten sie sich über alles geeinigt, inklusive Provision.

Dann kam der Samstag.

Baron Cocò di Sant'Alberto schickte einen Hausdiener nach Montelusa, um einen Strauß zwölf roter Rosen zu kaufen, dann verbrachte er den ganzen Vormittag damit, sich zu waschen und seinen Anzug, Schuhe, Hemd und Krawatte anzuziehen. Der Cavaliere 'Ntonio Fiannaca probierte den Anzug, den ihm der Schneider gebracht hatte. In weniger als einer Woche hatte er ihn schneidern müssen, denn der Cavaliere hatte den Anzug erst am Montagmorgen bestellt. Der Ragioniere Pippo Spataro ließ sich den Barbier ins Haus kommen, damit er ihm Haare und Bart stutzte. Der Barbier gab ihm außerdem eine Flasche mit einem ganzen besonderen Kölnischwasser. Der Commendatore Pasqualino Cutrera war um die fünfzig, brüstete sich jedoch, vitaler als ein Zuchtbulle zu sein. Er begnügte sich mit einem außerordentlichen Bad, da er nur einmal im Monat eins nahm.

Am selben Vormittag ging der Marchese zum Bürgermeister.

Vier

«Ich danke Ihnen im Namen der ganzen Stadt», sagte der Bürgermeister Buttafoco. «Was Sie für uns, für unsere wirtschaftliche Entwicklung tun, ist wahrhaftig … Ich habe die Freude, Ihnen mitzuteilen, dass der Gemeinderat beschlossen hat, Sie Seiner Majestät, dem König Vittorio Emmanuele III., für das Kreuz des Großoffiziers vorzuschlagen.»

«Danke, aber das bin ich bereits.» Der Marchese lächelte bescheiden. «Ich bin hier, um Ihnen zu sagen, dass ich mich in einer gewissen Verlegenheit befinde. Signor Paletta und Signor Gesmundo haben mir gleichwertige Angebote gemacht. Ich weiß beim besten Wissen und Gewissen nicht, für wen ich mich entscheiden soll. Könnten Sie nicht bitte einschreiten?»

«Auf welche Weise?»

«In Ihrer Eigenschaft als erster Bürger. Mein Vorschlag lautet folgendermaßen: Wir teilen die in Auftrag gegebenen vierhundert Tonnen Schwefel zwischen beiden auf. Zweihundert der eine, zweihundert der andere. Andernfalls sähe ich mich gezwungen, mich an die Händler von Catania zu wenden, und das wäre sicher ein großer Verlust für Vigata. Wenn die Signori Paletta und Gesmundo den Vorschlag annehmen, sollen sie mir bitte so schnell wie möglich die entsprechenden Verträge zukommen lassen, die ich übersetzen und nach Pommern weiterleiten werde.»

«Ich werde mein Möglichstes tun», sagte der Bürgermeister.

Doch er war sicher, dass er die beiden überreden konnte, bei dem Appetit auf lukrative Geschäfte, der im Ort umging.

«Bei meinem letzten Besuch», hub der Marchese wieder an, «hatte ich Ihnen gegenüber auch einen persönlichen Brief Ihrer Majestät, der Königin von Pommern, erwähnt.»

Mit ehrfürchtiger Behutsamkeit holte er ihn aus seiner Tasche, zog drei von Hand beschriebene Blätter aus dem Umschlag und legte ihn auf den Tisch des Bürgermeisters. Auf dem Umschlag prangte eine Briefmarke wie jene, die ihm Don Giacomino Paletta gezeigt hatte. «Hier haben wir es», sagte der Marchese und legte auch die Blätter auf den Tisch. «Ihre Majestät teilt mir mit, es sei ihr gelungen, das Parlament zur Aufhebung des Ausfuhrverbots von Pommerschen Hunden zu bewegen. Das ist eine sehr wichtige Nachricht. Sie wissen vielleicht nicht, dass diese Hunde …»

«Baron di Sant'Alberto hat mir einiges angedeutet.»

«Gut. Allerdings gilt es bestimmte Bedingungen zu beachten.

Der ausländische Käufer muss alle, ich wiederhole, alle Pommerschen Hunde en bloc erwerben. Seinerseits verpflichtet sich Pommern, dafür zu sorgen, dass die wenigen in Privatbesitz bleibenden Hunde sich nicht vermehren.»

Bürgermeister Buttafoco blickte ihn fragend an.

«Verzeihen Sie, Marchese, aber ich sehe nicht, wie ...»

«Hören Sie mir bitte noch einen Augenblick lang zu. Die Königin wäre bereit, die Hunde unter Preis abzugeben, sagen wir für nur fünfzig Prozent ihres Marktwertes, welcher derzeit bei vierzig Lire liegt. Jeder einzelne Hund würde also zwanzig Lire kosten, ohne Steuern und Transportkosten.»

«Entschuldigen Sie bitte, aber ich verstehe immer noch nicht, worin ...»

«Stellen Sie sich vor, dass in Vigata ein Verein für den Kauf dieser kostspieligen, edlen Rassehunde gegründet wird. Nun, die Mitglieder könnten am Wiederverkauf der Hunde nicht nur das Doppelte verdienen, sie wären auch die Einzigen auf der ganzen Welt, die Pommersche Hunde besitzen. Wer einen solchen Hund kaufen will, kommt an Vigata nicht vorbei. Und der Verein hat keine Konkurrenten, bestimmt also den Marktpreis.»

Der Bürgermeister begann zu verstehen. «Nun, wenn die Dinge so liegen ...»

«Ich habe mich zuerst an Sie gewandt, weil ich Ihnen gegenüber eine Dankesschuld habe, und ich möchte Sie wenigstens teilweise für Ihre unzähligen Gefälligkeiten entschädigen. Sprechen Sie, wenn Sie wollen, mit Baron di Sant'Alberto, der mir in Sachen Hunde ein Fachmann zu sein scheint.»

«Und wie viele Hunde wären das?»

Der Marchese nahm eines der Blätter, studierte es, legte es wieder ab. «Dreitausendfünfhundertfünfzig.»

Der Bürgermeister erbleichte. Meine Güte, wie viele Junge warf denn so ein Pommerscher Hund? «Wie werden sie hierhergebracht?»

«Zum Glück sind zwei Hundeschiffe unversehrt geblieben. Für den Transport wird in Pommern gesorgt. Dem Verein obliegt der Bau geeigneter Zwinger. Die Hunde werden von zwei Spezialisten begleitet, die Sie ausführlich über die Behandlung, die Mahlzeiten und das Vorgehen im Krankheitsfall informieren werden. Ich brauche jedoch spätestens bis nächsten Dienstag eine Antwort. Denn in zehn Tagen wird ein internationaler Wettbewerb um den Kauf der Hunde ausgeschrieben. Im Moment sind Sie noch der Einzige, der etwas von diesem lukrativen Geschäftsangebot weiß, und das sollten Sie rechtzeitig nutzen, denn später wird es schwierig werden, den ausländischen Anbietern Konkurrenz zu machen.»

Er erhob sich.

«Ach, noch etwas. Würden Sie mir bitte meinen Mietvertrag ausfertigen?»

«Ach, das hat doch keine Eile!», sagte der Bürgermeister.

Als er allein war, ließ Buttafoco sofort nach Baron di Sant'Alberto schicken. Unterdessen nahm er Papier und Bleistift und machte die Rechnung. Einundsiebzigtausend Lire. Eine ungeheure Summe, doch mit einigen Opfern und der Unterstützung der Bank konnte man es schaffen.

Als der Baron das Angebot hörte, sprang er vor Begeisterung auf und fing an zu tanzen. «Das ist ja ein phantastisches Geschäft! Wir müssen sofort zuschlagen! Lassen Sie uns gleich eine Liste der möglichen Vereinsmitglieder machen. Mein Gott, wie herrlich! Ein Verein mit dem Exklusivrecht der Aufzucht und des Verkaufs Pommerscher Hunde in aller Welt!»

«Erst einmal müssen wir sehen, wie sie diese Hunde bezahlt haben wollen», sagte der Bürgermeister. «Einundsiebzigtausend Lire in weniger als einer Woche zusammenzubekommen ist unmöglich. Sie sehen den Marchese ja heute Abend, warum fragen Sie ihn nicht danach?»

Um neun Uhr abends standen Baron Cocò di Sant'Alberto, der Cavaliere 'Ntonio Fiannaca, der Ragioniere Pippo Spataro und der Commendatore Pasqualino Cutrera, alle vier geschniegelt und gestriegelt, vor der Tür des Konsulats. Der Baron mit einem Strauß roter Rosen, der Cavaliere mit einem Tablett, auf dem zwölf Cannoli lagen, der Ragioniere mit einer Cassata, und der Commendatore mit einer Flasche Rosolio. Ihnen öffnete das achtzehnjährige Hausmädchen, das mit Häubchen und weißer Schürze gekleidet war, und bat sie in den Salon.

Gleich darauf erschien der Marchese. «Meine Frau kommt sofort herunter.»

«Wenn Sie gestatten, würde ich Sie gerne kurz sprechen», sagte Cocò di Sant'Alberto.

«Kommen Sie mit mir.» Der Marchese führte ihn in das Konsulatsbüro.

«Ich möchte Ihnen sagen, dass wir ernsthaft beabsichtigen, einen Verein für den Kauf der Hunde aus Pommern zu gründen. Aber Sie werden verstehen, dass es nicht leicht ist, so viel Geld in so kurzer Zeit aufzutreiben. Wie könnten Sie uns entgegenkommen?»

«Kein Problem. Mir genügt eine Verpflichtungserklärung Ihrerseits, die ich bis Montag brauche. Denn noch am Montag reise ich nach Palermo, und von dort kontaktiere ich unsere Botschaft in Rom. Mit Ihrer Erklärung wird die Ausschreibung des Wettbewerbs ausgesetzt. Von dem Tag an haben Sie einen Monat Zeit, um die Hälfte der Summe, sagen wir fünfunddreißigtausend, in bar zu zahlen.»

«Entschuldigen Sie bitte, Marchese, aber warum in bar?»

«Weil die Zahlung über Banken langwierig und mühselig wäre, da die Währung des Königreichs Pommern, der Schirz, von einigen Ländern noch nicht anerkannt wird. Der Rest wird bei Lieferung der Hunde fällig. Einverstanden?»

«Einverstanden.»

Sie kehrten in den Salon zurück. Signora Wilfride war schon eingetroffen. Sie trug ein Kleid mit einem großzügigen Ausschnitt, der den Ansatz eines prächtigen Busens zeigte. Als sie Cocò ein breites Lächeln schenkte, fühlte er, wie seine Beine nachgaben.

«Vollen wirr hinaufkehen?», fragte Wilfride.

Sie gingen ins Obergeschoss, in das Zimmer mit dem grünen Tischchen und vier Stühlen. Auf dem Tischchen lag ein Stoß brandneuer Karten, daneben eine Schachtel mit Fiches, an der Wand stand ein Servierwagen mit Gläsern und Schnapsflaschen, außerdem weitere Stühle. Das Hausmädchen brachte die Cannoli und die Cassata auf Tellerchen mit Gabeln, stellte sie auf dem Servierwagen ab, ging hinaus und schloss die Tür. Es gab zwei überzählige Spieler.

«Ich spiele nicht», erklärte der Marchese. «Ja, ich bitte die Signori schon jetzt um Entschuldigung, wenn ich mich alsbald zurückziehe und ins Bett gehe.»

«Dann gebe ich die Karten, später kann ich dann für den einspringen, der müde wird», sagte der Commendatore Cutrera. «Welchen Wert wollen wir den Fiches geben?»

«Ich varne alle, tass ich rriskant schpiele», sagte Wilfride mit einem bezaubernden Lächeln. «Und tass Schauter der Schpannung mir sehr viel kefällt.»

Den besorgen wir dir, den Schauter!, dachten alle anwesenden Vigateser gleichzeitig.

Und so begann die Partie.

Die erste halbe Stunde genügte, um zu erkennen, dass es Wilfride sein würde, die den anderen einen Schauter besorgte. Sie war eine eiskalte Spielerin, die nicht die kleinste Gefühlsregung zeigte, ob sie nun verlor oder gewann, und hinzu kam, dass Cocò, der sonst fast immer erriet, ob sein Gegner bluffte, sich im himmelblauen, unergründlichen See ihrer Augen verlor und gar nichts mehr begriff.

Um ein Uhr nachts ging der Marchese schlafen. Um drei Uhr morgens ließ Cocò, sei es, weil er ein Dutzend Gläschen dieses weißen Schnapses getrunken hatte, der einem sofort zu Kopfe stieg, sei es, weil er schon eine große Summe verloren hatte, etwa fünfhundert Lire, den Commendatore für sich einspringen und ging aus dem Zimmer, um eine Toilette zu suchen. Er hatte das Bedürfnis, sich das Gesicht zu waschen. Auf dem Flur gab es nur ein dämmeriges Nachtlicht. Cocò sah, wie das Hausmädchen, das am Ende des Flurs auf einem Stuhl gesessen hatte, aufstand und auf ihn zukam.

«Was tu vollen?»

«Ich suche eine Toilette.»

«Pitte», sagte das Hausmädchen, auf eine Tür zeigend.

Er wusch sich ausgiebig das Gesicht. Als er hinausging, traf er wieder auf das Hausmädchen. Er suchte in seinem Beutel nach Kleingeld.

«Nein, tanke», sagte sie, weil sie seine Absichten erraten hatte. «Mein Name ist Gudrun. Tu müde? Villst du tass ich dirr mache Massasche?»

Was war das denn, eine Massasche? Die Kleine duftete nach junger, zarter Haut.

«Ja.»

Gudrun nahm ihn bei der Hand und brachte ihn lachend in ihr Zimmer unter dem Dach.

Eine Dreiviertelstunde später kehrte Cocò müder als zuvor, denn Gudrun hatte ihn erbarmungsloser ausgesaugt als ein Vampir, in das Spielzimmer zurück und fragte sich, warum man es in Pommern Massasche nannte.

Die Partie endete um sechs Uhr morgens. Cocò hatte siebenhundert Lire verloren und wurde von Wilfride mit einem Kuss auf den Mundwinkel entschädigt. Den Moment nutzend, versuchte Cocò sie zu umarmen, doch sie entwand sich lachend. Der Ragioniere hatte zweihundertfünfzig verloren und bekam ein Streicheln übers Haar. Der Cavaliere dreihundert, er wurde mit einer raschen, freundschaftlichen Umarmung getröstet. Der Commendatore vierhundert, ihm wurde über die Wange gestrichen.

«Pis Samstag, venn ihr vollt, gebe ich euch Rrewansch», sagte Wilfride, während sie sie zur Tür begleitete.

Es dauerte einen Monat, dann kamen alle Verträge unterschrieben aus Pommern zurück. Der Marchese stand jeden Vormittag und Nachmittag am Hafen, um das Einladen mal des Schwefels, mal des Steinsalzes, mal des Kalziumsulfats in die Schiffe zu überwachen, die sämtlich der Palermitaner Schifffahrtsgesellschaft Florio gehörten, weil der Handelsminister Pommerns es so gewollt hatte. Seit der Zeit vor dem Krieg wurde am Hafen nicht mehr so viel gearbeitet, alle waren hochzufrieden und grüßten den Konsul, wenn er vorbeikam. Als dann die ersten vier Schiffe nach Danzig ablegten, ging der Marchese zum Bürgermeister.

«Ich bin gekommen, um mich von Ihnen zu verabschieden. Übermorgen reise ich nach Pommern ab. Wir werden höchstens einen Monat bleiben. Meine Frau möchte die Gelegenheit nutzen, um ihre Schwester, die Königin, zu sehen. Ich halte es für zweckmäßig, dass ich in Danzig bin, wenn die ersten Schiffe eintreffen. Darum müsste ich morgen den Vorschuss für den Kauf der Hunde erhalten. Ich habe übrigens gehört, dass die Bauarbeiten für den großen Hundezwinger gut vorangehen.»

«Tatsächlich sind wir schon recht weit gekommen», sagte der Bürgermeister.

Der Marchese entrollte ein Pergament, das er in der Hand hielt. Es trug das Wappen der Königin von Pommern, darunter stand eine Art Bekanntmachung in einer unverständlichen Sprache. Das Einzige, was der Bürgermeister erkannte, war sein Name.

«Unten rechts befindet sich die eigenhändige Unterschrift der Königin. Es ist Ihre Erkennung zum Großen Markgrafen des Königsreichs Pommern.»

Der Bürgermeister war gerührt. Er stand auf und ging mit ausgebreiteten Armen auf den Marchese zu. «Erlauben Sie mir, Sie zu umarmen», sagte er.

Sie umarmten einander.

«Für alle Eventualitäten lasse ich Ihnen meine Adresse in Bydgoszcz da», sagte der Marchese und händigte ihm eine Visitenkarte aus.

Der Marchese hatte kaum das Zimmer verlassen, da gab der Bürgermeister Anweisung, das Pergament rahmen und über seinem Schreibtischsessel aufhängen zu lassen.

Das erste Schiff, das in Danzig anlegte, suchte nicht nur den Marchese, sondern auch das Königreich Pommern vergeblich. Der Kapitän ließ darüber sofort Meldung in Vigata erstatten. Darauf schickte der Bürgermeister ein Telegramm an die Adresse, die der Marchese ihm hinterlassen hatte. Das Telegramm kehrte zurück, unter dieser Adresse gab es nur eine Kneipe. Und in Rom existierte keine Botschaft des Königreichs Pommern.

Eine Woche später, die Schiffe kehrten bereits alle zurück, wurden im Verein ein paar Rechnungen gemacht. Außer der im Voraus gezahlten Provision auf den Schwefel, das Steinsalz und das Sulfat, hatte der Marchese sich die fünfunddreißigtausend Lire für den Kauf der Pommerschen Hunde und die Provision für die Miete der Florio-Schiffe unter den Nagel gerissen.

«Ihr müsst noch die siebentausend Lire dazurechnen, die wir beim Poker verloren haben», sagten der Baron, der Ragioniere, der Cavaliere und der Commendatore im Chor.

Aber sie hatten wenigstens abwechselnd Gudruns Massasche genossen.

DER ANONYME BRIEF

Eins

Gegen Ende des Jahres neunzehnhundertfünfundvierzig wurde Vigata, keiner weiß warum, von einer Welle anonymer Briefe überschwemmt.

Für das Städtchen waren anonyme Briefe fast eine Neuheit.

Nicht dass die Vigateser einen Brief ohne Unterschrift als Zeichen von Feigheit gedeutet hätten, wie einer, der die Hand versteckt, mit der er den Stein wirft, und natürlich tratschten sie auch gerne über die Angelegenheiten anderer Leute, nein, eine Neuheit waren diese Briefe, weil man in Vigata das Sprechen dem Schreiben vorzog, das heißt, man zerriss sich zwar nach Herzenslust das Maul, schrieb aber aufgrund eines uralten, eingefleischten Misstrauens gegenüber jedwedem beschriebenen Papier nur sehr selten etwas schwarz auf weiß nieder.

Vito Farlacca, der Postbote, der jeden Tag mindestens ein Dutzend dieser Briefe aus seiner großen Ledertasche zog, erkannte sie inzwischen schon auf den ersten Blick und kündigte sie dem Adressaten an. «Heute habe ich ein Einschreiben, die Stromrechnung und einen schönen anonymen Brief für Vossia.»

Professore Ernesto Bruccoleri, der das Phänomen erforschte und für die Mitglieder des Vereins Freiheit und Fortschritt zu einer Autorität auf dem Gebiet geworden war, behauptete, der auslösende Faktor sei die Rückkehr der Demokratie nach gut zwanzig Jahren Faschismus, denn die Demokratie sei gleichbedeutend mit Freiheit und gebe jedem die Möglichkeit, den erstbesten Mist aufzuschreiben, der ihm einfiel, oder die unbedeutenden Geheimnisse anderer ans Licht zu bringen, und sei es inkognito.

Die anonymen Briefe, so erklärte Professore Bruccoleri weiter, ließen sich in vier große Kategorien einteilen.

Bei der ersten wurde dem oder der Betreffenden eine Sache zur Kenntnis gebracht, die im Ort bereits jeder wusste; die zweite war das anonyme Schreiben an die Behörden, das man im eigentlichen Sinne als Denunziation bezeichnen konnte; die dritte enthüllte eine Tatsache, von der keiner bisher gewusst hatte, und bei der vierten, der gemeinsten und heimtückischsten Kategorie, wurde etwas erzählt, was nie passiert war, aber hätte passieren können, und keiner konnte überprüfen, ob es wahr oder erfunden war.

Zur ersten Kategorie gehörte zum Beispiel der anonyme Brief, durch den der Ragioniere Michele Posapiano erfuhr, dass sein geliebter Sohn Matteo nicht sein leibliches Kind, sondern die Frucht einer Verbindung seiner Frau Marianna mit dem Cavaliere Donato Pompa war, was das ganze Städtchen seit über zwanzig Jahren wusste. Zur zweiten gehörte die anonyme Anzeige bei den Carabinieri, die den Commendatore Calogero Buscetta ins Gefängnis brachte, weil er die zwölfjährige Tochter seiner Hausdienerin missbraucht hatte. Ein Beispiel für die dritte war der Brief, mit dem bekanntgemacht wurde, dass der Präsident der Vereinigung katholischer Familienväter, ein frommer Kirchgänger und Familienmensch durch und durch, drei amtierende Geliebte und vier uneheliche Kinder hatte; während zur vierten, die der Professore als hypothetisch bezeichnete, der Brief zählte, in dem berichtet wurde, wie Totò Zaccaria während des Krieges seinen besten Freund 'Ngilino Vullo mit einer Beinverletzung in der Wüste von Libyen zurückgelassen und dem sicheren Tod ausgeliefert hatte, nachdem er in dessen Gepäck einen Liebesbrief seiner Frau entdeckt hatte.

«Die Thematik», erklärte der Professore, der fast nie im Dialekt sprach, «ist immer dieselbe. Es geht einzig und allein ums Bett und seine Folgen. Im Unterschied zu anderen Ländern, wo anonyme Briefe beim mittleren und Kleinbürgertum in Gebrauch sind, besteht die Besonderheit des Vigateser Phänomens darin, dass es bei uns auch Arbeiter und Bauern betrifft. Und da diese Menschen fast alle Analphabeten sind, liegt es auf der Hand, dass sie sich die anonymen Briefe von den Leuten schreiben und vorlesen lassen, die behaupten, dem gemeinen Volk besonders nahe zu stehen, nämlich die Kommunisten. Diese Drecksäcke wiederum tun das, davon bin ich überzeugt, um sich ein Alibi zu verschaffen. Für mich steht zweifelsfrei fest, dass die Kommunisten die Verfasser der anonymen Briefe sind, und zwar um die ihnen verhasste bürgerliche Gesellschaft umzustürzen und zu zerstören.» Darum, so schloss der Professore, müsse es sich bei den Briefschreibern um eine Art rote Zelle aus fünf oder sechs Personen handeln, alle in fortgeschrittenem Alter, da manche der in den Briefen berichteten Ereignisse fünfzig Jahre und mehr zurücklägen.

Tatsächlich schien Vigata in jenen Tagen unter einer Erdbebenserie zu leiden, die fortwährend Erschütterungen hervorrief. Rorò Tarallo trennte sich von seiner Frau; Rocco Simeone versuchte, seinen Schwager zu ermorden; Benuzzo Dimarca setzte das Haus von Minico Contraffatto in Brand; Signora Pintacuda vergiftete ihren Mann; Ernesta Sabatino, eine Frau von einer Sittenstrenge wie keine Zweite, zog sich mitten auf der Straße nackt aus und tanzte Cancan, als sie erfuhr, dass ihr Mann, ein eifersüchtiger Choleriker, der sie oft ohne Grund schlug, ihr Hörner aufsetzte.

Ganz anderer Ansicht als Professore Bruccoleri war der Vizebürgermeister Germanà. Seiner Meinung nach hatten die Kommunisten nichts damit zu tun.

«Versteht sich! Da Sie Sozialist sind, müssen Sie die Kommunisten natürlich verteidigen, das sind ja Ihre Verbündeten!», erwiderte der Professore.

«Ach was, von wegen Verbündete! Die Politik hat überhaupt nichts mit den Briefen zu tun!»

«Wirklich nicht? Warten Sie noch ein Weilchen, bis wir uns gegenseitig abstechen wie die Schweine, dann werden Sie wissen, was hier los ist!»

Da war nichts zu machen, ein Germanà und ein Bruccoleri würden niemals einer Meinung sein. Zwischen den beiden Familien herrschte eine so alte Feindschaft, dass seit Menschengedenken keiner mehr wusste, warum sie einander bekriegten. Germanà zufolge war das Ganze einem Kettenbrief vergleichbar, dessen Auswirkungen ursprünglich gar nicht beabsichtigt waren, nun jedoch von allen Streitereien, Übergriffen und Schmähungen genährt wurden, die die Vigateser in den zwei Jahrzehnten des Faschismus ihren Mitbewohnern zugefügt hatten oder von ihnen hatten erleiden müssen.

Als das übliche Wortgefecht zwischen Professore Bruccoleri und dem Vizebürgermeister Germanà eines Samstags am späten Nachmittag erst in Schimpfworte und Beleidigungen ausartete und dann böse zu enden drohte, hatte der Vereinsvorsitzende, der angesehene Anwalt Giurlanno Tumminello, den guten Einfall, den Vereinsdiener nach dem Postboten Vito Farlacca zu schicken, um diesen zu bitten, sofort in den Verein kommen.

Während sie warteten, schrieb Professore Bruccoleri die Namen von fünf Personen auf ein Stück Papier, nämlich diejenigen, die seiner Meinung nach die geheime rote Zelle bildeten und Verfasser der anonymen Briefe waren. Er las den Anwesenden die Namen vor. «Merkt euch diese Namen!»

Zehn Minuten später erschien der Vereinsdiener mit dem Postboten.

Der Anwalt Tumminello wandte sich an ihn. «Stimmt es, Vito,

dass du einen anonymen Brief mittlerweile am Umschlag erkennst?»

«Jawohl, Signore.»

«Könntest du auch sagen, wie viele du bis jetzt zugestellt hast?»

Vito Farlacca überlegte keinen Augenblick. «Einhundertdreiundsiebzig», sagte er sofort.

«Du lieber Himmel!», riefen die Mitglieder im Chor. Alle waren wie vom Donner gerührt. Eine solche Menge hatten sie wirklich nicht erwartet.

«Woher weißt du denn so genau, wie viele es waren?»

«Ich notiere sie mir jeden Tag nach der Arbeit.»

Nun stellte ihm der Vizebürgermeister Germanà, der sofort die Ohren gespitzt hatte, eine Frage, doch damit sie nicht als Frage auffiel, bot er ihm beim Sprechen eine Zigarette an. «Notierst du dir denn auch die Namen derjenigen, denen du die Briefe gebracht hast?»

«Jawohl, Signore. Ich schreibe sie in ein Heft.» Dabei klopfte er mit der Hand auf seine Jackentasche, um zu zeigen, dass er das Heft bei sich trug.

«Lässt du uns mal einen Blick hineinwerfen?», fragte der Vizebürgermeister.

«Nein, Signore», antwortete der Postbote bestimmt.

«Warum nicht?»

«Das ist Berufsgeheimnis.»

Der Vizebürgermeister verstummte.

Doch da schaltete sich Professore Bruccoleri ein, nunmehr fest entschlossen, sich den Fang auf keinen Fall entgehen zu lassen. «Können wir unter vier Augen sprechen?», fragte er Farlacca.

«Stets zu Diensten.»

Sie zogen sich in das Zimmer des Sekretariats zurück und schlossen sich ein.

Nach einer halben Stunde kam der Postbote als Erster heraus, verabschiedete sich von den Anwesenden und ging nach Hause.

Als der Professore fünf Minuten später noch immer nicht erschien, stürzten Germanà und die anderen in das Sekretariat. Dort fanden sie den Professore, der in einem Heft las.

Kaum hatte er sie gesehen, klappte Bruccoleri es rasch zu und steckte es sich in die Tasche.

«Wir wollen es auch sehen!», forderte Germanà.

«Kommt nicht in Frage.»

«Was soll das heißen?»

«Es soll heißen, dass ich mir für zweihundertfünfzig Lire das Recht erkauft habe, es bis heute Abend zu behalten», antwortete der Professore.

«Sie wollen wohl eins auf die Fresse?», brüllte Germanà außer sich vor Wut.

Der Vorsitzende nutzte seine Machtvollkommenheit im Verein, um einzuschreiten. «Professore, die Vereinskasse wird Ihnen Ihre Ausgaben erstatten, wenn Sie uns das Heft aushändigen und es allen Anwesenden vorgelesen wird.»

Der Professore ergab sich und reichte dem Vorsitzenden das Heft.

Worauf dieser in einer Stille, wie sie in einer Gruft nicht hätte tiefer sein können, alle einhundertdreiundsiebzig Namen vorlas.

Als Erstes stellte sich dabei heraus, dass drei der fünf Kommunisten, die laut Bruccoleri die geheime Zelle bildeten, selbst jeder einen anonymen Brief bekommen hatten.

«Ich hatte recht!», rief Germanà triumphierend.

Zweitens ging aus der Liste hervor, dass von den sechsunddreißig Mitgliedern des Vereins fünfunddreißig einen Brief erhalten hatten.

Nur einer nicht.

Und das war ausgerechnet Professore Bruccoleri.

Augenblicklich senkte sich ein bleiernes Schweigen auf die Runde.

Der Anwalt Tumminello, der neben ihm gestanden hatte, rückte einen Schritt ab.

Germanà blickte ihn an und spuckte auf den Boden.

Der Professore, der vor Entsetzen leichenblass geworden war, ahnte, was den Mitgliedern durch den Kopf ging. «Ihr denkt doch nicht etwa, dass ich …», hub er in höchster Verlegenheit an.

Doch sofort hielt er mit rotem Kopf und schweißgebadet inne, weil er schlagartig erkannt hatte, dass es ihm, selbst wenn er ein Verteidiger wie Cicero oder ein Philosoph wie Sokrates gewesen wäre, niemals gelungen wäre zu beweisen, dass er nicht zu der Bande gehörte, die die anonymen Briefe schrieb. «Ich bin so unschuldig wie Jesus!», rief er.

Da seine Stimme wie die eines Truthahns geklungen hatte, räusperte er sich und wiederholte: «Ich bin unschuldig!»

Verbale Reaktionen gab es nicht. Aber einer drehte ihm den Rücken zu, einer blickte auf die Spitzen seiner Schuhe, einer blickte zum Kronleuchter hinauf, einer blickte zum Balkon, einer blickte auf ein Gemälde, das ein stürmisches Meer zeigte, zwei blickten sich gegenseitig an …

Keiner glaubte ihm.

«Was soll ich denn tun?», fragte er demütig, mit gesenktem Kopf, den Vorsitzenden.

Der Anwalt Tumminello dachte lange nach.

Keiner rührte sich.

Dann fasste der Vorsitzende einen Entschluss.

«Ich denke», sagte er, «das Beste ist, wenn wir sofort ein Ehrengericht zusammenstellen. Wenn Sie heute Abend nach dem Essen wiederkommen, Professore, werden Sie unsere Entscheidung hören. Einverstanden?»

«Einverstanden», sagte Bruccoleri, «unter der Bedingung, dass der Vizebürgermeister Germanà nicht zum Ehrengericht gehört.»

Der Vorsitzende nickte.

Ohne Abschiedsgruß ging der Professore hinaus. Er hätte gern geweint, aber nicht aus Scham, sondern vor Wut.

Ernesto Bruccoleri war ein gesetzter, ernster Mann um die vierzig, der am Gymnasium in Montelusa Philosophie unterrichtete. Er war um den Wehrdienst herumgekommen, weil er wegen eines Unfalls als Kind leicht hinkte.

Seit drei Jahren war er mit einer schönen Frau in den Dreißigern verheiratet, Giulietta Tripodi, einer Palermitanerin, deren Verlobter im Krieg verschollen war, und die nach Montelusa gegangen war, um dort Latein zu unterrichten. Noch hatten sie keine Kinder. Die beiden wohnten in einem zweistöckigen Häuschen, oben lebten sie und im Erdgeschoss die Schwester des Professore, Concetta, eine Grundschullehrerin, verheiratet mit Attilio Munafò, einem Ingenieur, der beim Elektrizitätswerk arbeitete.

Seit drei Monaten fuhr Giulietta am Samstagmorgen, an dem sie keinen Unterricht hatte, nach Palermo. Dort besuchte sie ihre verwitwete Mutter, die erkrankt war, und Sonntagabend kehrte sie nach Vigata zurück.

Darum war Professore Bruccoleri in den anderthalb Tagen der Abwesenheit seiner Frau zum Essen bei seiner Schwester Concetta eingeladen.

Als er an diesem Abend die Tür öffnete, bemerkte Concetta das finstere Gesicht ihres Bruders sofort. «Was ist los mit dir?»

«Nichts.»

«Mach mir keinen Kummer, Ernè!»

Der Professore, der über die Geschichte im Verein noch immer verärgert war, konnte sich nicht zurückhalten. «Weißt du was? Heute Abend will ich nichts essen!» Er drehte ihr den Rücken zu und ging hinauf in seine Wohnung.

Kaum hatte er sein Jackett ausgezogen, klingelte es schon an der Tür. Concetta hatte sich von ihrem Mann begleiten lassen. Und sie ließ nicht locker, bis sie die ganze Geschichte zu hören bekam.

Nach dem Bericht wechselten Concetta und ihr Mann einen Blick, als wollten sie sich gegenseitig Mut machen, dann sagte Munafò: «Wir haben auch einen bekommen.»

Erstaunt fragte der Professore: «Ihr?! Warum habt ihr mir denn nichts davon gesagt?»

Wieder wechselten die Ehegatten einen Blick. Sie waren verlegen. Dann gab Concetta sich einen Ruck. «Er kam nicht mit der Post, ich fand ihn unter der Tür. Ich habe dir nichts davon erzählt, weil er dich betrifft.»

«Mich?! Habt ihr ihn noch?»

«Ja.»

«Ich will ihn sofort sehen!»

«Komm mit nach unten.»

Der anonyme Brief war in Blockbuchstaben mit einem Kopierstift geschrieben.

PROFESSORE BRUCCOLERI LÄSTERT IM VEREIN ÜBER EUCH ER SAGT CONCETTAS ESSEN IST ZUM KOTZEN UND SIE IST KNAUSRIG UND SEIN SCHWAGER IST EIN RIESENARSCHLOCH EIN FREUND.

«Diesen Brief nimmst du jetzt mit in den Verein und zeigst ihn den Mitgliedern», sagte Munafò. «Dann werden sie einsehen, dass du auch …»

Bruccoleri schüttelte ablehnend den Kopf. «Das genügt nicht. Das ist ein Brief, der nur geschrieben wurde, um Zwietracht zwischen uns zu säen, es braucht mehr, damit sie ihre Meinung ändern.»

Um zehn Uhr ging er in den Verein, ohne etwas gegessen zu haben, da seine Magenöffnung sich so fest geschlossen hatte wie eine Faust.

Auf dem Weg überlegte er, dass der Brief an seine Schwester zu einer Kategorie gehörte, die er noch nicht berücksichtigt hatte. Es war ein anonymer Brief mit einer völlig aus der Luft gegriffenen Anschuldigung, etwas, was weder zutraf noch wahrscheinlich war, denn er hatte nie schlecht von Concetta und ihrem Mann gesprochen.

Doch der Verfasser hatte einen enormen Fehler begangen. Mit der Enthüllung, dass Bruccoleri im Verein lästerte, hatte er sich selbst verraten: Es konnte nur ein Mitglied gewesen sein. Und darum hätte Germanà den Brief ebenso gut gleich unterschreiben können.

Sein Entschluss war schnell gefasst, er kehrte um, ließ sich von Concetta den Brief geben und steckte ihn in seine Tasche.

Als er in den Verein kam, richtete der Diener ihm aus, dass der Vorsitzende ihn in seinem Büro erwarte.

Dort traf er nicht nur den Anwalt Tumminello an, sondern auch den Richter Gangitano und den Colonnello außer Dienst Marchica, offenbar die Mitglieder des Ehrengerichts.

Der Vorsitzende bat ihn, sich zu setzen, und ergriff das Wort. «Wir haben lange über Ihren Fall gesprochen. Was wir sofort verworfen haben, war, Ihren Namen aus dem Vereinsregister zu streichen, wie einige Mitglieder vorschlugen …»

«Allen voran Germanà», unterbrach ihn Bruccoleri.

Der Vorsitzende verzog den Mund zum Zeichen, dass ihm die Unterbrechung missfallen hatte, und fuhr fort. «Es gibt einen einfachen Grund, warum wir uns verpflichtet sahen, diesen Vorschlag abzulehnen, nämlich, dass es nicht den geringsten Beweis für Ihre Schuld gibt. Schwerwiegende Verdachtsmomente, die ja. Die müssen wir allerdings berücksichtigen. Darum sind wir zu dem Schluss gekommen, Ihre Mitgliedschaft einen Monat lang ruhen zu lassen.»

«Damit bin ich nicht einverstanden, denn hier geht es ums Prinzip!», protestierte der Professore. «Entweder bin ich schuldig oder nicht! Also, entweder bleibe ich oder gehe!» Der Zorn brannte wie Feuer in ihm.

Was er gleich darauf sagte, hatte er sich vorher nicht überlegt, die Worte drängten mit Macht aus seinem Mund. «Andererseits, wenn man es recht bedenkt, ziehe ich vor, hinausgeworfen zu werden, denn in einem solchen Verein Mitglied zu sein gehört sich nicht für anständige Leute!»

«Passen Sie auf, was Sie sagen!», ereiferte sich der Vorsitzende.

«Sie werden mir Rechenschaft und Genugtuung geben …», begann der Colonnello Marchica, indem er sich erhob und die rechte Hand an die linke Hüfte führte, als wollte er das Schwert ziehen, das er nicht hatte.

Der Professore kramte den anonymen Brief aus seiner Tasche und legte ihn auf den Tisch. «Herr Vorsitzender, tun Sie mir den Gefallen und lesen Sie diesen Brief vor.»

Der Anwalt Tumminello las den Brief vor, dann blickte er den Richter und den Colonnello an. «Zweifellos wurde dieser Brief von einem unserer Mitglieder geschrieben», sagte er.

«O nein!», rief Bruccoleri. «Auf eine so allgemeine Bemerkung dürfen Sie sich nicht beschränken! Sie haben sehr gut verstanden, wer der Verfasser ist! Nennen Sie den Namen!»

«Den Namen nenne ich nicht, weil es auch in diesem Fall eine reine Vermutung wäre», sagte der Vorsitzende.

«Nun gut, Vermutung gegen Vermutung, dann fordere ich auch für Germanà ein Ehrengericht», sagte Bruccoleri entschlossen.

Der Richter Gangitano ergriff das Wort. «Im Lichte dessen, was wir soeben erfahren haben, halte ich es für absolut notwendig, dass der Beschluss des Ehrengerichts spätestens bis Montag aufgeschoben wird, da morgen Sonntag ist. Ich schlage darum vor, die Mitteilung über die vorübergehende Aussetzung der Mitgliedschaft von Professore Bruccoleri als nicht stattgefunden zu betrachten. Sie können den Verein weiterhin nach Belieben betreten, bis eine Entscheidung getroffen wird.»

«Einverstanden», sagte der Vorsitzende.

Der Professore steckte den Brief zurück in seine Tasche, grüßte und ging hinaus.

Er hatte die Situation nicht nur in ihr Gegenteil verkehrt, sondern auch einen Punktvorsprung gewonnen.

Bruccoleri hatte es sich angewöhnt, am Sonntagnachmittag von fünf bis halb acht in den Verein zu gehen, denn um acht kam der Zug aus Palermo an, und dann holte er seine Frau am Bahnhof ab. An diesem Sonntag fragte er sich lange, ob er in den Verein gehen sollte, beschloss dann aber doch, es zu tun, denn seine Abwesenheit hätte wie ein Schuldbekenntnis ausgesehen.

Sofort nachdem er eingetreten war, erkannte er an der Art, wie die Mitglieder ihn begrüßten, ihm die Hand schüttelten oder ihm von weitem lächelnd einen Gruß zuwarfen, dass die Situation sich verändert hatte. Er blickte sich suchend um. Germanà war nicht da.

Dabei ging er sogar mit vierzig Grad Fieber in den Verein, er versäumte keinen einzigen Tag. Das konnte nur bedeuten, dass die Sache mit dem anonymen Brief sich herumgesprochen hatte und die Mitglieder ohne jeden Zweifel in Germanà den Verfasser sahen.

«Machen wir ein Spielchen?», fragte ihn der Richter Gangitano laut, damit alle es hörten.

Bruccoleri bejahte mit einem dankbaren Lächeln und setzte sich an den Spieltisch.

Er hatte auf ganzer Linie gesiegt. Die Großväter und Urgroßväter Bruccoleri hätten sich gefreut.

Das Erste, was er an seiner Frau bemerkte, war ihr ernstes, müdes Gesicht.

«Wie geht es deiner Mutter?»

«Keine Besserung.»

Diese wöchentlichen Besuche veränderten sogar ihr Wesen. Vorher war sic eine lebenslustige, fröhliche Frau gewesen, jetzt war sie verschlossen und zerstreut, in Gedanken immer woanders.

Noch am selben Abend, sie hatten bei Concetta gegessen und sich gerade zu Bett begeben, beschloss er, ihr zu sagen, was er seit längerem dachte. «Hör mal, Giuliè, ich möchte dir einen Vorschlag machen.»

«Mach ihn.»

«Da die Krankheit deiner Mutter sich hinzieht, warum holen wie sie nicht einfach zu uns, statt dass du sie jedem Samstag besuchen fährst? Wir haben ein freies Zimmer. Ich weiß, dass du mich nicht darum bitten wolltest, weil du befürchtet hast, sie würde mich stören, aber …»

«Ich habe dich aus einem anderen Grund nicht darum gebeten», unterbrach ihn Giulietta.

«Welcher?»

«Meine Mutter braucht ständig Pflege. In Palermo gibt es zum Glück meine Tante, die für sie sorgt. Wenn sie hierherkommt, muss ich die Schule aufgeben und mich um sie kümmern, daran führt kein Weg vorbei.»

Sie mochte recht haben. Doch … «Weißt du was? Nächsten Samstag nehme ich mir einen Tag frei und fahre mit dir nach Palermo.»

«Warum?»

«So kann ich mich persönlich davon überzeugen, dass …»

Hätte er das doch nie gesagt! Giulietta reagierte auf eine Weise, die er nicht erwartet hatte. «Nein! Du kommst nicht mit nach Palermo, hast du verstanden? Glaubst du etwa nicht, was ich dir sage? Willst du mich kontrollieren?»

Der Professore wunderte sich. Was redete seine Frau da? «Ich hatte nicht die geringste Absicht …»

«Schluss jetzt», schnitt Giulietta ihm das Wort ab. «Ich bin hundemüde und muss schlafen. Gute Nacht.»

«Gute Nacht.»

Er brauchte lange, um einzuschlafen. Seine Frau machte ihm Sorgen. Diese Krankenbesuche bei ihrer Mutter zerrten wirklich an ihren Nerven, sie war ja völlig erschöpft, die Ärmste.

Drei

Am Montag hatte Bruccoleri drei Stunden Unterricht, bis zwölf Uhr mittags, und weil Giulietta dieselben Zeiten hatte, machten sie die Rückfahrt gemeinsam in dem gebrauchten Fiat Balilla, den der Professore sich nach der Hochzeit gekauft hatte.

Die schlechte Laune war seiner Frau auf der Hinfahrt nicht vergangen und wollte auch während der Rückfahrt nicht weichen. Sie war schweigsam und ihre Miene düster, ihr Kopf lag auf der Rückenlehne, und sie hielt die Augen halb geschlossen.

In Vigata angekommen, sagte Giulietta, sie würde einkaufen gehen, bevor die Läden schlossen, er solle unterdessen den Tisch decken und Wasser aufsetzen.

So kam es, dass Bruccoleri allein war, als er den Briefkasten öffnete und den anonymen Brief entdeckte. Er erkannte ihn fort daran, wie die Adresse auf den Umschlag geschrieben w. Nur zu gerne hätte er ihn sofort geöffnet, aber er bezwang seine Neugier, steckte ihn sich in die Tasche, klopfte an die Tür seiner Schwester, begrüßte sie und ging nach oben.

Der Brief, in den üblichen Blockbuchstaben mit Kopierstift geschrieben, lautete so:

IST DIE ADRESSE DEINER SCHWIEGERMUTTER NUN VIA MAQUEDA 59 ODER VIA MATERASSAI 22? ICH AN DEINER STELLE WÜRDE DAS KLÄREN EIN FREUND.

Was war denn das für ein Blödsinn? Die Adresse seiner Schwiegermutter war natürlich Via Maqueda 59!

Aber jetzt hatte er keine Zeit, sich damit zu beschäftigen. Er steckte den Brief in seine Tasche und begann den Tisch zu decken.

«Entschuldige wegen gestern Abend», sagte Giulietta plötzlich, während sie ihre Spaghetti mit Thunfisch aßen.

«Das macht doch nichts!»

«Verzeihst du mir?»

«Natürlich.»

Sie lächelte ihn liebevoll an.

Sicher wollte Giulietta noch gründlicher Verzeihung erlangen, als sie, was sie sonst nie tat, zu ihm ins Bett schlüpfte, wo er sich für sein Mittagsschläfchen hingelegt hatte.

Und nachts wollte sie noch einmal Verzeihung.

Ja, ihr musste auch in allen folgenden Nächten von Dienstag bis Freitag verziehen werden. In dieser letzten Nacht war sie sogar so gierig nach Verzeihung, dass sie gar nicht genug davon bekommen konnte, und als sie am Morgen nach Palermo aufbrach, war ihr Mann so benommen und glückselig, dass ihm ein kleiner Unfall mit dem Auto passierte, der erste, seit er den Führerschein gemacht hatte.

Sie zu ihrer Mutter zu begleiten, um zu sehen, wie die Dinge standen, war ihm keinen Augenblick mehr in den Sinn gekommen.

Nach dem Mittagsschlaf bemerkte er beim Anziehen, dass er einen Tintenfleck auf der Hose hatte. Er öffnete den Kleiderschrank, nahm seinen Ersatzanzug heraus, legte ihn aufs Bett und leerte die Taschen des Anzugs, den er in die Wäsche geben musste.

Dabei fiel ihm der anonyme Brief wieder in die Hände, an den er gar nicht mehr gedacht hatte. Er setzte sich, holte ihn aus dem Umschlag und las ihn erneut. Via Materassai 22.

Er erinnerte sich gut an diese Straße in Palermo, weil er während seiner Studienzeit oft dort gewesen war. In der Straße wohnte Gregorio Passatore, ein Kommilitone. Sie waren Freunde geworden, und Ernesto ging zu ihm nach Hause, um gemeinsam zu lernen. Wie oft hatte Gregorios Mutter, Signora Giovanna, ihn eingeladen, zum Essen zu bleiben! Die Passatore waren wohlhabende Leute, Gregorios Vater besaß Wohnhäuser und Geschäfte, sie hatten sogar ein Telefon im Haus, was damals selten war. Nach dem Examen waren er und Gregorio noch eine Zeitlang in Kontakt geblieben, hatten sich Briefe und Karten geschrieben, dann war der Kontakt abgerissen.

Ihm kam eine Idee. Vielleicht konnte Gregorio ihm helfen.

Bei sich zu Hause hatte der Professore kein Telefon, aber Concetta hatte eins, weil ihr Mann für das Elektrizitätswerk immer erreichbar sein musste. Nicht nur das, sie hatte auch ein Telefonbuch für ganz Sizilien. Er ging nach unten und klopfte an, aber niemand antwortete. Concetta war ausgegangen. Also öffnete er mit dem Schlüssel, den Concetta ihm für den Notfall gegeben hatte, und trat ein.

Er brauchte nicht lange, um zu finden, was er suchte: Passatore Giovanna, Via Materassai 31. Warum stand dort nicht der Name ihres Mannes? Vielleicht war er gestorben. Es gab auch einen Passatore Gregorio, aber der wohnte in der Via Ugdulena.

Er wählte die Nummer der Via Materassai, und nach mehrfachem Klingeln antworte eine Frauenstimme. «Hallo?»

«Signora Giovanna, ich bin Ernesto Bruccoleri, erinnern Sie sich an mich? Der Studienkamerad Ihres Sohns Gregorio?»

Die Signora antwortete nicht sofort. Dann sagte sie, sie erinnere sich nicht mehr, doch er könne mit Gregorio sprechen, der gerade da sein, weil er sie jeden Samstag besuchen komme.

Nach einer halben Minute hatte er Gregorio am Apparat. In den ersten zehn Minuten erzählten sie einander aus ihrem Leben, auch Gregorio hatte geheiratet, er hatte einen Sohn und unterrichtete an einem Gymnasium.

Dann fragte Bruccoleri, was er wissen wollte, nämlich die Namen aller Bewohner der Hausnummer 22.

Nach seinem Tonfall zu urteilen, schien Gregorio ein wenig verdutzt. «Hör mal, die Nummer 22 sehe ich direkt vor mir, während ich mit dir spreche, denn das ist der Palazzo uns gegenüber. Er hat sechs Stockwerke, es dürften mindestens achtzehn Familien sein. Einen Portier gibt es nicht. Ich müsste hinübergehen und mir alle Briefkästen anschauen, vorausgesetzt, es gibt welche. Ist es dringend?»

Tatsächlich war es das. «Nein.»

«Dann machen wir es so. Ich versuche, die Namen herauszufinden, und sobald ich sie habe, schicke ich sie dir mit der Post.»

Um fünf Uhr ging er in den Verein. Und dort wurde ihm etwas erzählt, was nur er noch nicht wusste, nämlich, dass der Sohn von Dottore Carmelo Scandurra, einem Mitglied des Vereins, den Vater auf seinen Ländereien an einem Baum erhängt gefunden hatte. Er hatte sich umgebracht, ohne eine Zeile zu hinterlassen. Die Nachricht hatte großes Aufsehen im Ort erregt, weil der Dottore bei allen beliebt war, er behandelte Kranke umsonst, die kein Geld hatten, und oft bezahlte er die Arzneien aus eigener Tasche.

«Aber warum hat er das getan?», fragte Bruccoleri.

Der Richter Gangitano, der ein enger Freund des Doktors gewesen war, antwortete ihm. «Sein Sohn will nichts sagen. Er steht unter Schock. Doch der arme Carmelo hat mir vor zwei Wochen anvertraut, dass er einen anonymen Brief bekommen hatte.»

«Hat er Ihnen erzählt, was darin stand?»

«Nein, aber er hat mir deutlich zu verstehen gegeben, dass er den Inhalt nicht allzu ernst nimmt. Und doch …»

Hier mischte sich Colonnello Marchica ein. Er schlug mit der Faust auf den Tisch. «Ich sage euch, es wird höchste Zeit, diesen Sumpf trockenzulegen!»

«Wie denn?», fragte der Vorsitzende Tumminello.

«Es gibt bei uns in Vigata sowohl eine Kaserne der Königlichen Carabinieri als auch ein Polizeikommissariat, verflucht noch mal! Lasst uns eine Eingabe im Namen aller Vereinsmitglieder machen! Die können sie nicht ignorieren!»

«Wir können sie gerne schreiben», sagte Professore Bruccoleri, «doch ich bin sicher, dass die Polizei und die Carabinieri zu keinem Ergebnis kommen werden.»

«Warum nicht?»

«Mein lieber Colonnello, um Ermittlungen anstellen zu können, müssten sie alle Briefe einsammeln, oder nicht? Es sind einhundertfünfundsiebzig, und …»

«Warum einhundertfünfundsiebzig? Derzeit wissen wir von einhundertvierundsiebzig», bemerkte der Richter.

Bruccoleri brach der Schweiß aus. Verflucht, er hatte seinen mitgezählt, von dem niemand etwas wusste! Doch er fasste sich sofort. «Ich habe mich verzählt. Aber bei der Geschwindigkeit, mit der der Briefträger sie austeilt, werden es heute bestimmt schon über einhundertachtzig sein. Was ich sagen wollte, ist, dass gewiss nicht alle Empfänger bereit sein werden, den Vertretern des Gesetzes ihre Briefe auszuhändigen, denn darin stehen Dinge, die man lieber geheim hält. Sie werden sagen, dass sie ihre Briefe verbrannt oder auf den Müll geworfen haben … Glauben Sie mir, Colonnello, wer einen anonymen Brief bekommen hat, zieht dem Lärm der Wahrheit die Stille der Feigheit vor.»

Spreche ich womöglich für mich selbst?, fragte er sich sofort, noch bevor der Colonnello ihm antworten konnte.

Als Giulietta am Sonntagabend aus dem Zug stieg, erschien ihm ihre Miene ein wenig entspannter.

«Wie geht es deiner Mutter?»

«Sie ist auf dem Wege der Besserung. Hoffentlich geht es so weiter.»

Beim Abendessen mit dem Ehepaar Munafò kam das Gespräch natürlich auf den Selbstmord von Dottore Scandurra und die anonymen Briefe.

«Gott sei Dank haben wir keinen bekommen», sagte Giulietta.

«Was könnte man auch schon über uns sagen? Da fehlen die heiklen Themen. Oder hast du etwas zu verbergen?», fragte Concetta ihre Schwägerin.

Die Frage wurde gerade in dem Augenblick gestellt, als Bruccoleri seine Frau ansah, die ihm gegenübersaß. Ihm war, als zuckte Giulietta einen Augenblick lang zusammen, eine fast unmerkliche Reaktion.

Doch vielleicht täuschte er sich, denn Giulietta lächelte und gab die Frage scherzend an ihren Mann weiter: «Ich nicht. Und du?»

Überrumpelt, verschluckte Bruccoleri sich am Wein, den er gerade trank. Natürlich hatte er etwas zu verbergen: den anonymen Brief, den er in der Tasche trug. Er wechselte das Thema.

Es bedarf keiner Erwähnung, dass Giulietta, obwohl ihr diesmal nichts verziehen werden musste, trotzdem zweimal Verzeihung von ihrem Mann erbat. Und bevor sie einschlief, gab sie ihm zu verstehen, dass die nächsten Nächte genauso verlaufen würden.

Danach lag Bruccoleri lange wach. Ein böser Gedanke ging ihm im Kopf herum, und je mehr er ihn zu verscheuchen versuchte, desto hartnäckiger kehrte er immer wieder zurück.

Warum wollte Giulietta auf einmal so oft Liebe machen? Nicht mal im ersten Jahr ihrer Ehe hatten sie es öfter als dreimal in der Woche getan. Was steckte dahinter?

Nach langem Grübeln kam der Professore zum Schluss, dass es leider nur eine einzige mögliche Erklärung gab. Er brauchte sich nur vor Augen zu halten, dass alles angefangen hatte, als er die Absicht geäußert hatte, mit ihr nach Palermo zu fahren. Erst hatte Giulietta sehr unwirsch reagiert, dann war sie auf die Idee gekommen, ihm dieses Vorhaben auszutreiben, indem sie ihn mit Leidenschaft betäubte.

Und das konnte nur bedeuten, dass seine Frau in Palermo etwas zu verbergen hatte.

Darum hatte der anonyme Brief einen Sinn.

Er spürte einen Stich im Herzen. Der vernünftige Teil seines Wesens sagte ihm sofort, dass es das Beste war, den Brief zu verbrennen und so zu tun, als hätte er ihn nie bekommen. Doch derselbe vernünftige Teil überzeugte ihn auch davon, dass das Gift nunmehr in seinen Körper eingedrungen war und dass er nie mehr Frieden finden würde, wenn er die Wahrheit nicht kannte, egal wie sie aussah.

Vier

Am nächsten Tag machte Giulietta, nachdem die beiden aus Montelusa zurückgekehrt waren, wie an jedem Montag Einkäufe, und Ernesto ging nach Hause. Im Briefkasten fand er den zweiten anonymen Brief, der ihm die Mühe ersparte, herauszufinden, wer in der Nummer 22 wohnte.

Der Brief lieferte ihm die achtzehn Nachnamen der Mieter und endete mit einer Behauptung:

EINER VON DIESEN NAMEN MÜSSTE DIR BEKANNT SEIN.

Er las die Namen wieder und wieder. Alle waren sizilianische Nachnamen, darum hatte er einige schon oft gehört, Aiola, Butera, Filippazzo, doch keiner war ihm besonders vertraut.

Dieser anonyme Idiot gab offenbar gern Rätsel auf.

Während er wartete, bis seine Frau vom Einkaufen zurückkam, suchte er die Vorlesungsskripte seiner Studien über Descartes, die er für den Unterricht am nächsten Tag brauchte, aber er fand sie nicht. Er bemerkte, dass alle Bücher seiner Studienzeit nicht mehr da waren.

Beim Essen fragte er Giulietta nach den Büchern.

«Ich habe sie auf den Dachboden gebracht, meine Bücher auch. Bei uns im Bücherschrank ist kein Platz mehr. Nach dem Essen gehe ich sie dir heraussuchen …»

«Nein, ich gehe, mach dir keine Mühe.»

«Danke. Denn mir fällt auch gerade ein, dass ich heute eine Privatstunde geben muss.»

Nach seinem Schläfchen ging Ernesto auf den Dachboden. Er war seit mindestens sechs Monaten nicht mehr dort oben gewesen und fand alles in perfekter Ordnung vor. Anscheinend hatte seine Frau einen jener Anfälle von Ordnung und Sauberkeit gehabt, die sie zweimal im Jahr packten. Die Vorlesungsskripte standen übersichtlich aufgereiht in einem alten Regal.

Er klemmte sie sich unter den Arm und wollte schon das Licht löschen, als er auf dem Boden neben einer Truhe mit alten Sachen von Giulietta, die er nie geöffnet hatte, ein Stück Papier bemerkte. In der peinlichen Ordnung ringsum wirkte es so störend, dass er zurückging, sich bückte und die Postkarte aufhob …

Ja, es war eine grüne, portobefreite Postkarte, wie sie die Soldaten an der Front während des Krieges bekamen, um ihren Familien zu schreiben. Sie war an Giulietta adressiert. Er konnte nicht umhin, den Absender zu lesen: Leutnant Giacomo Larosa, Kriegsgebiet …

Die Karte wollte er nicht lesen, er hob den Deckel der Truhe und legte sie hinein. Dann löschte er das Licht und schloss die Tür, aber er fühlte sich plötzlich zu schwach, um die Treppe hinunterzusteigen. Er hatte vollkommen vergessen, dass Giuliettas ehemaliger Verlobter, der im Krieg verschollen war, mit Nachnamen Larosa hieß.

Ohnehin hatte Giulietta ihm von diesem ehemaligen Verlobten fast nichts erzählt. Sie musste ihn sehr geliebt und wegen seines Verschwindens sehr gelitten haben, darum hatte Ernesto ihr Schweigen respektiert.

Doch seine Beine waren weich wie Pudding geworden, weil ihm eingefallen war, dass der Name Larosa an fünfter Stelle in der Liste der Bewohner des Hauses Via Materassai 22 stand.

Er zog sich vollständig an, trat in die Tür des Zimmers, wo Giulietta eine Stunde gab, sagte ihr, er werde einen kleinen Spaziergang machen und ging zur Hafenmole. Er fühlte sich dem Ersticken nahe und brauchte frische Luft.

Als er sich etwas erholt hatte, setzte er sich auf einen Anlegepoller und begann zu überlegen. Der Soldat Giacomo Larosa war offiziell für verschollen erklärt worden, nicht gefallen, obwohl «im Krieg verschollen» zu neunzig Prozent bedeutete, dass der Betreffende tot war.

Freilich hatte es Fälle gegeben, selten, aber es hatte sie sowohl im Ersten Weltkrieg und auch im letzten Krieg gegeben, wo Verschollene nach Jahren des Schweigens und unerträglichen Leidens wieder bei ihren Familien aufgetaucht waren. Und manch einer hatte erleben müssen, dass seine Frau, die geglaubt hatte, sie sei Witwe geworden, erneut geheiratet hatte.

Darum konnte es durchaus sein, dass Giacomo Larosa zurückgekehrt war, Giulietta und er sich zufällig in Palermo getroffen hatten und die Liebe zwischen beiden wieder aufgeflammt war.

Und wenn seine Frau jetzt nach Palermo fuhr, nahm sie sich wahrscheinlich Zeit, ein paar Stunden mit ihrem ehemaligen Verlobten in seiner Wohnung in der Via Materassai zu verbringen. Damit wurde auch klar, warum sie so böse reagiert hatte, als er ihr gesagt hatte, er wolle sie nach Palermo begleiten.

Was sollte er jetzt tun? Mit ihr sprechen? War es nicht besser, wenn er sich erst mit Giacomo traf und die Sache mit ihm von Angesicht zu Angesicht, von Mann zu Mann besprach? Ja, das war vielleicht die beste Lösung.

Er hatte einen Kloß in der Kehle, darum versuchte er sich abzulenken, indem er wartete, bis es Abend wurde und die Boote beobachtete, die vom Fischen zurückkamen.

Er kam spät nach Hause, Giulietta hatte schon den Tisch gedeckt.

«Was hast du?»

«Ich habe furchtbare Kopfschmerzen. Wenn du nichts dagegen hast, gehe ich mich hinlegen.»

Giulietta sah ein, dass es besser war, ihn in Ruhe zu lassen.

Im Bett suchte er nach einem guten Vorwand, um nach Palermo zu fahren. Dann erkannte er, dass das ein Fehler gewesen wäre: Nein, er musste sich keinen guten Vorwand ausdenken, denn Giulietta durfte gar nichts davon wissen, sie wäre misstrauisch geworden, sie hätte Verdacht geschöpft.

Später kam seine Frau ins Schlafzimmer und fragte, wie er sich fühlte.

«Die Kopfschmerzen sind noch nicht weg.»

«Ich korrigiere noch die Klassenarbeiten, dann komme ich.»

Als er sie nach zwei Stunden ins Bett kommen hörte, tat er, als sei er fest eingeschlafen. Er hätte beim besten Willen nicht mit ihr schlafen können.

Am Dienstagabend sagte Giulietta, sie fühle sich nicht gut. Das Thermometer zeigte leichtes Fieber.

Am nächsten Morgen war sie immer noch ein wenig fiebrig und wollte trotzdem unterrichten, aber Ernesto riet ihr ab. Er wusste, dass seine Begründung überzeugend sein würde. «Bleib liegen und pflege dich, denn wenn das Fieber steigt, wirst du am Samstag nicht nach Palermo fahren können.»

«Du hast recht.»

«Und für mich brauchst du nichts zu kochen, denn mittags esse ich mit Zaccaria in Montelusa, er hat mich schon so oft darum gebeten, weil er mit mir über ein Buch sprechen will, an dem er schreibt. Gegen acht bin ich zurück.»

Zaccaria war ein Kollege aus dem Lehrerseminar, den Giulietta kaum kannte.

«Gut.»

Geschafft. Er fuhr ins Gymnasium, teilte dem Direktor mit, dass er wegen eines plötzlichen Todesfalls in der Familie nach Catania müsse, eilte zum Bahnhof, kaufte sich eine Fahrkarte nach Palermo und fuhr ab.

Den Weg vom Bahnhof bis zur Via Materassai ging er sehr langsam, dabei legte er sich die Worte zurecht, die er dem ehemaligen Verlobten und jetzigen Liebhaber seiner Frau sagen würde.

Eigentlich hätte er wütend und verzweifelt sein müssen, stattdessen fühlte er nur, dass eine große Traurigkeit ihm das Herz zusammenpresste.

Vor der Tür stieß er fast mit einer Frau zusammen, die gerade herauskam.

«Wo bitte wohnt Signor Larosa?»

«Dritter Stock.»

Er keuchte, als er oben ankam, teils weil es im Treppenhaus um diese Mittagszeit nach Essen roch, teils wegen der Aufregung. Eine Klingel gab es nicht, er klopfte.

Die Tür wurde von einer Frau um die siebzig geöffnet, die ungepflegt und leidend wirkte. Sie sah ihn fragend an.

«Ich möchte mit Giacomo sprechen.»

«Mit meinem Sohn?»

«Ja, ich habe gehört, er ist zurückgekehrt, und da ich ...»

«Mit meinem Sohn sprechen?», fragte die Alte erstaunt.

Ernesto wurde ungeduldig.

«Kann ich ihn sehen oder nicht?»

«Sehen können Sie ihn», sagte die Alte, indem sie zur Seite trat.

Ernesto folgte ihr durch den Flur und trat mit ihr in ein Schlafzimmer. Sofort schlug ihm ein unerträglich starker Geruch nach Krankheit und Arzneimitteln entgegen. Von dem Körper, der im Bett lag, sah man nur das schmerzverzerrte Gesicht und zwei große, weit aufgerissene Augen, die ausdruckslos an die Decke starrten.

«So hat man ihn mir vor vier Monaten zurückgebracht», erklärte die Alte. «Es ist, als wäre er tot. Er hört nichts, er sieht nichts. Man muss ihn füttern wie ein Kleinkind. Als er ankam, weinte er. Dann verstand ich, dass es kein Weinen war, er wiederholte immer wieder den Namen seiner Verlobten. Also habe ich ihrer Mutter geschrieben, die hier in Palermo wohnt. Sie hat mir geantwortet, dass ihre Tochter inzwischen geheiratet hat. Ich habe ihr wieder geschrieben und die Situation erklärt. Da kam sie. Und wissen Sie was? Er hat sofort gemerkt, dass sie bei ihm war. Er wurde wieder ein bisschen lebendiger. Sie kommt jeden Sonntag, und wenn sie sich zu ihm setzt und seine Hand nimmt, werden seine Augen fröhlicher, weniger verzweifelt. Aber die Ärzte sagen, dass es zu Ende geht, es ist nur eine Frage von Tagen.» Sie begann zu weinen.

Ernesto legte einen Arm um ihre Schultern, nötigte sie, das Zimmer zu verlassen und setzte sie auf den ersten Stuhl im Flur, den er sah. Er suchte die Küche, holte dort ein Glas Wasser und brachte es ihr.

«Hat man Ihnen nicht gesagt, dass er so schwer verletzt ist?»

«Nein, Signora, auf so etwas wäre ich niemals gekommen.»

«Was meinen Sie damit?»

«Das ist unwichtig.»

Auf der Rückfahrt dachte Professore Ernesto Bruccoleri darüber nach, dass es noch eine sechste Kategorie anonymer Briefe gab, die er berücksichtigen musste, nämlich Briefe, die mit bösen Absichten geschrieben waren, aber die gegenteilige Wirkung hatten.

Doch sie waren so selten, dass sie prozentual nicht ins Gewicht fielen, es war, als gäbe es sie gar nicht.

Leider.

Am Samstagmorgen war er schon angezogen, als Giulietta aufstand.

«Was ist los? Musst du heute früher zum Unterricht?»

«Nein, ich bringe dich zum Bahnhof.»

Statt sie auf dem Bahnhofsplatz aussteigen zu lassen und zurückzufahren, parkte er und stieg mit ihr aus.

«Was hast du vor?»

«Ich bringe dich zum Zug.»

Der war noch nicht angekommen.

«Soll ich dir eine Zeitung kaufen?»

«Ja, danke», sagte sie und schaute ihn etwas verwundert an.

Dann kam der Zug.

Ernesto umarmte seine Frau fest, als würde sie auf eine lange Reise gehen, küsste sie auf den Mund und sagte: «Ich liebe dich.»

Giulietta stieg ein und erschien sofort am Fenster.

Sie blickten einander in die Augen, bis der Bahnhofsvorsteher pfiff und der Zug sich in Bewegung setzte.

DIE SPIRITISTISCHE SITZUNG

Eins

Als Fofò Zaccaria im Jahr achtzehnhundertdreiundneunzig steinreich aus den Staaten zurückkehrte, nachdem er Vigata dreißig Jahre zuvor als bettelarmer Hungerleider verlassen hatte, stellte er sofort einen Antrag auf Mitgliedschaft im Bürgerverein. Das konnte man ihm schlecht abschlagen, jetzt, wo er vom Bauerntölpel zum Bürger geworden war, und so wurde mehrere Abende lang im Verein nicht mehr gespielt, weil alle Mitglieder ihm zuhörten, wenn er von den Wundern in Amerika erzählte, einem großen Land, wo jeder sein Glück machen konnte, wenn er nur wollte.

Unter den vielen Geschichten, die er erzählte, gab es eine, die die Anwesenden mehr als andere beeindruckte, nämlich dass es in Amerika besondere Frauen gab, die mit den Toten sprechen konnten.

«Wenn meine Mutter auf den Friedhof geht, spricht sie auch mit meinem seligen Vater», sagte Cocò Agrò und warf im Scherz hin: «Das Problem ist nur, dass mein Vater nicht antwortet.»

Fofò Zaccaria sah ihn böse an und sagte, er habe von einer ernsten Sache gesprochen, die Spiritismus genannt werde.

«Was bedeutet es, dass diese Frauen besonders sind?», fragte Don Agatino Fazio.

«Sie sind besonders, weil sie die Fähigkeit haben, die Seelen der Toten zu rufen. Diese Frauen heißen Medium. Irgendwann fallen sie in Transche, das bedeutet, dass sie halb ohnmächtig sind, und dann erklären sie, was die Toten sagen.»

«Warum muss man das erklären? Wie sprechen die Toten denn?», fragte Don Calorio Sommatino.

«Sie sprechen nicht mit Worten wie wir, sondern klopfen mit einem Tischbein auf den Boden, und daran, wie oft sie klopfen, verstehen diese Frauen, was ein Toter sagt.»

«Gut, dass diese Sache nicht bis zu uns gelangt ist», bemerkte Don Pompeo Gammacurta sofort.

«Warum?», fragte Don Agatino Fazio.

«Können Sie sich die Folgen nicht ausmalen, Verehrtester? Soll ich es Ihnen an einem Beispiel erklären? Marchese Burruano ist mit dreißig gestorben, und kein Arzt konnte sagen, woran er gestorben ist, stimmt's? Und haben wir nicht alle gedacht, dass er von seiner Frau vergiftet wurde, damit sie Baron della Pergola heiraten konnte, dessen Geliebte sie war? Jetzt bedenken Sie mal, was passieren würde, wenn der Tote, befragt von einem Mesium …»

«Medium», verbesserte ihn Fofò Zaccaria.

«… oder wie auch immer es heißt, antworten würde, ja, seine Frau habe ihn umgebracht! Nicht auszudenken!»

«In der Tat …», pflichtete Don Agatino bei.

«Und denken Sie an die Ermordung des armen Commendatore Alagna!», fuhr Don Pompeo fort. «Mit eigenen Ohren habe ich ihn hier, in diesem Verein, sagen hören, dass er genau wisse, wer ihn eines Tages umbringen werde! ‹Eine völlig unverdächtige Person›, sagte er. Zwei Tage später wurde auf ihn geschossen, als er nach Hause ging, und niemand erfuhr je den Namen des Mörders. Wollten wir den Commendatore jetzt danach fragen?»

«In der Tat …», wiederholte Don Agatino noch nachdenklicher.

So wechselten sie das Thema. Doch Don Agatino ließ der Gedanke nicht mehr los.

Sechs Monate später las Don Agatino in der einzigen Zeitung vom Festland, die der Verein abonniert hatte, dem *Corriere della Sera*, einen langen Artikel eines gewissen Allan Kardec, in dem erklärt wurde, was Spiritismus war.

Im Wesentlichen besagte der Artikel, dass die Seele sich nach dem Tod in einen «fluiden Astralleib» verwandelte und gewisse Frauen, die tatsächlich Medium genannt wurden, mit diesen Strahlkörpern in Kontakt treten konnten. Allerdings musste der Frau geholfen werden, indem man sich zu sechst in einem dunklen Zimmer um einen Tisch mit drei Beinen setzte und einen Kreis bildete, indem sich alle an den Händen hielten.

Die Energie der Anwesenden wurde vom Medium aufgenommen, das in Trance fiel, was bedeutete, dass es für den Kontakt bereit war, und dann begann der Tisch ganz von allein mit den Beinen auf den Boden zu klopfen, ohne dass ihn jemand berührte.

Weiter sprach die Zeitung lobend vom größten italienischen Medium, einer gewissen Eusapia Paladino, die sogar imstande war, Ektoplasma hervortreten zu lassen, was bedeutete, dass die Anwesenden die Erscheinung eines fluiden Astralleibs erlebten, einer Art Rolle aus Gaze, die in einer Nebelwolke schwebte.

Don Agatino geriet über das Gelesene in solches Grübeln, dass er sogar die gewohnte Partie Tressette und Briscola ablehnte.

Solange ein ungebildeter Trottel wie Fofò Zaccaria davon erzählte, konnte das alles alberner Mumpitz sein, doch wenn die seriöseste Zeitung des Festlands darüber berichtete, bekam die Sache Gewicht.

Als wäre es Absicht gewesen, wurde Don Agatino vierzehn Tage später, als er wegen eines Schwefelgeschäfts in Palermo weilte, eines Abends zum Essen bei Baron Cannizzaro eingeladen, dem Besitzer der Minen, mit denen er Geschäfte machte.

Sie hatten soeben mit dem zweiten Gang begonnen, da brachte

die Frau des Barons, Margaret, eine gebürtige Engländerin, das Gespräch auf den Spiritismus. Sie wusste nicht nur alles darüber, sondern verriet auch, dass sie einen regen Briefwechsel mit Eusapia Paladino unterhielt und sie zu einer Séance nach Palermo eingeladen hatte.

«Was hat sie Ihnen geantwortet?», fragte Don Agatino.

«Dass sie versuchen wird zu kommen. Sie verstehen, die Frau ist sehr gefragt.»

«Wenn sie kommen sollte …» Don Agatino wagte einen Vorstoß.

«Sie interessieren sich dafür?», fragte die Baronessa.

«Sehr. Ich wäre Ihnen wirklich dankbar, wenn …»

«Ich werde Sie benachrichtigen. Ja, Sie sind mir sogar äußerst willkommen.»

«Warum?»

«Weil ich nur wenige Personen gefunden habe, die bereit wären, an der Séance teilzunehmen. Ihr Sizilianer, angefangen bei meinem Gatten, interessiert euch offensichtlich nicht für das Jenseits und seine Geheimnisse. Mit Ihnen wären wir sechs. Genau die richtige Anzahl.»

Ein Monat verging, und Don Agatino verlor schon die Hoffnung, als er eines Mittwochmorgens ein Telegramm des Barons Cannizzaro erhielt, das folgendermaßen lautete:

Meine Frau lädt Sie ein zur einzigen Sitzung die kommenden Samstag siebzehn Uhr in unserem Palazzo stattfinden wird.

Als er zur Essenszeit aus dem Schwefellager nach Haus kam, sagte Don Agatino seiner Frau Ciccina, dass er am kommenden Samstag nach Palermo fahren musste.

Erst blickte sie ihn erstaunt an, dann fragte sie: «Hast du es vergessen?»

«Was?»

«Dass wir am Samstag nach Catellonisetta müssen, weil dein Neffe Girolamo heiratet?»

Stimmt, das hatte er vergessen. Doch in dem Telegramm hieß es, dass die Sitzung am Samstag die einzige sein würde, also durfte er sie nicht versäumen. «Ich kann nicht zur Hochzeit kommen.»

«Und die Versöhnung mit deinem Bruder Filippo?», fragte Ciccina, kurz davor, in Tränen auszubrechen.

«Ist mir völlig egal. Ich gehe zu einer spiritistischen Sitzung im Hause Cannizzaro in Palermo.»

Ciccina, die nichts verstanden hatte, öffnete die Schleusen.

Sie und ihre Schwägerin Maria, die Frau von Filippo und Mutter des Bräutigams, hatten sich viele Briefe geschrieben, um Frieden zwischen den beiden Brüdern zu stiften, die vor zwanzig Jahren bei der Verlesung des väterlichen Testaments durch den Notar Persicò zu Todfeinden geworden waren.

Da der Vater mit neunzig Jahren völlig umnachtet im Haus von Filippo gestorben war und aus dem Testament hervorging, dass er sein ganzes Vermögen Filippo vermachte, beschuldigte Agatino seinen Bruder der arglistigen Täuschung, noch dazu einer hilflosen Person. Er verlor den Prozess und musste die Kosten bezahlen. Und seither glühte der Hass.

In letzter Zeit aber hatten sich die Ehefrauen eingeschaltet, und vor allem der zukünftige Bräutigam war zwischen Vigata und Catellonisetta hin- und hergefahren, um seinen Vater und seinen Onkel versöhnlich zu stimmen.

Und jetzt, wo die Sache endlich ein gutes Ende zu nehmen schien, wollte Agatino kneifen? Ciccina badete den ganzen Donnerstag und Freitag in Tränen, aber es half alles nichts. Am Samstag fuhr Agatino mit dem Zug ab, der um Viertel nach vier in Palermo ankam.

Und eine Dreiviertelstunde später, er hatte noch in seinem Hotel vorbeigeschaut, klopfte er an die Tür des Palazzo Cannizzaro. Ein Hausmädchen führte ihn in einen Salon voller Gemälde und bat ihn zu warten.

Nach einer Weile erschien die Baronessa mit verlegener Miene. «Es tut mir unendlich leid, lieber Don Agatino, aber es gibt ein Problem.»

«Ist sie nicht gekommen?»

«Die Paladino? Nein, das meinte ich nicht. Die Paladino konnte tatsächlich nicht kommen, aber sie hat ein anderes Medium geschickt, das als ebenso erfahren gilt, sie heißt Genoveffa Toffanin und ist drüben im kleinen Salon, wo die Sitzung stattfinden wird. Es nur leider so, dass Principessa Tringali, die Hofdame Ihrer Majestät, der Königin, in letzter Minute ihre Meinung geändert hat und teilnehmen möchte. Da konnte ich nicht nein sagen. Ich habe die Toffanin gefragt, ob wir zu siebt sein können, aber das hat sie kategorisch abgelehnt. Darum ...»

Darum ist kein Platz mehr für Sie, vervollständigte Don Agatino den Satz im Geist. Die Baronessa bemerkte seine Enttäuschung.

«Wenn Sie möchten, kann ich Sie mit ihr bekanntmachen», sagte sie.

Besser als gar nichts. «Es würde mir genügen, wenn ich einen Moment mit ihr sprechen könnte», sagte Don Agatino.

«Einverstanden. Aber jetzt geht es nicht, sie sammelt sich gerade, sie bereitet sich vor. Sie können hier warten, niemand wird Sie stören. Ich werde Ihnen einen Kaffee bringen lassen. Wenn die Sitzung beendet ist, rufe ich Sie.»

Um halb sieben stürzte die Baronessa sichtlich erregt in das Zimmer. «Gott sei Dank, Sie sind hiergeblieben!»

«Was ist passiert?»

«Marchesa Bivona hat sich furchtbar erschrocken und ist in Ohnmacht gefallen, so dass der Kreis durchbrochen wurde. Durch die plötzliche Störung wurde der Toffanin unwohl, sie hat sich mit ihrer Assistentin zurückgezogen. Aber sie wünscht, dass es in fünf Minuten weitergeht, sie sagt, die Sitzung muss unbedingt zu Ende gebracht werden, sonst wird das sehr böse Folgen für sie haben. Wollen Sie so freundlich sein und die Marchesa ersetzen?»

«Natürlich», sagte Don Agatino.

Er folgte der Baronessa durch einen langen Korridor, dann blieben sie vor einer geschlossenen Tür stehen.

«Sie sind alle hier drin, außer der Toffanin und ihrer Assistentin, die gleich durch eine andere Tür hereinkommen werden. Sie müssen wissen, dass im Salon vollständige Dunkelheit herrscht. Ich werde Sie führen. Legen Sie Ihre Hände auf meine Schultern. Sobald Sie eingetreten sind, schließen Sie die Tür. Und ich bitte Sie: Wenn Sie sitzen, sprechen Sie nicht und bewegen sich so wenig wie möglich. Breiten Sie nur die Arme auf dem Tisch aus. Ich werde Ihre linke Hand nehmen und Contessa Ruvolito ihre rechte. So wird der Kreis wieder geschlossen.»

Zwei

Nachdem er die Tür hinter sich geschlossen hatte, sah Don Agatino sich von pechschwarzer Finsternis umgeben. Es war, als befände sich niemand in dem Raum, man hörte nicht mal Atemgeräusche.

Nach gut zehn Schritten waren sie noch immer nicht am Tisch angekommen. Meine Güte, wie groß war denn dieser kleine Salon?

Endlich blieb die Baronessa stehen, drehte sich um, ergriff seine Hand und legte sie auf die Rückenlehne eines Stuhls.

Er setzte sich und breitete die Arme aus. Seine linke und rechte Hand wurden von zwei Frauenhänden ergriffen. Vielleicht bin ich der einzige Mann im Raum, dachte er.

Dann öffnete sich eine Tür zur Linken einen Spaltbreit, und

eine junge Frauenstimme fragte: «Hat sich der Kreis wieder geschlossen?»

«Ja», antwortete die Baronessa.

Nach einer Weile wurde die Tür ganz geöffnet, und ein hübsches Mädchen mit einem Kandelaber in der Hand erschien. Hinter ihr ging eine hochgewachsene, stattliche Frau, ganz in weiße Schleier gehüllt, und setzte sich auf einen Stuhl neben dem Kreis der Anwesenden.

Fünf Frauen und ein Mann hielten sich an der Hand, in ihrer Mitte stand ein Tischchen mit drei Beinen.

Die Kleine stellte sich neben das Medium und blies die Kerzen aus. Wieder umgab sie undurchdringliche Dunkelheit.

Fünf Minuten vergingen, dann sprach die Toffanin. Sie hatte eine schöne Stimme. «Jetzt spüre ich eine starke Energie, die vorher nicht da war. Nun wird alles gutgehen.»

Zum Zeichen ihrer Dankbarkeit und Hochachtung drückte die Baronessa fest Don Agatinos Hand.

Wer weiß, ob es die Zugfahrt, die Dunkelheit oder die Stille war, jedenfalls überfiel Don Agatino, nachdem er eine Viertelstunde in dieser Haltung gesessen hatte, eine große Müdigkeit. Er mochte sich noch so sehr wehren, seine Lider wurden schwer, dann fiel ihm mit einem Mal der Kopf auf die Brust.

Er wusste nicht, wie lange er geschlafen hatte, als ein trockener Knall ihn weckte. Es war das Tischbein, das auf den Boden geklopft hatte.

Der Tote musste angekommen sein.

Es gab noch einen lauteren Knall.

«Jetzt dürfen Sie fragen», sagte die Gehilfin des Mediums.

«Wer bist du?», fragte Baronessa Cannizzaro. Ihre Stimme zitterte vor Aufregung.

«Tock, tock, toktock tock totock», machte das Tischchen.

«Der Astralleib … möchte wissen … ob sich unter den Anwesenden … eine Frau mit Namen Angela befindet», sagte die

Toffanin, und sie sprach mit großer Mühe, als trüge sie ein sehr schweres Gewicht auf dem Rücken.

Don Agatino spürte, wie die Hand von Contessa Ruvolito an seiner Seite plötzlich schweißnass wurde.

«Ja, sie ist hier. Ich bin Contessa Angela Scozzari Ruvolito», sagte sie.

Dann geschah etwas Unglaubliches. Jetzt sprach nicht mehr das Totock des Tischchens, sondern das Medium selbst.

Mit einer tiefen Männerstimme, vollkommen verändert. Und auf Sizilianisch. «Angila! Angiluzza, meine Schöne! Du Licht meines Herzens! Wie habe ich dich begehrt! Erkennst du mich?»

Die Hand der Frau, die Don Agatino festhielt, schwitzte noch mehr und zitterte. «Tancredi!» Sie schrie fast.

«Ja, ich bin Tancredi Mortillaro aus Baiocca!»

Don Agatino spitzte die Ohren. Er hatte gelesen, dass der Fürst Tancredi vor fünf Jahren von einem Tag auf den anderen verschwunden war, und niemand hatte mehr etwas von ihm gehört.

«Warum bist du von uns fortgegangen?», fragte Contessa Ruvolito stöhnend.

«Fortgegangen? Fortgegangen?», rief der Tote zornig. «Frag deinen Mann, diesen elenden Hurensohn, welch ein Ende er mir bereitet hat! Aber von dieser Sache wollte ich gar nicht sprechen. Meine Angila, wie sehr begehre ich dich auch noch als Toter! Ich möchte nur wissen, ob deine Lippen, dein Busen, dein Hintern, deine …»

«Genug jetzt!», schrie Contessa Ruvolito und ließ Don Agatinos Hand los.

Auch Baronessa Cannizzaro ließ seine Hand los, sprang auf und lief aus dem Salon. Nach kurzer Zeit kehrte sie zurück, gefolgt von zwei Dienern, die jeder zwei Kandelaber trugen.

Das Medium jammerte, es hatte Schaum vor dem Mund und zuckte am ganzen Körper. Die Gehilfin hielt ihr die Hand.

«Ich gehe», sagte Contessa Ruvolito entschlossen, mit Tränen in den Augen. «Guten Abend allerseits.»

«Ich begleite dich», sagte die Hausherrin.

Da er der einzige Mann in der Runde war, fühlte Don Agatino sich verpflichtet, die Assistentin zu fragen: «Kann ich mich nützlich machen?»

«Ja, danke. Wenn Sie mir helfen, sie ins Nebenzimmer zu bringen …»

Don Agatino war ein attraktiver, eleganter Mann von fünfundvierzig Jahren, nicht besonders groß, aber ein kompaktes, nerviges Muskelpaket. Er bückte sich, lud sich das Medium auf, so gut er konnte, und folgte der Gehilfin.

«Legen Sie sie aufs Bett», sagte die Kleine.

Don Agatino gehorchte.

«Wie stark Sie sind! Das sieht man Ihnen gar nicht an!», sagte die Gehilfin bewundernd. Sie war eine hübsche junge Frau, höchstens dreißig, groß, hatte einen kirschroten Mund, schwarze Locken und große, funkelnde Augen, die Feuer sprühten.

«Und was machen wir jetzt?», fragte Don Agatino.

«Ich glaube nicht, dass die Sitzung weitergehen kann. Genoveffa ist sehr müde, außerdem fehlt eine Person für den Kreis.»

«Nun, dann werde ich …»

«Leisten Sie mir doch bitte ein wenig Gesellschaft», bat die Gehilfin, während sie sich vorbeugte, um zu sehen, wie es dem Medium ging. Sie legte ihr leicht eine Hand auf die Stirn. «Sie schläft», sagte sie. Dann setzte sie sich auf einen Stuhl. Don Agatino setzte sich ihr gegenüber.

«Ich heißte Saveria De Grandis», sagte die Kleine und reichte ihm die Hand.

«Angenehm. Agatino Fazio.»

«Interessieren Sie sich schon lange für Spiritismus?»

«Dies ist die erste Sitzung, an der ich teilnehme.»

«Dann sind Sie also nur aus Neugier gekommen?»

«Nun ja, nicht nur. Ich hatte vor, die Signora Medium einzuladen, eine spiritistische Sitzung bei mir zu Hause abzuhalten.»

«Sie wohnen in Palermo?»

«Nein, in Vigata. Drei Stunden mit dem Zug.»

Die junge Frau schwieg eine Weile. Doch Don Agatino bemerkte, dass sie ihn von der Seite ansah. Dann fragte sie: «Kennen Sie den Preis für eine Séance?»

«Nein, aber wenn …»

«Tausend Lire, dazu kommen die Fahrtkosten, Unterkunft und Verpflegung für Genoveffa und mich.»

Es war teuer, aber vielleicht lohnte sich die Ausgabe.

«Morgen früh», fuhr Saveria fort, «fahren wir nach Catania, wo wir zwei Tage bleiben werden, dann geht es für weitere zwei Tage nach Messina und dann werden wir nach Palermo zurückfahren, um eine längere Schiffsreise anzutreten. Die Abfahrt ließe sich jedoch um einen Tag verschieben, dann könnten wir nach Vigata kommen, wenn Genoveffa dazu bereit ist. Aber ich glaube, das wird nicht leicht, das Reisen ermüdet sie sehr.»

«Ich möchte ein paar Minuten mit der Signora sprechen, um Sie zu bewegen …»

«Nicht nötig. Ich werde versuchen, sie zu überzeugen», sagte Saveria. Sie blickte ihm fest in die Augen.

Die beiden hatten sich verstanden.

«Natürlich werde ich Sie dafür entschädigen, dass …»

Die Gehilfin schien ihn nicht gehört zu haben. «Reisen Sie noch heute Abend ab?», fragte sie.

«Ich habe ein Zimmer im Hotel Patria.»

«Dort logieren wir auch.»

Wieder blickten sie sich in die Augen. Und auch dieses Mal verstanden sie sich.

Don Agatino meinte, nichts mehr sagen zu müssen. Er erhob sich. Doch um Gewissheit über das Einverständnis mit der Kleinen zu haben, machte er einen Vorschlag. «Wenn Sie so freundlich wären, mir im Laufe des Abends eine Antwort zu geben, würde mir die Abreise leichter …»

«Sie können sich darauf verlassen. Allerdings muss ich Genoveffa Gesellschaft leisten, die gegen Mitternacht einzuschlafen pflegt …»

«Ich erwarte Sie in meinem Zimmer. Die Nummer zweiundvierzig», sagte Don Agatino.

In diesem Moment trat die Baronessa ein. «Sie sind alle gegangen. Wie geht es unserem Medium?»

«Sie ruht», antwortete die Gehilfin. «Ich denke, in spätestens einer halben Stunde wird sie sich wieder erheben können.»

Nachdem das Medium und seine Assistentin gegangen waren, bat die Baronessa Don Agatino inständig, zum Essen zu bleiben.

Während sie darauf warteten, dass der Baron aus dem Verein zurückkam und sie sich zu Tisch setzen konnten, unterhielt sich die Baronessa mit Agatino. «Ich war sehr beeindruckt, als ich die Stimme von Tancredi Mortillaro erkannt habe!»

«War es seine eigene Stimme?»

«Aber natürlich! Er hat wirklich selbst gesprochen, glauben Sie mir!»

Aus Feingefühl wechselte Don Agatino das Thema.

Denn der Tote hatte immerhin klar und deutlich gesagt, dass der Ehemann von Contessa Ruvolito ihn umgebracht habe. Aber über so etwas sprach man nicht in einem aristokratischen Salon wie dem der Cannizzaro.

Außerdem schien der Baronessa dieses Detail gar nicht aufgefallen zu sein.

Um halb elf verabschiedete sich Don Agatino. Die Baronessa wollte ihn mit einer ihrer Kutschen ins Hotel bringen lassen, doch er lehnte ab. Da er Zeit hatte, machte er den Weg zu Fuß. Auf seinem Zimmer legte er seine Kleider ab, wusch sich, zog nur die Hose wieder an, nahm fünf Geldscheine zu hundert Lire aus seiner Brieftasche, legte sie auf den Nachttisch und streckte sich auf dem Bett aus, das nur für eine Person gedacht war. Er begann Zeitung zu lesen, doch nach einer Weile verlor er sich in Grübeleien darüber, was er Saveria fragen musste.

Diese klopfte um zehn nach zwölf an seine Zimmertür.

«Die Tür ist offen», sagte Don Agatino.

Die Kleine kam herein und verschloss die Tür. Sie ging auf das Bett zu. Zog ihren Morgenrock aus. Sie hatte ein beunruhigendes Parfüm aufgelegt.

«Rück zur Seite», sagte sie, ein Knie schon auf die Bettdecke gestützt.

Drei

Ein Stündchen später hatte Don Agatino eine Minute Ruhe, um sie zu fragen: «Hast du mit dem Medium gesprochen?»

«Ja.»

«Und was hat sie gesagt?»

«Weder ja noch nein.»

«Und jetzt?»

«Glaub mir, entscheidend ist, dass sie nicht nein gesagt hat. Darum bin ich sicher, dass ich sie dazu bringen kann, ja zu sagen, wenn ich sie noch ein bisschen bearbeite. Bereite du in Vigata alles vor. Gib mir deine Adresse, ich werde dir ein Telegramm schicken.»

«Sag mal, weiß das Medium, welcher Geist sich im Laufe der Sitzung zeigen wird?»

«Meistens weiß sie es.»

«Aber wenn sie wollte, könnte sie auch einen bestimmten Geist rufen?»

«Ja, aber sie vermeidet das, denn es ist zu anstrengend für sie. Sie ist dann immer völlig erschöpft. Und wenn sie jemanden auf Anfrage rufen soll, ändert sich natürlich der Preis.»

«Um wie viel?»

«Das Doppelte.»

«Ist mir recht.»

«Soll sie ein astrales Fluidum beschwören, das dich besonders interessiert?»

«Ja.»

«Sag mir, wer das ist.»

Don Agatino sagte ihr, wer das war.

«Warum willst du mit ihm sprechen?»

Don Agatino erklärte ihr, warum. Er brauchte eine gute halbe Stunde, um ihr alles zu erzählen. Danach reckte sich die Kleine und sagte, sie gehe jetzt ins Bett, weil sie morgen früh aufstehen müsse.

«Ich hoffe, dass wir uns am Donnerstag in Vigata wiedersehen.»

«Auf dem Nachttisch ist ein Geschenk für dich», sagte Don Agatino.

Saveria streckte einen Arm aus, zählte das Bündel Hunderterscheine, legte es auf den Nachttisch zurück und streckte sich wieder im Bett aus. «Das ist genug für eine weitere Vereinigung der Astralleiber», kicherte sie.

Am nächsten Tag war Don Agatino gegen halb eins zurück in Vigata und traf Ciccina, die gerade von der Messe zurückkam.

«Wie war die Hochzeit?»

«Sei still, rede mir nicht davon! Als ich deinem Bruder Filippo gesagt habe, dass du nach Palermo gefahren bist, um diese Sache mit Geistern bei den Cannizzaro zu machen, ist er vor Wut fast an die Decke gegangen. Er hat geschrien, dass du lieber mit Toten sprichst statt mit ihm! Und er hat gesagt, so bald er kann, wird er dir eine Lektion erteilen, die du nie mehr vergisst!»

«Huch, da kriege ich ja richtig Angst!», lachte Don Agatino.

Am folgenden Mittwoch kam ein Telegramm von Saveria aus Catania.

Genoveffa einverstanden mit Sitzung nächsten Freitag achtzehn Uhr Stop Kommen Sie uns um sechzehn Uhr am Bahnhof abholen Stop Sorgen Sie für Unterkunft Grüße

Warum am Freitag? Hatte sie nicht Donnerstag gesagt? Offenbar hatten die beiden sich eine zusätzliche Sitzung besorgt.

Als Don Agatino am Mittag zu Ciccina sagte, sie solle den Salon gründlich saubermachen, weil er am kommenden Freitag dort eine spiritistische Sitzung abhalten wolle, erlitt seine Frau fast einen Nervenzusammenbruch.

«Bist du verrückt geworden? Ich verbiete dir, in meinem Haus …»

«Du verbietest mir gar nichts. Hier bin ich der Herr und kann tun und lassen, was ich will! Ist das klar?»

Ciccina öffnete die Schleusen.

Am Nachmittag ging er in den Verein und nahm Fofò Zaccaria beiseite. «Sind Sie am Freitagnachmittag frei?»

Das war eine rhetorische Frage, denn Fofò Zaccaria verbrachte jeden Tag von morgens bis abends im Café und im Verein.

«Was ist los?»

«Ich veranstalte eine spiritistische Sitzung bei mir zu Hause, um sechs Uhr, mit einem berühmten Medium. Und weil Sie in unserer Gegend der Erste waren, der von Spiritismus gesprochen hat … Darf ich mir erlauben, Sie einzuladen?»

«Aber sicher!», sagte Zaccaria.

Auch Don Marco Filibello nahm die Einladung an. «Am Freitag, sagten Sie? Freitags besucht uns immer meine Schwiegermutter. Da hab ich doch lieber mit Toten zu tun als mit der!»

Auch Don Titta Lopane und der Geometer Spizzico sagten zu. Fehlte nur noch der sechste, der Wichtigste von allen. Der

Notar Persicò. Er kam jeden Abend Punkt sieben Uhr dreißig aus seiner Kanzlei, um nach Hause zu gehen. Darum konnte Don Agatino ihn um sieben Uhr einunddreißig auf der Straße anhalten.

«Guten Abend, Herr Notar.»

Der sah ihn mit deutlichem Unwillen an. «Guten Abend.»

Mit dem Notar musste man vorsichtig umgehen, er war von übellaunigem Wesen, und niemand hatte ihn je lächeln sehen.

«Ich bitte Sie herzlich, die Störung zu entschuldigen.»

«Machen Sie es kurz.»

«Ich würde gerne wissen, ob Vossia mir die Ehre erweisen würde, am Freitagnachmittag um sechs Uhr in mein Haus zu kommen.»

«Warum sollte ich wohl in Ihr Haus kommen?», lautete die unhöfliche Antwort. «Ich mache nur Besuche, wenn das Testament eines Sterbenden oder einer bewegungsunfähigen Person aufzunehmen ist.»

«Es handelt sich nicht um ein Testament, sondern um …»

«Dann bedaure ich», schnitt der Notar ihm das Wort ab und ging weiter.

«… sondern um eine spiritistische Sitzung», beendete Don Agatino seinen Satz.

Der Notar blieb abrupt stehen. Er drehte sich um. «Was sagten Sie?»

«Um … um … eine spiritistische Sitzung», wiederholte Don Agatino ein bisschen erschrocken.

«Eine spiritistische Sitzung hier in Vigata?», fragte der Notar erstaunt.

«Jawohl, Signore.»

«Wir haben ein Medium in Vigata?»

«Nein, es kommt von außerhalb.»

«Wie heißt es?»

«Genoveffa Toffanin.»

Die Augen des Notars begannen zu leuchten. «Ich habe von ihr gehört. Sehr gute Frau!»

Don Agatino ging das Herz auf. «Vossia wäre interessiert?»

«Interessiert? Das ist nicht das richtige Wort. Ich bin begeistert! Danke, danke vielmals für die Einladung. Ich komme auf jeden Fall.»

Wenig fehlte, und Don Agatino wäre vor Glück um den Notar herumgetanzt.

Am nächsten Tag, Donnerstagmorgen gegen zehn Uhr, hätte er mit allem gerechnet, nur nicht damit, Padre Saturnino, den Pfarrer von Vigata, an seiner Tür auftauchen zu sehen. Ein heiliger Mann, gewiss, aber er redete und verhielt sich wie ein Mafioso, denn sein Vater war Mafioso, sein Onkel auch und sogar sein Bruder.

«Wie gehen die Geschäfte?»

«Ich kann mich nicht beklagen. Kann ich mit etwas dienen?»

«O ja.»

«Sprecht.»

«Du verstehst mich sofort. Die spiritistische Sitzung machst du nicht.»

«Wer hat Euch gesagt, dass ich sie mache?»

«Wer mir das gesagt oder nicht gesagt hat, geht dich einen Dreck an. Du machst sie nicht und basta.»

«Soll das ein Witz sein? Ich habe das Medium schon bestellt!»

«Dann sag ihr, dass du sie abbestellst.»

«Erklärt Ihr mir, warum Ihr dagegen seid?»

«Weil die Kirche dagegen ist. Sie sagt, die Toten werden in Ruhe gelassen.»

Don Agatino schnaubte. «Ausgerechnet die Kirche sagt mir, ich soll die Toten in Ruhe lassen? Wer geht den Toten denn ständig auf den Sack? Dich begraben wir in ungeweihter Erde, dir verweigern wir die Sakramente, du kommst ins Fegefeuer, aber halt dich bereit, denn in tausend Jahren kommst du ins Paradies, du sitzt in der Vorhölle, aber schon möglich, dass wir dich eines Tages ins Fegefeuer rüberholen … Dass ich nicht lache!»

Padre Saturnino blickte ihn an. Seine Augen waren schmale Schlitze. «Umso schlimmer für dich», sagte er drohend.

Und ging hinaus.

Als Don Agatino zur Mittagszeit nach Hause kam, war Ciccina nicht da. Das war in all den Jahren ihrer Ehe noch nie vorgekommen.

«Wo ist die Signora?», fragte er das Hausmädchen.

Sie wirkte verlegen. «Ich weiß es nicht. Aber sie hat einen Brief dagelassen.» Und sie reichte ihm den Brief.

Don Agatino wunderte sich sehr. Ein Brief? Ciccina hatte ihm einen Brief geschrieben? So lautete er:

Lieber Mann,
wo der Spiritismus ein Werk des Teufels ist, wie mir Padre Saturnino erklärt hat, darf ich nicht mehr unter einem Dach und in einem Bett mit dir sein. Ich gehe zurück zu meiner Mutter. Addio und Kuss.

Das Papier war noch feucht von Tränen.

Don Agatino verging der Appetit, er kehrte ins Lager zurück.

Wo gegen vier Don Marco Filibello auftauchte. «Es tut mir unendlich leid, aber Freitag kann ich …»

«Du kannst nicht kommen?»

«Du musst mir glauben, es ist unmöglich.»

«Warum denn?»

«Weil meine Frau und meine Schwiegermutter Padre Saturnino die Sache mit der Sitzung erzählt haben. Wenn ich zu Ihnen gehe, werfen sie mich aus dem Haus. Leider gehört das Kapital, das ich für meine Geschäfte brauche, meiner Schwiegermutter.»

Don Agatino zuckte mit den Achseln. «Ich verstehe.»

Padre Saturnino hatte ihm also den Krieg erklärt.

Doch außer Filibello konnte der Pfarrer keinen mehr erpressen. Denn der Notar war Freimaurer, Fofò Zaccaria Witwer wie Don Titta Lopane, und der Geometer war Junggeselle.

Aber einer fehlte noch immer. Den er unbedingt finden musste, sonst war er verloren, die Sitzung konnte nicht stattfinden.

Gleich nachdem das Lager schloss, eilte er in den Verein, um einen Ersatzmann zu finden. Er sprach vier Mitglieder an und bekam vier Absagen.

Allmählich begann er zu verzweifeln. Immerhin konnte er, da seine Frau das Haus verlassen hatte, bis spät abends im Verein bleiben.

Gegen zehn Uhr begann das Glücksspiel, und wie so oft verlor Cocò Torraca alles, was er in der Tasche hatte, bis auf den letzten Centesimo. Als Torraca vom Spieltisch aufstand, hörte Don Agatino ihn murmeln: «Wenn ich noch tausend Lire hätte, würde ich mir alles zurückholen!»

Don Agatino nahm ihn beim Arm und zog ihn beiseite. «Wenn ich Ihnen nützlich sein kann … Hier sind die tausend Lire, die Sie brauchen.»

Der andere sah ihn erstaunt an, seit Jahren schon wollte ihm keiner mehr eine Lira leihen.

«Betrachten Sie es als Geschenk.»

Cocò Torraca blickte ihn noch erstaunter an. «Ein Geschenk?»

«Ja. Würden Sie mir einen Gefallen tun?»

«Ja, natürlich!»

«Sind Sie morgen Nachmittag frei?»

«Ja.»

Es war geschafft.

Vier

Der Zug kam pünktlich an. Bei Tageslicht sah Genoveffa noch stattlicher und majestätischer aus. Don Agatino verbeugte sich vor ihr, aber er konnte nicht erkennen, ob sie seinen Gruß erwiderte, da sie ganz von Schleiern umhüllt war, die auch ihr Gesicht bedeckten. Saveria hielt einen kleinen Reisekoffer in der Hand.

«Und das andere Gepäck?», fragte Don Agatino.

«Das haben wir in Caltanissetta gelassen, heute Morgen haben wir dort eine Sitzung gehabt. Wir holen es auf dem Rückweg ab», antwortete die Kleine. «Genoveffa möchte mit dem letzten Zug von hier abfahren, dem um einundzwanzig Uhr. Jetzt gehen wir sofort ins Hotel, damit sie sich ein Stündchen ausruhen kann.»

Don Agatino, der mit seiner Kutsche gekommen war, brachte die Frauen ins Hotel.

«Ich begleite Genoveffa in ihr Zimmer, dann komme ich sofort wieder herunter. Warte hier auf mich», sagte Saveria.

Nach fünf Minuten kam sie zurück. «Gehen wir?»

«Wohin?»

«Ich muss das Zimmer sehen, in dem die Sitzung stattfindet, und kontrollieren, ob alles in Ordnung ist.»

«Sie wird bei mir zu Hause abgehalten.»

«Gehen wir.»

Saveria genügten fünf Minuten, um zu erkennen, dass Don Agatino Stühle und Hocker, das Tischchen und die Kandelaber genauso hingestellt hatte, wie er es im Hause Cannizzaro gesehen hatte.

«Wird deine Frau dabei sein?»

«Nein, sie musste nach …»

«Hast du Hausmädchen, Hausdiener?»

«Das Hausmädchen hat frei. Ich muss dir sagen, dass der Kreis nur aus Männern bestehen wird. Ist das möglich?»

«Natürlich.»

«Soll ich dich ins Hotel zurückbringen?»

«Wozu? Genoveffa muss ich um halb sechs abholen, und es ist erst Viertel vor fünf.»

«Wenn du dich ein wenig entspannen möchtest ...»

«Das halte ich für eine gute Idee.»

Die Vereinigung der Astralleiber war intensiv, aber kurz.

Während sie sich wieder ankleideten, fragte Don Agatino: «Hast du mit der Signora gesprochen?»

«Ja. Sie sagt, sie wird es versuchen. Du musst wissen, dass die beschworenen astralen Fluida nicht immer auf den Ruf reagieren. Darum bezahlst du ja auch nachher. Wenn der Astralleib, mit dem du sprechen willst, nicht erschienen ist, zahlst du den normalen Tarif.»

«Aber es geht mir nicht ums Geld! Ich bin bereit, das Dreifache des Tarifs zu zahlen!»

«Wirklich?»

«Aber ja doch!»

«Dann sag dem Kutscher, er soll mich sofort ins Hotel bringen. Ich will noch einmal versuchen, Genoveffa zu überreden.»

«Warte einen Moment», sagte Don Agatino.

Er holte seine Brieftasche aus der Jacke und gab der Kleinen dreitausend Lire. «Bezahlung im Voraus.» Dann gab er ihr noch einmal fünfhundert. «Und das ist für dich.»

Saveria umarmte ihn und küsste ihn auf den Mund. «Schade, dass Genoveffa noch heute Abend abreisen will!»

Der Erste, der ankam, war der Notar Persicò. Er war sehr aufgeregt und wollte ein Glas Wasser trinken. Dann erschien Don Titta Lopane, gefolgt von Fofò Zaccaria. Zuletzt kamen der Geometer Spizzico und Cocò Torraca. Der Kreis war komplett.

Da sie noch fünf Minuten Zeit hatten, führte Don Agatino

sie in den Salon, erklärte, wie sie den Kreis bilden sollten, und bat sie, nicht zu sprechen und sich nicht zu bewegen. Er hatte gerade geendet, da klopfte es an der Tür. Er ging öffnen. Es waren Genoveffa und Saveria.

«Die Signora braucht noch etwa zehn Minuten, um sich zu konzentrieren», sagte die Kleine.

Don Agatino brachte sie in das Zimmer neben dem Salon, wo er eine Dormeuse hatte aufstellen lassen.

«Gehen Sie jetzt. Ich sage Ihnen Bescheid, wenn die Signora bereit ist.»

Don Agatino kehrte in den Salon zurück.

«Wir nehmen besser schon Platz und löschen das Licht», sagte der Notar. «Auch wir müssen uns konzentrieren.»

«Worauf denn?», fragte Don Titta Lopane.

«Auf einen unserer Toten, denjenigen, mit dem wir sprechen möchten.»

«Moment mal», mischte sich Don Agatino sofort besorgt ein. «Wir sind zu sechst, und wenn jeder mit seinem Toten spricht, gibt es ein großes Durcheinander, und die Sitzung dauert bis zum Morgen. Ich möchte nicht unhöflich erscheinen, aber da ich das Ganze hier organisiert habe, da ich zahle und da es in meinem Hause stattfindet …»

«Aber es steht in den Handbüchern, die ich gelesen habe, Sie dagegen offenbar nicht, dass …», hub der Notar an.

«Die Handbücher sind mir völlig schnurz!», erwiderte Don Agatino.

«Die Signora ist bereit!», sagte Saveria durch den Türspalt. «Löscht das Licht!»

Don Agatino löschte die Kerzen. Es wurde stockdunkel. Und man hörte die Stimme von Fofò Zaccaria: «Wollt ihr mir jetzt endlich sagen, woran zum Teufel ich denken soll?»

Er bekam keine Antwort. Die Tür zum Nebenzimmer ging auf, Saveria erschien mit dem Kandelaber in der Hand. Dahinter kam das Medium, mit weißen Schleiern so verhüllt, dass es aussah wie ein wandelndes Bettlaken.

«Ein Gespenst!», schrie Cocò Torraca entsetzt und wollte aufspringen, um zu fliehen.

Don Agatino und der Notar, die jeder eine Hand von Torraca hielten, nötigten ihn, sich wieder hinzusetzen.

«Das ist kein Gespenst. Es ist das Medium», erklärte ihm der Notar.

«Ich bitte Sie, absolute Stille zu wahren, sonst kann die Sitzung nicht beginnen», sagte Saveria und blies die Kerzen aus. Dann fragte sie: «Hat sich der Kreis geschlossen?»

«Ja», antwortete Don Agatino.

«Sagt Ihr mir, woran ich denken soll?», fragte Fofò Zaccaria wieder.

«Denken Sie doch an Ihren eigenen Scheiß», empfahl ihm der Notar nervös.

Mit strenger Stimme gebot Saveria: «Absolute Stille, bitte!»

Und die Sitzung konnte endlich beginnen.

Nach nicht einmal fünf Minuten machte das Tischbein: «Tock tock totock tock.»

«Wer bist du?», fragte Saveria.

«Tock totock tock tock totock.»

«Es ist der Astralleib von Alessandro Magno», erklärte Saveria.

«Wer ist denn das? Den kenne ich nicht», sagte Fofò Zaccaria.

«Kennen Sie diesen Magno zufällig persönlich?», fragte Don Titta Lopane den Notar.

«Persönlich nicht. Er war ein großer Krieger der Antike.»

«Was geht uns denn dieser Krieger an?», fragte der Geometer Spizzico.

«Tock totock tock tock tock tock!», klopfte das Tischbein laut auf den Boden.

«Er ist gegangen, er sagt, diese Gesellschaft sei es nicht wert, sich mit ihm zu unterhalten», übersetzte Saveria.

«Licht!», schrie das Medium plötzlich.

Saveria zündete die Kerzen an.

«Komm mit mir nach drüben!», befahl es und erhob sich.

Die beiden Frauen gingen in das Nebenzimmer, und Saveria schloss die Tür.

«Und was geschieht jetzt?», fragte Don Agatino, während er ebenfalls eine Kerze anzündete.

«Das werde ich Ihnen erklären», sagte der Notar ärgerlich. «Das Erste, was in allen Handbüchern steht, ist, dass man immer außerordentlich freundlich zu den Astralleibern sein soll, die erscheinen. Ein großer Imperator wie Alessandro Magno ist es natürlich nicht gewöhnt, so behandelt zu werden. Sicher ist er jetzt tödlich beleidigt.»

«Er ist doch schon tot», bemerkte Don Titta.

«Hier ist es, als würde er noch leben. Und wenn sich unter den Astralleibern herumspricht, dass sie bei uns nicht freundlich empfangen werden, dann gute Nacht, es wird keiner mehr erscheinen.»

Don Agatino wurde unruhig. «Signori, diese Sitzung, sagen wir es klipp und klar, kostet mich ein Vermögen. Darum bitte ich Sie, benehmen Sie sich wie wohlerzogene Menschen, selbst wenn der Strahlleib der verderbtesten Hure erscheinen sollte. Ist das klar?»

Die Tür zum Nebenzimmer öffnete sich.

«Bildet den Kreis!», sagte Saveria.

Don Agatino blies die Kerze aus, und der Kreis formierte sich wieder. Alles lief genauso ab wie beim ersten Mal.

Nach knapp zehn Minuten begann das Tischbein so laut zu klopfen, dass der ganze Tisch bis unter die Zimmerdecke aufgestiegen und mit Macht wieder auf den Boden gefallen sein musste, um einen derartigen Lärm zu erzeugen.

«Um Himmels willen, nicht bewegen und nicht sprechen», sagte Saveria mit tiefer Stimme. «Das ist ein sehr ungestümer Geist. Er lässt sich nicht in Schach halten.»

Derweil stöhnte das Medium ununterbrochen, als hätte es Schmerzen. Manchmal murmelte es: «Schlecht … schlecht …»

Nun sauste das Tischchen tatsächlich wild in die Höhe.

Die Anwesenden spürten, wie es in der Dunkelheit über ihnen schwebte und zogen unwillkürlich den Kopf ein.

Auf einmal begann das Medium mit einer zornigen Männerstimme zu sprechen. «Wo bist du, gemeines Arschloch?»

Don Agatino erbleichte. Das war die Stimme seines Vaters Agatino. «Hier bin ich, Papa», brachte er nur geflüstert heraus.

«Hör mir gut zu, du erbärmlicher Drecksack! Ich sage es dir ein für alle Mal! Das Testament habe ich aus freiem Willen gemacht, dein Bruder Filippo hat nichts damit zu tun. Und wenn du wissen willst, warum, dann sag ich's dir! Du bist immer ein Schurke gewesen! Weißt du noch, auf wie vielen Wechseln du meine Unterschrift gefälscht hast? Schamlos ausgenutzt hast du, dass wir denselben Vor- und Nachnamen tragen! Und erinnerst du dich, dass du meinen Tresor mit einem nachgemachten Schlüssel geöffnet und das ganze Geld geklaut hast, was darin war? Und wie du es dann so angestellt hast, dass der Verdacht auf deinen Bruder Filippo fiel? Pass ja auf, du elender Lügner, geh mir aus den Augen!»

Dann stieß der fliegende Tisch gegen Don Agatinos Stirn. Der schrie wie ein abgestochenes Schwein und drückte mit der Hand gegen die Wunde, um das Blut zu stillen. Auch das Medium kreischte wie verrückt. Schnell wie der Blitz flohen alle in panischem Schrecken aus dem dunklen Zimmer.

Und genauso schnell waren sie auf der Straße und rannten ein jeder zu sich nach Hause.

Unterdessen hatte Saveria dafür gesorgt, dass das Medium sich hinlegte, dann hatte sie Don Agatinos Kopf verbunden. «Warum hast du bloß so sehr darauf bestanden, dass der Astralkörper deines Vaters beschworen wurde?»

Sie erhielt keine Antwort.

Nach zehn Minuten waren die beiden Frauen bereit, das Haus zu verlassen. «Fährst du uns zum Hotel?», fragte Saveria.

Sie erhielt keine Antwort. Don Agatino saß mit verbundenem Kopf auf einem Stuhl und schien in eine Schockstarre verfallen. Er bewegte nicht einmal mehr die Lider.

«Ich bedaure, dass es so gelaufen ist», sagte Saveria beim Hinausgehen.

Der Zug nach Palermo hatte zehn Minuten Aufenthalt im Bahnhof Caltanissetta Xirbi. Saveria beugte sich aus dem Fenster und sagte zu einem Herrn auf dem Bahnsteig, neben dem ein Gepäckträger mit zwei großen Reisetruhen stand: «Da sind wir.»

Sie wartete, bis das Gepäck in ihrem Abteil verstaut war, dann stieg sie aus.

«Wie ist es gelaufen?», fragte Filippo Fazio.

Saveria lächelte. «Genoveffa hat genau das wiederholt, was Sie ihr gesagt haben. Er ist immer noch ganz benommen. Ich glaube nicht, dass er das Testament je wieder zur Sprache bringen wird.»

Filippo Fazio holte einen großen, prallgefüllten Umschlag aus seiner Tasche. «Hier ist das, was ich Ihnen versprochen hatte.»

Die Kleine öffnete den Umschlag, warf einen Blick hinein. Dreitausend Lire. Sie steckte den Umschlag in ihr Täschchen und reichte dem Mann die Hand. Don Filippo Fazio drückte sie und hob dabei seinen Hut. Saveria stieg in den Zug.

Der Bahnhofsvorsteher pfiff.

DAS GESCHLAGENE EI

Eins

Erst drei Tage nach dem Tod seines Vaters, als der Notar Sciangula ihm dessen Testament vorlas, gewahrte Marchese della Roncola, der mit Vornamen Gerolamo hieß, dass er neunundvierzig Jahre alt war und schon bald ein fünfzigjähriger Mann sein würde. In dem Testament wurde er als einziges und mutterloses Kind zum Alleinerben eingesetzt, doch unter der Bedingung, dass er noch vor seinem fünfzigsten Geburtstag heiratete, sonst sollte alles an wohltätige Werke gehen.

«Es gibt zwei Kodizille», hatte der Notar erklärt. «Der Erste besagt, dass Sie den Hausdiener Arazio Fragalà bis zu seinem Tod in Ihren Diensten lassen sollen. Der Zweite verpflichtet Sie, Cavaliere Zirretta als Verwalter Ihrer Güter zu bestätigen. Haben Sie etwas dagegen einzuwenden?»

Was verstand er schon von der Verwaltung seiner Güter? Er wusste nur, dass er ein Lehen besaß, ein Schwefellager, sechs Palazzi … «Nichts einzuwenden. Ich bitte Sie sogar, Zirretta mitzuteilen, er möge mir die Rechnungen nur noch alle sechs Monate vorlegen, nicht monatlich, wie er das bei Papa tat.»

«Ich gebe Ihnen zu bedenken, dass Sie neun Monate Zeit haben, um zu heiraten. Sorgen Sie dafür, dass Sie die Bedingungen erfüllen», hatte der Notar zum Schluss gesagt.

Heiraten? Einen bösen Streich hatte sein Vater ihm da gespielt! Gerolamo war die Ausnahme von der damaligen Regel, nach der ein Adeliger sich noch vor seinem fünfundzwanzigsten

Geburtstag eine Frau nehmen musste, und seit er diese Schwelle überschritten hatte, ließ er sich einfach nur treiben. Wenn ihn ein Bedürfnis überkam, befriedigte er es immer mit der Frau eines anderen Mannes, ohne Rücksicht auf ihren gesellschaftlichen Stand, und ob es nun Frauen aus dem Adel, dem Bürgertum oder dem Volk waren, mit keiner befasste er sich länger als nötig war, um seinen Willen zu bekommen.

Danach hieß es: auf Nimmerwiedersehen. Aber woran lag es, dass die Frauen, obwohl sie genau wussten, was er einzig und allein bezweckte, wenn er einer von ihnen besonders freundlich begegnete, seine Aufmerksamkeiten trotzdem immer entgegennahmen? Dafür konnte es nur eine Erklärung geben. Der Marchese, mittelgroß, blond, schweigsam, leicht kränkelnd, von stets gepflegtem Äußeren und vollendeten Manieren, hatte so melancholische Augen, dass er unweigerlich Mitleid erregte wie ein geprügelter und verstoßener Hund. Diese Augen verzauberten die Frauen, sie weckten ihren Instinkt zu trösten. Wäre es jedoch nach dem Marchese gegangen, er hätte sich Tag und Nacht in seinem Haus verkrochen, niemanden gesehen und mit niemandem gesprochen, er hätte auf seinem Bett gelegen und die Decke angestarrt. Lesen und schreiben konnte er, jahrelang war Padre Larussa in den Palazzo gekommen, um ihm Unterricht zu geben, aber er hatte nie ein Buch gelesen. Oder besser, von Zeit zu Zeit nahm er sich ein Buch aus der großen Bibliothek seines Vaters, betrachtete die Illustrationen und las, was darunter geschrieben stand. Er hatte kein Interesse am Leben, nur auf die Jagd ging er gern, aber immer allein, niemals in Gesellschaft. Worte hervorzubringen bereitete ihm eine Art körperlichen Schmerz. Sein einziges Vergnügen war, morgens ein geschlagenes Ei mit Zucker zu essen, das ihm der Hausdiener Arazio in einer Tasse zubereitete. Wenn ihm eine weibliche Begegnung bevorstand, bat er Arazio, ihm zwei Eier statt eines zu schlagen, denn das schien der Sache mit dem Bedürfnis förderlich zu sein. Doch in letzter Zeit war Arazio zu alt geworden, er hatte nicht mehr die Kraft, das Ei so lange zu schlagen, bis es schön cremig und weiß wurde, darum fand Gerolamo in der Tasse nurmehr ein blassgelbes, noch fast flüssiges Gebilde vor.

«Warum bist du eigentlich noch nie in deinem Leben mit einer unverheirateten Frau ins Bett gegangen?», hatte sein Vater ihn eines Tages neugierig gefragt.

«Weil die hinterher hätte geheiratet werden wollen. Bei schon verheirateten Frauen besteht diese Gefahr nicht.»

Mehr als der Tod seines Vaters, der sein einziger wahrer Freund gewesen war, verwirrte ihn, dass er dicht an die fünfzig herangerückt war, ohne es überhaupt zu bemerken. Wie hatte er all die Jahre so verschwenden können?

Und wie, fragte er sich, während er in dem großen, jetzt völlig verlassenen Haus in Montelusa von Zimmer zu Zimmer wanderte, sollte er es nun obendrein anstellen, in so kurzer Zeit eine Frau zu finden? Wie würde sein Leben mit einer Frau an seiner Seite aussehen?

Nach und nach wurde er von tiefer Schwermut befallen. Er war nie ein guter Esser gewesen, aber jetzt bekam er, außer dem geschlagenen Ei am Morgen, nur noch mit Mühe ein wenig Pasta ohne Soße und gekochten Fisch hinunter. Er verließ den Palazzo kaum mehr, und wenn er es tat, dann nur, um in unbekannten, einsamen Gegenden auf die Jagd zu gehen.

Eines Morgens, er lag noch im Bett und hatte keine Lust aufzustehen, hörte er, wie an die Tür seines Zimmers geklopft wurde. Er wunderte sich, denn Arazio pflegte nicht zu klopfen, wenn er ihm das geschlagene Ei brachte. Da niemand eintrat, fragte er: «Wer ist da?»

«Braucht Ihr was?», fragte eine helle Frauenstimme.

Er war verwirrt, betäubt, gelähmt. Wo steckte Arazio? Und wer war die junge Frau, die geklopft hatte?

«Nein danke, nichts», brachte er mit Mühe heraus.

Seine Neugierde war so groß, dass sie Oberhand über die Trägheit gewann. In einer halben Stunde war er gewaschen, rasiert und angekleidet. Er ging durch die ganze Beletage, Zimmer für Zimmer. Alles war sauber, auf Hochglanz gebracht und in perfekter Ordnung, doch er fand weder Arazio noch die Kleine.

Seit Jahren stieg er nicht mehr in das Obergeschoss hinauf, wo es einen riesengroßen Speisesaal gab, der seit dem Tod seiner Mutter nicht mehr genutzt wurde, außerdem drei Schlafzimmer, die Gemäldegalerie, eine große und eine kleine Küche. Auch hier war niemand.

Also ging er ins letzte Stockwerk hinauf, wo sich die Kammern der einst sehr zahlreichen Dienerschaft befanden, die jetzt nur noch aus Arazio bestand. Alle Türen auf den dunklen Flur waren geschlossen, eine einzige stand offen. Er wusste, dass dies Arazios Zimmer war und ging auf die Tür zu, doch dann blieb er abrupt stehen.

In der Kammer hatte die junge Frau begonnen, mit geschlossenem Mund eine fröhliche Weise zu summen.

Seit wann hatte er keine Frau mehr in diesem Haus singen gehört? Da geschah etwas Seltsames. Ihm war, als verwandelte sich diese Stimme in Sonnenlicht, ein warmes, helles Licht, das auf wunderbare Weise die Spinnweben an den Wänden, die abgeblätterte Farbe auf dem Holz der Türen, die Risse in den Bodenfliesen zum Verschwinden brachte. Es war, als würden alle Dinge jugendliche Kraft, Fröhlichkeit und Lebenslust zurückgewinnen. Er drehte sich um und ging in das Arbeitszimmer seines Vaters in der Beletage, wo er sich einschloss. Nicht einmal die Bilder in den Büchern konnte er betrachten, er fühlte sich, als habe er ein Erdbeben erlebt.

Um halb eins klopfte Arazio gewöhnlich an die Tür, um ihm zu sagen, dass das Mittagessen fertig sei. Was würde dieses Mal passieren?

Die Antwort kam eine Minute später, als das Mädchen anklopfte und sagte: «Bitte sehr, es ist serviert.»

Er ließ fünf Minuten verstreichen, dann begab er sich in das winzige Speisezimmer, das in den letzten Jahren nur von ihm und seinem Vater benutzt worden war. Verblüfft blieb er an der Tür stehen. Arazio wechselte täglich das Tischtuch und die Serviette, er deckte den Tisch mit drei Gläsern und zweimal Besteck, einem großen Teller, auf den er die Teller für die einzelnen Gänge stellte, und einem Kandelaber, der abends angezündet wurde. Jetzt war der Tisch nur mit einem Glas, einer Gabel, einem Messer und einem halben Brotlaib gedeckt. Er setzte sich, und nach einer Weile erschien das Mädchen mit einem dampfenden Teller Pasta mit Soße in der Hand. Ohne ihn zu begrüßen, stellte sie den Teller vor ihm ab und wollte hinausgehen.

«Warte.»

Das war ihm fast unabsichtlich herausgerutscht. Sie blieb stehen und drehte sich um.

Heilige Muttergottes, was war das denn? Eine Flut ungekämmter, pechschwarzer Locken, zwei veilchendunkle Augen zum Fürchten, ein Mund wie die Wunde eines Pistolenschusses. Das Mädchen war nicht zu groß, nicht zu klein. Die weiße Bluse war unter der linken Achsel ein bisschen eingerissen, als könnte sie die Brüste nicht halten. Auch der Rocksaum hing aufgerissen herab. Sie war barfuß.

Sie konnte höchstens zwanzig sein.

«Warum ist Arazio nicht da?»

«Gestern Abend ging's ihm schlecht, da ist er zu uns gekommen, wo meine Großmutter doch seine Schwester ist.»

«Warum hat er mir nichts gesagt?»

«Er wollte Euch nicht stören. Esst, sonst wird's kalt.»

«Wie heißt du?»

«Manuela.»

«Hör mal, Manuela, ich bin es nicht mehr gewohnt, so viel Pasta zu essen. Und dann auch noch mit Soße!»

«Habt Ihr keinen Appetit?»

«Nein.»

«Ist ja klar! Ihr esst allein!»

«Was soll das heißen?»

«Wenn man allein isst, vergeht einem der Appetit. Mir ist er auch vergangen beim Gedanken, dass ich allein in der Küche essen muss.»

Wieder sprach der Marchese, ohne zu wissen, was er sagte. «Geh dir einen Teller holen, komm her und iss mit mir.»

Sie blieb stehen und sah ihn an.

«Was ist?»

«Ich kann nicht.»

«Warum nicht?»

«Weil Ihr, Vossia, der Padrone seid, und ich bin die Dienerin.»

«Dann befehle ich es dir.»

Ohne noch etwas zu erwidern, ging Manuela hinaus, kam mit ihrem Teller zurück und setzte sich ihm gegenüber. Der Marchese bemerkte, dass sie sich keine Gabel mitgebracht hatte. Gebannt beobachtete er, wie sie in den Teller griff, mit drei Fingern ein paar Spaghetti herausholte, die Hand hochhob, den Kopf unter die Hand beugte und sich die Spaghetti in den weit geöffneten Mund fallen ließ.

Blitzschnell schoss ihm ein Gedanke durch den Kopf: Warum empfand er keinen Ekel davor, sie auf diese Weise essen zu sehen? Im Gegenteil, diese viehische Gier weckte sogar eine gewisse Erregung in ihm, die er fast vergessen hatte. Und darüber merkte er gar nicht, dass er seinen ganzen Teller Pasta aufgegessen hatte.

«Seht Ihr, dass man Appetit kriegt, wenn man gemeinsam isst?», fragte Manuela, während sie aufstand und mit ihrer soßenverschmierten Hand den leeren Teller ergriff.

Sie kam mit einem Teller gebratener Meerbarben zurück. «Ich leiste Euch Gesellschaft und esse Brot mit Käse.»

«Warum hast du für dich nicht auch Meerbarben gemacht?»

«Ich mag nur frischgefangenen Fisch.»

«Wo findest du denn in Montelusa frischgefangenen Fisch?»

«Ich wohne ja nicht hier, ich wohne in Vigata bei meinem Bruder, der ist Fischer.»

«Und man hat dich hierhergeschickt, um als mein Hausmädchen zu arbeiten?»

«Jawohl, Signore. Ich hoffe, dass es zù Arazio in einer Woche bessergeht, dann kann ich zurück.»

«Fühlst du dich hier nicht wohl?»

«Doch, aber mir fehlt das Meer.»

Nach dem Mittagessen hielt der Marchese immer eine Stunde Mittagsschlaf. Auch an diesem Tag ging er sich hinlegen, aber er konnte nicht einschlafen. Er sah Manuelas weit aufgerissenen Mund vor sich, in den sie die Spaghetti fallen ließ. Ihn packte eine so starke Lust auf Frauen, wie er sie nicht mal mit zwanzig erlebt hatte. Als er aufgestanden war, konnte er sich nicht bezwingen, er musste Manuela suchen gehen. Er fand sie weder in der Beletage noch im Obergeschoss, also stieg er in das letzte Stockwerk hinauf. Dort hörte er sofort ihre Stimme. Sie sang. Dieses Mal blieb er nicht stehen, er ging weiter. Die Melodie war ein trauriges Klagelied.

Er spähte durch die Tür in ihre Kammer. Manuela stand mit dem Rücken zu ihm, vollkommen nackt, auf einem Stuhl. Sie hatte die Hände um die Gitterstäbe des einzigen Fensterchens hoch oben in der Wand gelegt, und schaute hinaus. Ihre Haut war dunkel, ihr Körper makellos, man hätte ihn anstarren mögen, bis einem die Augen aus dem Kopf fielen.

Was betrachtet sie?, fragte sich der Marchese und begriff.

Durch das Fensterchen sah man in der Ferne das Meer von Vigata.

Nein, mit dieser Kleinen konnte er nicht unter einem Dach bleiben, beschloss er, als er in das Arbeitszimmer zurückgekehrt war. Es war unvorsichtig, ja sogar gefährlich, vor allem, weil der Anblick ihres nackten Körpers ein so starkes Begehren in ihm erregt hatte, dass er schwitzte und zitterte, als wäre es das erste Mal in seinem Leben.

Und ihm wurde außerdem bewusst, dass er, wenn er dieses Begehren hätte befriedigen können, was gewiss nicht schwierig sein würde, die Regel verletzt hätte, die er sich selbst gegeben hatte: niemals mit einer unverheirateten Frau. Die obendrein sein Hausmädchen war.

Womöglich würde es ihm ergehen wie Baron Tumminia, der sich mit der Dienerin eingelassen und einen Sohn von ihr hatte, der, als er erwachsen war, bei den Gerichtsbehörden einen so großen Aufstand gemacht hatte, dass der Baron ihn als rechtmäßiges Kind hatte anerkennen müssen. Darum nahm er gegen sieben Uhr, als er vermutete, dass Manuela im Speisezimmer den Tisch deckte, all seinen Mut zusammen und ging hinein.

Die Kleine hob die Augen. «Braucht Ihr etwas?», fragte sie.

«Nein, ich möchte mit dir sprechen.»

«Wollt Ihr heute Abend etwas Bestimmtes essen?»

«Es geht nicht ums Essen, es geht um dich.»

«Um mich?» Manuela riss überrascht die Augen auf.

Als er in diese Augen blickte, war dem Marchese, als stürzte er in einen violetten Abgrund. Ein leichter Schwindel packte ihn. Er musste sich setzen.

Augenblicklich wurden ihm zwei Dinge bewusst, das erste war, dass er sie nicht mehr wegschicken konnte, und das zweite war, dass Manuela die Nacht nicht im Palazzo verbringen durfte. Oder besser, dass er die Nacht nicht in seinem Palazzo verbringen durfte.

«Ich wollte dir sagen, dass ich heute Nacht nicht hier schlafe. Ich fahre in mein Haus in Vigata.»

«Ich weiß, wo das ist.»

«Und wenn du Angst hast, allein zu bleiben, kannst du zu dir nach Hause gehen.»

«Ich habe vor nichts Angst.»

«Wie du willst», sagte der Marchese.

Er kehrte in sein Arbeitszimmer zurück, von der Anstrengung des Sprechens zu Tode erschöpft.

Gegen acht Uhr, er hatte drei Zigarren hintereinander geraucht, während er am Fenster stand und beobachtete, wie der Abend in die Nacht überging, klopfte Manuela an die Tür.

«Es ist serviert.»

Sie hatte nur für eine Person gedeckt. Er setzte sich. Die Kleine erschien, stellte einen Teller Suppe vor ihn hin und wollte wieder hinausgehen.

«Warte.»

Manuela drehte sich um. Er bemerkte, dass sie den Riss unter der Achsel notdürftig geflickt hatte.

Plötzlich fiel ihm ein, wie er sich von ihr befreien konnte. «Bleib stehen, wo du bist», befahl er. «Du sollst so bewegungslos dastehen wie eine Statue.»

Sie gehorchte, ohne Verwunderung zu zeigen. Er aß absichtlich langsam und brauchte gut zwanzig Minuten, um den Teller leer zu essen. Bei den letzten Löffeln war die Suppe kalt.

«Nimm den Teller und bring mir den zweiten Gang», befahl er unfreundlich.

Sie ging, kehrte zurück und servierte ihm einen Hühnerschenkel. Dann stellte sie sich an dieselbe Stelle wie zuvor und sah ihm beim Essen zu.

«Jetzt knie nieder.»

Ohne ein Wort kniete Manuela nieder.

Als er gegessen hatte, sagte er: «Ich fahre jetzt.»

Er ging aus dem Zimmer, ohne sich zu verabschieden.

Mit der Kutsche brauchte er eine Dreiviertelstunde bis nach Vigata. Während der Fahrt bekam er schlechte Laune. In dem Städtchen, das er nur gelegentlich besuchte, erwartete ihn zwar alles, was er brauchte, ein schon gemachtes Bett, Unterwäsche zum Wechseln und ein Anzug, doch welchen Sinn hatte es gehabt, aus seinem Palazzo zu fliehen? Es war ein Fehler gewesen, er hätte besser daran getan, zu bleiben und sich gegenüber Manuela immer ekelhafter und anmaßender zu verhalten, bis es unerträglich für sie wurde, in seinen Diensten zu stehen.

Das Haus in Vigata war eine dreistöckige Villa, recht einsam, direkt über dem Meer gelegen.

Es war ein wunderschöner Abend. Der Marchese stellte sich einen Stuhl auf den Balkon im ersten Stock, setzte sich und betrachtete das von der Mondsichel erleuchtete Meer. Doch es half alles nichts. Statt der Wellen, die sich, mit schimmernden Kämmen besetzt, am Strand brachen, sah er Manuelas nackten Körper aus dem Wasser auftauchen.

Irgendwann fiel ihm, ohne dass er es bemerkte, der Kopf auf die Brust, er war eingeschlafen.

Steif vor Kälte erwachte er, als es tagte. Am Strand war keine Menschenseele zu sehen. Doch da stieg ein Mensch aus dem Meer. Er glaubte, noch immer zu träumen.

Es war Manuela.

Sie war nicht nackt, doch das Kleid, das sie trug, klebte an ihrer Haut, und das war noch schlimmer, als wenn sie nackt gewesen wäre.

Der Marchese erhob sich ruckartig, warf den Kopf zurück und brach in ein Wolfsgeheul aus. Dann rannte er nach unten, um ihr zu öffnen.

Sie roch nach Meer, doch in ihren Haaren hing noch ein leichter Geruch nach Wildkaninchen, den einzuatmen er nie müde werden würde.

«Warum bist du gekommen?»

«Um Euch das geschlagene Ei zu bringen, das hat mir zù Arazio geraten, aber gestern hatte ich es vergessen.»

«Mach es mir sofort.»

Sie ging in die Küche, kam mit einer Tasse zurück und begann, das Ei zu schlagen. «Ich habe zwei reingetan», sagte sie lachend.

Entzückt betrachtete er ihre Brüste, die beim Rühren leicht zitterten. Mit großem Behagen aß er die cremige, weißgeschlagene Masse. Als er fertig war, nahm sie ihm die Tasse ab, streckte die Zunge heraus und leckte die Tasse sauber. Dann drehte sie ihm den Rücken zu, um die Tasse auf die Anrichte zu stellen. Der Marchese umfasste ihre Hüften.

«Oha, das wirkt ja sofort bei Euch!», lachte Manuela.

«Wie bist du von Montelusa hergekommen?»

«Zu Fuß. Aber es war nicht nur, um Euch das Ei zu bringen.»

«Gab es noch einen Grund?»

«Jawohl, Signore. Ich hatte Angst, Vossia würde nicht wiederkommen.»

«Warum sollte ich denn nicht wiederkommen?»

«Ich habe doch etwas Unrechtes getan ...»

«Was hast du Unrechtes getan?»

«Ich weiß es nicht.»

«Und warum glaubst du dann, du hättest etwas Unrechtes getan?»

«Weil Vossia mich bestraft habt, ich musste mich ja hinknien.» Sie lachte, ihr Gesicht an seiner Brust verbergend.

«Was gibt es da zu lachen?»

«Ich dachte an etwas.»

«Sag es mir.»

«Vor drei Jahren hatte ich einen Verlobten, der mich bestraft hat.»

«Ließ er dich niederknien?»

«Nein, Signore, ich musste den Hintern vorstrecken, dann nahm er einen Teppichklopfer und schlug mich.»

«Hast du dich nicht gewehrt?»

«Nein, Signore.»

«Warum nicht?»

«Ein bisschen hat es mir gefallen.»

«Hast du jetzt auch einen Verlobten?»

Manuela lachte. «Einen?»

Der Marchese staunte.

«Du hast mehr als einen?»

«Wenn ich Lust habe, nehme ich mir einen.»

«Und wie lange dauert diese Verlobung?»

«Je nachdem. Wenn er mir gefällt, sogar eine Woche.»

«Und wenn du in dieser Woche jemanden siehst, der dir auch gefällt, was machst du dann?»

Sie lachte wieder. «Ich behalte sie beide.»

Der Marchese hielt es für das Beste, sie nicht weitersprechen zu lassen. Er biss ihr in die Lippe.

Eine Stunde später war sie bereit zum Ausgehen.

«Ich gehe einkaufen. Es ist Markttag. Braucht Vossia etwas?»

Der Marchese erhob sich aus dem Bett, nahm seine Brieftasche vom Nachttisch und gab ihr ein wenig Geld.

«Das ist viel», sagte Manuela.

«Kauf dir einen Rock und eine Bluse für dich auf dem Markt, und alles, was du noch brauchst, Unterhosen, Büstenhalter …»

«Ich trage keine Unterhosen und keinen Büstenhalter.»

«Hast du ein Paar Schuhe?»

«Nein, Signore.»

«Kauf sie dir.»
«Aber ich laufe gerne barfuß.»
«Kauf sie trotzdem. Du ziehst sie an, wenn ich es dir sage.»
«Leiht Ihr mir die Kutsche?»
«Kannst du sie lenken?»
«Jawohl, Signore.»
«In Ordnung. Ah, schließ die Fensterläden, ich schlafe ein Stündchen.»

Er fühlte sich vollkommen erschöpft. Manuela hatte ihm seine ganze Kraft genommen. Noch nie hatte er mit so etwas wie einem wilden Tier Liebe gemacht. Sofort sank er in einen tiefen, erholsamen Schlaf, wie er ihn seit Jahren nicht mehr erlebt hatte.

«Wacht auf, das Essen ist fertig.»

Mühsam öffnete er die Augen. Er hatte keine Lust, sich anzukleiden, und beschloss, in Unterhose zu speisen. Jetzt war es sowieso egal ... Er erfrischte sich nur ein wenig am Toilettentisch in seinem Zimmer.

Manuela hatte nur ein Gedeck aufgelegt. Als sie ihm den Teller brachte, sagte er: «Iss mit mir.»

Er sah, dass sie ihr altes Kleid trug. «Hast du dir Sachen zum Anziehen gekauft?»

«Jawohl, Signore.»
«Wenn wir mit dem Essen fertig sind, ziehst du sie an.»
«Jawohl. Auch die Schuhe?»
«Die nicht, wenn du nicht willst ... Heute Abend fahren wir nach Montelusa zurück.»

Sie ließ den Kopf hängen.
«Was hast du?»
«Es gefällt mir sehr gut hier.»
«Dann werden wir oft hierher zurückkommen.»

Nachdem sie gegessen hatte, stand Manuela auf. «Ich gehe in die Küche, die Teller abwaschen.»

«Nachher», sagte der Marchese.

Er stand auf, nahm sie bei der Hand und brachte sie in sein Schlafzimmer. Er konnte nicht genug von ihr bekommen.

Drei

Gegen fünf Uhr nachmittags wartete der Marchese, bis Manuela das Haus in Ordnung gebracht hatte, dann fuhren sie mit der Kutsche ab. Sie hatten Vigata gerade hinter sich gelassen, als Manuela fragte: «Vossia, könnt Ihr hier anhalten? Ich gehe meinen Bruder und seine Frau grüßen und komme sofort zurück.»

Sie stieg aus der Kutsche und lief auf ein Haus zu, das wie ein weißer Würfel auf dem Strand lag. Sie hatte die Bluse und den Rock angezogen, die sie auf dem Markt gekauft hatte, aber sie war immer noch barfuß.

Nach kaum fünf Minuten kam sie zurück. In der Hand hielt sie drei große Meerbarben, die mit einem Stück Schnur am Schwanz zusammengebunden waren.

«Mein Bruder ist noch beim Fischen. Meine Schwägerin sagt, dass es zù Arazio schlechter geht. Sie haben den Pfarrer geholt.»

«Wenn wir in Montelusa sind, zeigst du mir den Weg zu ihm, dann gehe ich ihn besuchen.»

Manuela blickte ihn erstaunt an. «Warum wollt Ihr ihn besuchen?»

«Manuè, Arazio kennt mich seit meiner Geburt!»

«Und da will Vossia ihn sterben sehen? Und könnt Ihr Euch vorstellen, was das für eine Aufregung gibt, wenn Ihr in unser Haus kommt? Lasst ihn in Frieden sterben.»

Vielleicht hatte sie recht, Gerolamo sagte nichts mehr. Er hatte nicht die Hauptstraße genommen, sondern eine Abkürzung, die mitten durch die Felder führte.

Auf der Hälfte der Strecke sagte sie: «Ich muss mal.»

Sie stieg ab, ging ein paar Schritte durch das Gras, dann hob sie ihren Rock und hockte sich hin. Kaum sah der Marchese das Rinnsal Pipi über den Boden fließen, überkam auch ihn das Bedürfnis. Er stieg aus der Kutsche, knöpfte seine Hose auf und stellte sich neben Manuela.

Als sie sah, wie die beiden Bächlein sich vereinigten und zu einem größeren wurden, fing Manuela an zu lachen. Auf einmal war sie wieder ein kleines Mädchen.

Immer noch lachend und auf dem Boden hockend, hob sie die Arme, ergriff die Hände des Marchese, streckte sich der Länge nach auf der Erde aus und zog ihn über sich. Sie biss ihn in den Mund, die Nase, ins Kinn. Sie war eine entfesselte Furie und fauchte durch die Nasenlöcher, wie wütende Katzen es tun.

Danach standen sie nicht gleich auf. Sie blieben auf dem Rücken liegen und betrachteten den Abendhimmel.

«Ich hab Hunger», sagte Manuela plötzlich.

«Gut, gehen wir. In zehn Minuten sind wir in Montelusa», sagte der Marchese und machte Anstalten, sich zu erheben.

«Nein, Signore, bleibt ruhig liegen. Wenn Vossia gestattet, esse ich eine von den Meerbarben.»

«Wie willst du sie kochen?»

«Warum soll ich sie kochen?»

Sie ging zur Kutsche und kam mit einer Meerbarbe in der Hand zurück. Dann legte sie sich wieder neben ihn, hielt den Fisch am Kopf in die Höhe und riss ihm mit einem Bissen den Schwanz ab, den sie weit von sich spuckte. Die Meerbarbe mit beiden Händen haltend, begann sie zu essen. In fünf Minuten hatte sie den Fisch aufgegessen. Die Gräte und den Kopf leckte sie ab, dann warf sie beides weg. Sie tat einen tiefen, glücklichen Seufzer.

Im Licht der Dämmerung sah der Marchese, dass ihr ein langer, roter Wurm aus dem Mund hing, es musste ein Teil der Innereien des Fisches sein, der ihr im Mund stecken geblieben war.

Da beugte er sich über sie und saugte ihr den Wurm aus dem Mund. Er hatte einen bitteren Geschmack, so ekelhaft, dass er sich fast übergeben hätte. Aber dieser Ekel steigerte nur seine Lust.

«Kommst du bei mir schlafen?»

«Nein, Signore.»

Der Marchese wunderte sich. «Warum nicht?»

«Weil wir nicht verheiratet sind.»

«Wenn wir aber doch alles getan haben, was verheiratete Leute tun!»

«Was hat das damit zu tun? Das sind Dinge, die ein Mann und eine Frau machen. Und wenn Ihr wollt, komme ich sofort mit Euch ins Bett. Aber zum Schlafen bleibe ich nicht, zusammen schlafen ist was für Eheleute.»

«Dann machen wir es so. Ich bin jetzt ein wenig müde, aber morgen früh gegen neun kommst du mich wecken und legst dich zu mir.»

«Jawohl. Soll ich Euch beim Ausziehen helfen?»

Manchmal hatte er keine Lust, sich auszuziehen und anzukleiden, dann ließ er sich von Arazio helfen. «Einverstanden.»

Er pflegte in Hemd und Unterhose zu schlafen, doch die Kleine zog sie ihm aus. «Soll ich Euch waschen?»

Der Marchese war völlig überrumpelt. «Bin ich ein kleiner Junge?»

«Wie Vossia wollen. Gute Nacht.»

«Warte.»

Die Vorstellung, sich von einer Frau waschen zu lassen, lockte ihn sehr, aber er konnte sich nicht entschließen, weil er sich ein bisschen schämte. «Na gut, wasch mich. Aber du musst dich auch ausziehen.»

Im Nu war sie nackt. «Setzt Euch neben den Waschtisch.»

Manuela beugte sich über die bis zum Rand mit Wasser gefüllte Schüssel und tauchte ihr Gesicht hinein. Tropfnass kam es wieder hervor. «Hebt den linken Arm.»

Er hob ihn, und sofort kroch Manuelas nasse Zunge zwischen seine Achselhaare und begann zu lecken. Ihre Zunge war ein bisschen rauh wie die eines Hundes. Wenn sie trocken wurde, tauchte Manuela das Gesicht wieder in die Waschschüssel.

So wusch sie ihn sorgfältig Zentimeter für Zentimeter, und für den Marchese war es eine Art Liebestortur, die fast eine Stunde dauerte. Und der Ausgang war unvermeidlich.

Als Manuela in ihre Kammer unter dem Dach schlafen ging, blieb der Marchese, obwohl ihm die Müdigkeit bleischwer in den Knochen steckte, noch lange wach. Wenn Arazio starb, was wahrscheinlich war, würde Manuela natürlich die Stelle des alten Dieners einnehmen und für immer bei ihm bleiben. Einerseits freute er sich darüber, weil ihm noch keine Frau so unter die Haut gegangen war wie Manuela, andererseits machte es ihm Angst. Wenn er die Kleine nicht vor den Augen hatte, brachte der Gedanke an sie seinen Puls zum Rasen, war sie aber in seiner Nähe, konnte er nicht widerstehen, er musste sie umarmen und Liebe mit ihr machen. Aber zwischen ihnen lagen fast dreißig Jahre Altersunterschied zu seinen Ungunsten. Wie lange würden seine Kräfte diesem Wirbelsturm Manuela standhalten? Als Erstes, so beschloss er, würde er es so einrichten, dass er und das Mädchen wenigstens tagsüber keine Gelegenheit fanden, miteinander allein zu sein. Aber wie? Zum Beispiel, indem er auf die Jagd ging, wozu es ihn ohnehin gelüstete, weil er schon seit langem keinen Schuss mehr abgegeben hatte. Er beschloss, so schnell wie möglich damit anzufangen, und sah auf die Uhr. Mitternacht, vier Stunden Schlaf würden ihm genügen.

Um schneller zu sein, nahm er das Pferd. Nach zwei Stunden Galopp kam er auf dem Bauernhof seines Lehensguts an, und der Bauer schien sich zu freuen, als er ihn sah.

«Wenn Voscenza gute Beute machen will, sollt Er hier in der Nähe jagen, im Wald von Cirasa. Dort sah ich Hasen, groß wie Hunde.»

Er ritt in den Wald hinein, als die Sonne schon hoch stand, und erkannte sofort, dass der Bauer die Wahrheit gesagt hatte. Im Wald schien eine wahre Hasenversammlung stattzufinden, nach allen Seiten sah er sie flüchten. Allein, er verfehlte alle Schüsse. Er konnte nicht gut zielen, weil sein Arm zitterte und er immer die nackte Manuela vor Augen hatte, die ihm das Gesicht mit der Zunge wusch. Er fühlte sich innerlich wie ausgeleert, und sein Atem ging schwer. Kurz vor Mittag gelang es ihm, ein Kaninchen zu schießen, so war seine Ehre gewahrt, und er konnte zum Bauernhof zurückkehren.

Dort fand er ein Dutzend Männer beim Essen vor.

«Möchte Er Platz nehmen?», fragte der Bauer.

Ihm fehlte die Kraft, sofort nach Montelusa zurückzureiten, er war zu müde. «Ja, danke.»

Der Bauer stutzte einen Augenblick, noch nie hatte der Marchese eine Einladung angenommen. Er überließ ihm seinen eigenen Platz am Tischende. Die Anwesenheit des Marchese machte die Männer verlegen, sie senkten die Köpfe über die Teller und fuhren schweigend fort, den Kapaun zu essen.

«Küss die Hand, Euer Ehren», sagte ein hübscher, eben zwanzigjähriger Junge, der den gebrauchten Teller, das Glas und das Besteck vor ihm wegräumte und durch ein sauberes Gedeck ersetzte. Er tat es mit den Gesten eines erfahrenen Hausdieners.

«Wer bist du?», fragte der Marchese.

«Ich bin Peppi, der Sohn vom Bauern.»

«Warum habe ich dich hier noch nie gesehen?»

«Weil ich sechs Jahre im Dienst von Marchese Jacono war.»

«Warum bist du nicht mehr dort?»

«Der Marchese hat mich belästigt.»

Es war allgemein bekannt, dass der Marchese hübsche junge

Burschen mochte. Da kam ihm eine Idee. «Willst du bei mir Dienst tun?»

Peppi war so überrascht, dass er nicht wusste, was er sagen sollte. Er befreite sich aus der Verlegenheit, indem er sagte: «Wartet, ich bringe Euch den Kapaun.»

Der so gut war, dass man sich die Finger danach lecken konnte.

«Hast du den gekocht?»

«Jawohl, Signore.»

«Was kannst du im Haushalt tun?»

«Alles.»

Als er nach Montelusa zurückkam, sah er Manuela, die über den Balkon gebeugt auf ihn wartete, und kaum hatte sie ihn erblickt, lief sie ihm entgegen. «Heilige Maria, was habe ich mir Sorgen gemacht!»

Er sagte nichts, nahm sie bei der Hand und brachte sie in sein Schlafzimmer. Er war so gierig auf sie, als hätte er sie einen Monat lang nicht gesehen. Hinterher sagte er ihr, dass morgen ein neuer Hausdiener kommen würde.

Manuelas Miene verdüsterte sich. «Und ich?»

«Du sorgst nur für mich. Du wirst so etwas wie eine halbe Hausherrin.»

Da fiel ihm plötzlich ein, dass er ja heiraten musste. Warum nicht?, dachte er. Und fuhr fort: «Und vielleicht wirst du eines Tages die Herrin über alles hier sein.»

«Was soll das heißen?», fragte die Kleine verwirrt.

«Dass ich dich möglicherweise zur Frau nehme.»

«Was sind das für Ideen? Vossia will sich einen Spaß machen», sagte Manuela lachend. Dann erklärte sie: «Aber wenn ich allein für Vossia sorgen soll, dann komme ich auch mit, wenn Ihr auf die Jagd geht.»

«Was willst du da tun?»

«Ich bin der Jagdhund. Seid Ihr mal auf dem Landgut von Fürst Granatelli jagen gegangen?»

Das Gut lag zwischen Vigata und Montereale, es begann am Strand und reichte bis fast an sein Lehen heran. «Nein, noch nie. Der Fürst ist ein missgünstiger Charakter.»

«Wenn Vossia möchte, kann ich Euch hineinlassen.»

«Wie denn?»

«Ich kenne den Wächter gut, er heißt Micheli.»

Die Vorstellung, dem Fürsten, diesem Mistkerl, eins auswischen zu können, war zu verlockend. «In ein paar Tagen gehen wir hin.»

«Wo bringen wir diesen Diener unter, den Ihr genommen habt?»

«In einem der Zimmer im oberen Stockwerk. Wenn dir das unangenehm ist, kannst du dir ein Zimmer im zweiten Stock nehmen, es gibt dort viele Schlafzimmer.»

«Warum soll mir das unangenehm sein? Nein, Signore, ich bleibe, wo ich bin.»

Vier

Eines Abends, fünf Tage zuvor hatte Peppi seinen Dienst angetreten, erschien Manuela dem Marchese verändert, während sie einander liebten. Sie war schweigsam, blickte finster drein und überließ ihm die Initiative. Sonst war sie es immer gewesen, die sich etwas Neues ausgedacht hatte. Ihr schien ein Gedanke im Kopf herumzugehen, der sie völlig beherrschte.

«Was ist los mit dir?»

«Nichts.»

«Nun rede schon.»

«Ich bin es leid.»

«Was?»

«Den ganzen Tag nichts zu tun.»

«Warum tust du nichts?»

«Weil Peppi nicht will. Er sagt, es ist seine Aufgabe, die Arbeit zu tun. Auch das geschlagene Ei am Morgen zuzubereiten. Er sagt, ich bin nicht das Hausmädchen, sondern die Geliebte von Vossia. Darum ist es, als wäre ich die Padrona.»

«Er hat nicht ganz unrecht. Ja, er könnte sogar vollkommen im Recht sein, wenn ich dich heirate.»

Sie richtete sich auf und sah ihn an, auf einen Arm gestützt. So verharrte sie lange, dann entschloss sie sich zu sprechen. «Vossia meint es ernst?»

«Ja.»

«Aber ich bin eine Dienerin, und Vossia ist ein Marchese!»

«Hör mal, vor zehn Minuten, als wir gevögelt haben, hast du dich da auch für eine Dienerin gehalten und mich für einen Marchese?»

«Nein, Signore.»

«Was waren wir dann?»

«Ein Mann und eine Frau.»

«Also, was sagst du jetzt?»

Sie schwieg eine Weile, dann zuckte sie mit den Achseln. «Wenn Vossia meint, na gut.»

Der Marchese umarmte sie fest. «Und wo wir jetzt Verlobte sind, schläfst du bei mir?»

«Nein, Signore, das ist was für Verheiratete, ich habe es Euch gesagt.»

«Dann machst du es so. Du nimmst deine Sachen und gehst in ein Zimmer im zweiten Stock, denn jetzt, wo du meine Verlobte bist, kannst du nicht mehr in der Nähe des Hausdieners schlafen.»

«In Ordnung.»

Als sie ihn verließ, schlief der Marchese sofort ein.

Nach zwei Stunden weckte ihn ein fürchterliches Gewitter.

Er stand auf und ging zum Fenster, das keine festen Läden hatte. Draußen wehte ein stürmischer Wind, Blitze fielen, es donnerte. Vor seinen Augen wurde ein Baum auf der Straße entwurzelt und fortgeweht. Da packte ihn ein sorgenvoller Gedanke. Seit Jahren hatte er sich nicht entschließen können, das Dach reparieren zu lassen. Sicher hatte der Wind einen Teil der Dachrinne abgerissen, und viel Wasser drang ein. Er zündete die Petroleumlampe an und ging hinauf ins Dachgeschoss. Schon auf dem Korridor sah er Wasserlachen am Boden. Die Tür des Zimmers, in dem Manuela geschlafen hatte, stand offen. Er ging hinein. Direkt über dem Bett war ein Loch im Dach, aus dem das Wasser in Strömen floss. Wie gut, dass er ihr gesagt hatte, sie solle in das Stockwerk darunter ziehen. Beim Hinausgehen bemerkte er, dass auch die Tür von Peppis Zimmer halb offen stand. Er spähte hinein. Hier regnete es nicht durchs Dach, aber das Bett war unbenutzt und Peppi nicht da. Da seine Kleider über einem Stuhl lagen, dachte der Marchese, er sei auf den Abort am Ende des Korridors gegangen. Er klopfte an die Tür. «Peppi, bist du da?»

Keine Antwort. Er öffnete. Der Abort war leer.

Und noch im selben Moment begriff er, wo Peppi war und mit wem. Er kehrte in sein Zimmer zurück.

Dort blieb er stehen, die Stirn an die Fensterscheibe gelegt, um nachzudenken. Er hörte, wie das Gewitter allmählich schwächer wurde, sich verzog und einem klaren, sonnigen Tag wich. Während es langsam heller wurde, konnte er auf der Piazza sehen, welch eine Verwüstung das Gewitter bei seinem raschen Durchzug hinterlassen hatte. Geborstene Bäume, umgestürzte Kutschen, überschwemmte Läden. Eine Katastrophe. Würde es auch für ihn so sein, wenn das Gewitter Manuela vorüber war? Vielleicht ja, aber er wusste nicht, was er dagegen tun konnte. Mittlerweile hatte sich sein Leben im Netz der Kleinen verfangen, und er ahnte, dass es ihm niemals gelingen würde, sich herauszuwinden.

Es war, als hätte sie ihn verhext, kein Augenblick verging, ohne dass er zwischen ihren Schenkeln liegen, den Geruch ihrer schweißbedeckten Haut riechen, sich den Rücken von ihren Katzenkrallen zerkratzen lassen wollte …

Als er begriffen hatte, dass Peppi bei ihr war, hatte er einen Moment lang nicht Zorn oder Enttäuschung verspürt, sondern ihm war, im Gegenteil, die Idee gekommen, zu den beiden zu laufen, Peppi beiseitezuschieben und zu vollenden, was der Junge begonnen hatte. War es möglich, dass Untreue die Lust steigerte?

Nein, Untreue war nicht das richtige Wort. Eine Katze, die sich unmittelbar nachdem sie von einem Kater bestiegen wurde, vom nächsten besteigen lässt, betrügt die den ersten? Was weiß das Tier von Dingen wie Treue oder Verrat? Zudem war Manuela ihm gegenüber ehrlich gewesen, beim ersten Besuch in Vigata hatte sie es ihm klar und deutlich gesagt.

Also blieb ihm nichts anderes übrig, als sie ständig zu bewachen und zu verhindern, dass sie mit anderen Männern zu tun bekam, die ihr gefallen konnten. Doch sie durfte diese Bewachung auf keinen Fall bemerken, sonst würde sie sicher weglaufen.

«Es ist ein so schöner Tag, was sagst du dazu, wenn wir sofort nach Vigata fahren und ein paar Tage bleiben?»

«Ja, ja!», rief Manuela und umarmte ihn.

«Sollen wir Peppi mitnehmen?» Das hatte er absichtlich gefragt.

«Nein, Signore, wozu brauchen wir ihn? Ich kümmere mich um alles.»

Er hatte recht gehabt, Peppi bedeutete ihr nichts, ein Kater wie jeder andere. «Schick ihn mir her.»

Er erklärte dem Hausdiener, dass er eine Woche fortbleiben würde, befahl ihm, die Kutsche anzuspannen, das Gepäck vorzubereiten und seinen Anzug mit den Jagdstiefeln einzupacken. Außerdem trug er ihm auf, das Dach reparieren zu lassen.

Als er ihn wegschicken wollte, sah er, dass Peppis Unterlippe geschwollen und verletzt war.

«Was hast du mit deiner Lippe gemacht?»

Peppi geriet in Verlegenheit. «Vielleicht habe ich mich im Schlaf gebissen.»

Eine halbe Stunde später erschien Manuela, zum Abfahren bereit, ein großes Bündel in der Hand.

«Was nimmst du in dem Bündel mit?»

«Sachen zum Essen, wir kommen zu spät in Vigata an, um noch einzukaufen.»

Sie sah, dass er die Doppelflinte über der Schulter trug. «Wollt Ihr auf dem Gut des Fürsten jagen?»

«Du selbst hast es mir vorgeschlagen. Wenn wir morgen früh hingehen können …»

«Dann muss ich Micheli, dem Wächter, Bescheid sagen.»

Nachdem sie gegessen hatten und der Marchese ihre Hand nahm, um mit sich mit ihr hinzulegen, sagte sie: «Macht es Vossia etwas aus, wenn ich jetzt nicht mit Euch komme? Ich möchte Micheli lieber sofort Bescheid sagen. Darf ich die Kutsche nehmen?»

Er legte sich schlafen, und als er die Augen aufschlug, war es nach fünf Uhr. Er rief nach Manuela, erhielt aber keine Antwort. Er ging auf den Balkon, aber auch am Strand oder im Meer sah er sie nicht. Für den Weg zum Landgut brauchte man knapp eine Stunde, und sie war seit vier Stunden fort. Um halb sieben begann er sich Sorgen zu machen, vielleicht war sie mit der Kutsche gestürzt. Doch er konnte nichts tun als warten und immer nervöser zu werden.

Manuela kam um kurz nach sieben.

«Warum hast du so lange gebraucht?»

«Micheli war nicht da, also habe ich mir gedacht, ich warte besser auf ihn.»

Der Marchese umfasste sie, küsste sie und begann, ihre Bluse aufzuknöpfen. Er wollte sich sofort von seiner Nervosität befreien und für ihre zu lange Abwesenheit entschädigen.

«Warum diese Eile?», sagte sie lachend und entwand sich ihm. «Ich gehe das Essen zubereiten, wir essen und danach machen wir, was Vossia möchte.»

«Jetzt dreh dich auf den Bauch.»

Sie gehorchte, und der Marchese sah, dass sie auf beiden Hinterbacken frische Kratzer hatte, die bluteten, sobald man sie berührte.

«Wie ist das passiert?»

«Ich hab beim Pinkeln das Gleichgewicht verloren und bin in einen Busch Christusdorn gefallen.»

Eine Stunde später fragte sie: «Wann müssen wir morgen früh aufstehen?»

«Um halb fünf.»

«Dann gehe ich jetzt schlafen.»

Sie stand auf und ging ins Nebenzimmer, wo sie sich ein Bett hergerichtet hatte.

Um sechs in der Frühe kamen sie am eisernen Gittertor des Landguts an.

«Micheli!», rief Manuela.

Micheli kam aus dem Häuschen, das gleich hinter dem Gitter stand, öffnete das Tor, und der Marchese fuhr mit der Kutsche hindurch. Micheli war in den Vierzigern, rothaarig, kräftig gebaut. Er blickte Manuela lange an und nahm seine Coppola ab.

«Lasst die Kutsche hier, Vossia, ich passe auf. Auf dem Gut gibt es große Tiere. Wildschweine. Der Fürst hat vor ein paar Jahren welche kommen lassen, und jetzt sind es viele. Habt Ihr die richtigen Patronen dabei?»

«Nein. Ich wusste nicht, dass …»

«Lasst mich Euer Gewehr sehen.»

Er untersuchte es und sagte, er habe die Patronen und könne ihm ein Dutzend geben.

Nach einer guten Stunde, in der er schon zwei Hasen geschossen hatte, bemerkte der Marchese plötzlich, dass Manuela nicht mehr in der Nähe war. Es hatte ihr großen Spaß gemacht, die getroffenen Tiere im Unterholz aufzuspüren und ihm zu bringen. Er rief lange nach ihr, bekam aber keine Antwort. Auf einmal wusste er, wo er sie finden würde. Es dauerte eine halbe Stunde, bis er bei Michelis Häuschen angekommen war. Er brauchte nicht hineinzugehen, denn durch das geöffnete Fenster hörte er Manuelas Fauchen einer angriffslustigen Katze, wie immer, wenn sie Liebe machte. Er drehte sich um und ging wieder jagen.

Gegen Mittag hörte er hinter einem dichten Gebüsch aus Kräutern das Grunzen von Wildschweinen. Er blieb stehen, nahm zwei seiner Patronen aus dem Gewehrlauf und ersetzte sie durch zwei der Patronen, die Micheli ihm gegeben hatte. Sie waren wahrscheinlich mit Schrotkugeln gefüllt. Er machte ein paar Schritte, doch dann hörte er ein Frauenlachen, das von oben kam. Er hob die Augen.

Manuela saß, vollkommen nackt, rittlings auf einem Ast.

«Komm runter.»

«Nein, Signore, kommt Ihr doch herauf und holt mich, wenn Ihr könnt.»

Er hätte es niemals geschafft, auf diesen Baum zu klettern, er war zu alt.

Sie wusste das und verspottete ihn. «Ihr könnt mich nicht holen? Oder habt Ihr Angst, Euer schlaffes weißes Fleisch zu verletzen?» Sie brach in schallendes Gelächter aus. Sicher hatte Micheli sie außer mit allem anderen auch noch mit Wein betrunken gemacht. «Na, worauf wartet Ihr noch?», fuhr Manuela fort. «Oder braucht Ihr vielleicht drei geschlagene Eier, um Euch zu stärken? Holt Ihr mich jetzt oder nicht?»

Und wieder lachte sie, den Kopf ganz weit zurückgeworfen. Als der Marchese das mit dem geschlagenen Ei hörte, packte ihn eine ebenso jähe wie eiskalte Wut. «Ich hole dich», sagte er ruhig.

Er zielte auf die Kehle, die sich ihm darbot, und schoss.

Manuela fiel wie ein Stein vom Ast.

VATER UNBEKANNT

Eins

Alfonso und Michela, die Eltern von Amalia Privitera, waren saisonale Feldarbeiter, das heißt, sie arbeiteten, wenn es Arbeit gab, und wenn sie nicht arbeiteten, lebten sie mehr von Luft und Liebe als von Brot.

Obwohl sie ein armseliges Leben führten, sparten sie sich auch noch das bisschen, was sie hatten, vom Munde ab, damit ihre einzige Tochter immer gutgekleidet mit saubergeflochtenen Zöpfen und Schuhen an den Füßen herumlief.

Beide waren fromme römisch-katholische Christen, kein Sonntag verging, ohne dass sie in der Kirche San Nicolò erschienen, um die heilige Messe zu hören.

Eines Sonntags, es war der dritte Dezember neunzehnhundertzehn, Amalia war sechs Jahre alt, rief der Pfarrer von San Nicolò, Padre Costantino, nach der Messe Alfonso und Michela zu sich in die Sakristei.

«Ich brauche eure Tochter Amalia», sagte der Pfarrer, während er die Paramente ablegte.

«Wollt Ihr sie als Hausmädchen?», fragte Michela hoffnungsvoll.

Wenn Amalia im Haushalt des Pfarrers arbeitete, würde sie jeden Tag zu essen haben.

«Nein. Aber ich muss sie von jetzt an bis zum sechsten Januar zur Verfügung haben.»

«Wozu braucht Ihr sie?»

«Ich möchte eine große lebende Krippe machen, nur aus Kindern.»

«Aber der heilige Josef war doch alt!», sagte Alfonso.

«Er bekommt einen falschen Bart.»

«Und wen soll meine Tochter spielen?»

«Die Muttergottes. Seht ihr denn nicht, wie schön sie ist?»

Alfonso und Michela wunderten sich sehr.

«Und da ihr in diesen Monaten keine Arbeit habt», fuhr der Pfarrer fort, «und euch stets neunundneunzig Centesimi zu einer Lira fehlen, gebe ich euch fünf Lire für eure Hilfe.»

Alfonso und Michela wären beinahe ohnmächtig umgefallen. Fünf Lire! Ein Vermögen!

Als Padre Costantino in der Nacht des vierundzwanzigsten Dezember das große Tuch fallen ließ, das die lebende Krippe verbarg, die neben dem Hochaltar aufgebaut worden war, ertönten aus der dichtgedrängten Menge in der Kirche laute Rufe der Bewunderung.

Wirklich, die Krippe war ein richtiges Kunstwerk. Die einzigen unechten Figuren waren der Ochs, der Esel und das Jesuskind. Die Tiere aus bemaltem Pappkarton waren nicht lebensgroß, sondern passend zur Größe der Kinder gemacht. Das Jesuskind war aus Wachs, aber das sah aus wie Fleisch.

Doch was alle am meisten erstaunte und vor Rührung verstummen ließ, war die Schönheit des kleinen blonden Mädchens, das die Maria spielte, ihre großen blauen Augen und ihr kleiner rosa Mund, und besonders beeindruckte die Zuschauer, wie sie das Jesuskind auf dem Stroh anblickte. Amalia war kein sechsjähriges Mädchen mehr, sondern eine richtige Mutter, die ihr neugeborenes Kind mit Freude, Liebe, Hingabe und einer leisen Trauer anblickte, wegen dem, was ihn im Leben erwartete.

In dieser denkwürdigen Nacht geschah es, dass Don Americo Mastrogiovanni, ein gewissenloser Mann, mit dem verglichen ein hungriger Wolf ein Paradiesengel war, ein Gauner, der Geld zu Wucherzinsen verlieh und ein gutes Dutzend Familien in Vigata erbarmungslos in den Ruin getrieben hatte, plötzlich zu weinen anfing und sich mit der Faust auf die Brust schlug. «Ich bereue alles, heilige Muttergottes! Ich knie vor dir nieder und flehe dich von ganzem Herzen an! Ich bitte dich um Vergebung für alles Böse, was ich den armen Leuten angetan habe! Vergib mir!»

Und mit diesen Worten holte er ein dickes Bündel Geldscheine aus seiner Tasche und warf es Amalia zu Füßen.

Nach ihm drängte sich Signora Maddalena Schillaci nach vorn, rund wie eine Tonne und so schwer mit Ketten, Armreifen und Ringen behängt, dass sie aussah wie ein Mittelding zwischen der Madonna von Pompeij und einem Weihnachtsbaum. Ihr Gesicht war nass von Tränen. «Ich habe meine Schwester Pasqualina um ihren Erbteil betrogen! Vergib mir, heilige Muttergottes!»

Sie entledigte sich zweier kostbarer Halsketten und warf sie Amalia zu.

Padre Costantino, der ein ernster, strenger Pfarrer war, missfiel diese Zurschaustellung von religiösem Fanatismus. Er stellte sich vor die Krippe, hob die Arme und rief mit lauter Stimme: «Genug! Hört auf! Betet still!»

Nichts zu machen.

'Ntonio Sciacchitano, zwei Meter groß und ebenso breit, stieß ihn mit einer Handbewegung zur Seite und begann, der Madonna seine Sünden zu beichten.

Um es kurz zu machen, als Padre Costantino am siebten Januar alle Kinder, die die Krippe gebildet hatten, wieder nach Hause schickte, stellte sich heraus, dass Amalia viertausenddreihundert Lire verdient hatte, nicht mitgerechnet die vier Halsketten aus Edelsteinen, sechs Ringe und acht Armreifen von unschätzbarem Wert.

Padre Costantino behielt nur dreihundert Lire für sich. Zweihundert verteilte er an die Kinder und für hundert ließ er das Dach der Kirche erneuern.

Dank Amalia, die im Ort von nun an die kleine Madonna genannt wurde, waren Alfonso und Michela von einem Tag auf den anderen wohlhabend geworden. Da sie vernünftige Menschen waren, die keine Flausen im Kopf hatten, kauften sie sich ein Häuschen mit zehn Hektar Land und brachten den Rest des Geldes zusammen mit den kostbaren Schmuckstücken auf die Bank.

Jetzt arbeiteten sie auf ihrem eigenen Land, verkauften Bohnen, Mandeln, Obst und Gemüse und mussten sich nicht mehr um ihre eigene und Amalias Zukunft sorgen.

Im darauffolgenden Jahr am Morgen des zwanzigsten November, es regnete ununterbrochen seit zwei Wochen, brach der halbe Berg des Omomorto ab und stürzte genau in dem Moment auf den darunterliegenden Pfad, als Alfonso und Michela mit ihrem Karren dort vorbeigingen.

Amalia hatte nicht aus dem Haus gehen können, weil sie seit ein paar Tagen leichtes Fieber hatte, und das rettete ihr das Leben.

Das Vormundschaftsgericht von Montelusa entschied, dass die Kleine in die Obhut ihrer Großmutter Nunziata, der Mutter von Alfonso, gegeben werden sollte, und da Nunziata Analphabetin war, wurde ihr dreißigjähriger Sohn Duardo, Alfonsos jüngerer Bruder, zu Amalias Vormund bestimmt.

Das Gericht wusste offenbar nicht, dass man Duardo nichts weniger anvertrauen konnte als die Wahrung der Interessen eines anderen Menschen. Ebenso gut konnte man von einem Vogel verlangen, nicht zu fliegen, oder von einem Menschen, nicht zu atmen. Duardo war ein verkommener Hurenbock, ein Taugenichts und Habenichts, der in seinem ganzen Leben noch keinen Finger bei irgendeiner Arbeit gerührt hatte und sogar dem Laster des Glücksspiels frönte. Und obendrein verlor er immer.

Woher er das Geld nahm, um immer weiter zu spielen und zu verlieren, konnte sich keiner im Ort erklären, da seine Mutter nur vom Verkauf der Eier ihrer zwanzig Hühner lebte, und er seiner Mutter auf der Tasche lag. Böse Zungen behaupteten, er erpresse Marchesa Onorato, die vor zehn Jahren den Fehler begangen hatte, einmal mit ihm ins Bett zu gehen.

Als Erstes zog Duardo mit seiner Mutter und der Kleinen in das Haus um, das Alfonso gekauft hatte, damit seine Mutter Nunziata sich um die Ländereien kümmern konnte. Er selbst kaufte sich eine Kutsche für seine Fahrten nach Vigata und zurück.

Je mehr Amalia heranwuchs, desto schöner wurde sie.

Obwohl die harte Feldarbeit jedem den Rücken und die Arme kaputtmachte, trug Amalia nicht nur keinen Schaden an Armen, Beinen und Händen davon, ihr Körper wurde auch von Tag zu Tag wohlgestalter. Und ihre Haut blieb trotz der Sonne, der sie fortwährend ausgesetzt war, weich und blass.

Drei Tage, nachdem Amalia fünfzehn Jahre alt geworden war, starb die Großmutter, als sie gerade im Garten den Kohl erntete.

Duardo, der das Mädchen schon seit einiger Zeit anstarrte, dass die Augen ihm schier aus dem Kopf treten wollten, kam eine Woche später nachts in ihr Bett und tat, wie ihm beliebte.

Und weil ihm das sehr gefiel, ging er zum Schlafen nicht mehr in sein Zimmer.

Das Treiben des Mannes ließ Amalias Schenkel ein wenig runder und sie, wenn das überhaupt möglich war, noch begehrenswerter werden.

Da er seinen Honig inzwischen zu Hause fand, verbrachte Duardo nun nicht mehr die ganze Nacht beim Spielen, wie zuvor. Er kam immer wieder nach Hause zurück, manchmal erst im Morgengrauen, aber er kam.

Darum wunderte Amalia sich sehr, als ihr Onkel Duardo sich eines Nachts, sie war mittlerweile achtzehn, nicht blicken ließ.

Es war schon nach Mittag, als der Maresciallo der Carabinieri erschien, um ihr mitzuteilen, dass Duardo bei einem Streit in einer Spielhölle erschlagen worden war.

Weinend (heilige Muttergottes, wie schön sie war, wenn sie weinte, sie glich der Mater Dolorosa aufs Haar!) ging Amalia zur Bank, um zu fragen, wie sie das nötige Geld für die Beerdigung bekommen konnte.

Dort erklärte ihr der Kassierer Benedetto Lodato vorsichtig, dass sie nicht nur keinen Centesimo mehr auf der Bank hatte, sondern dass Duardo auch noch die Juwelen zu Geld gemacht hatte. Er hatte alles beim Spielen verloren.

Aber der Kassierer hatte eine noch schlimmere Nachricht. Nämlich, dass Duardo sich von ihm privat tausend Lire geliehen und als Garantie das Haus und die zehn Hektar Land angeboten hatte.

Amalia, die im Glauben, wohlhabend zu sein, in die Bank hineingegangen war, kam eine halbe Stunde später bettelarm und verzweifelt heraus.

Duardos Begräbnis dritter Klasse, die der Hungerleider, wurde aus der Gemeindekasse bezahlt. Der einzige Mensch, der hinter dem Sarg herging, war Amalia.

Doch der Anblick rührte den ganzen Ort zu Tränen. Denn Amalia war das Ebenbild der Madonna mit den Sieben Schwertern, die ihr das Herz durchbohren.

Am Nachmittag des übernächsten Tages, es war ein Samstag, kam der Kassierer Lodato zu ihr. Benedetto Lodato war damals fünfunddreißig, blond, ein Mann mit erlesenen Manieren, stets elegant gekleidet, mit goldener Brille. Er war mit einer Frau aus Vigata verheiratet, die eine große Mitgift in die Ehe gebracht hatte, und die beiden hatten einen zehnjährigen Jungen.

Als sie ihn erblickte, wurde Amalia blass vor Schreck. Er war ganz sicher gekommen, um sich, wie es recht und billig war, das Haus und das Land zu nehmen, da sie ihm die tausend Lire, die sie ihm schuldete, nie und nimmer würde geben können.

Seit zwei Nächten schlief sie nicht, der Gedanke an das bevorstehende Elend quälte sie, doch als der Kassierer sie erblickte, zitterten ihm die Beine. Denn der Kummer, die Verzweiflung und die Angst ließen dieses Mädchen nur noch schöner werden.

Auch Amalia begann zu zittern.

«Beruhigt Euch bitte, habt keine Angst», sagte Benedetto, «nur gegen den Tod gibt es kein Mittel.»

«Wann muss ich das Haus verlassen?», fragte Amalia, während die Tränen ihr über die Wangen liefen.

«Darf ich mich setzen?», fragte Benedetto, da seine Beine ihm nicht mehr gehorchten.

«Gewiss!», sagte Amalia und setzte sich ebenfalls.

Der Kassierer zog ein viermal zusammengefaltetes Blatt Papier mit Stempel aus seiner Tasche, faltete es auseinander und glättete es. «Könnt Ihr lesen?»

«Ja», antwortete Amalia, die die fünfjährige Grundschule besucht hatte.

«Dann lest», sagte Benedetto, ihr das Blatt reichend.

«Sagt mir, worum es sich handelt», bat Amalia. «Ich vertraue Euch.»

«Das ist die private, schriftliche Vereinbarung, mit der Euer Onkel mir das Haus und das Land überschreibt, falls er die von mir geliehenen tausend Lire nicht zurückzahlen kann.»

«Gleich morgen überlasse ich Euch alles», sagte Amalia.

Der Kassierer blickte sie lange schweigend an. Amalia spürte, dass sie rot wurde. Warum sah dieser Mann sie so an? Die Augen des Kassierers schienen durch ihre Kleider zu dringen und ihren Körper Zentimeter für Zentimeter abzutasten. Dann schluckte Benedetto trocken und fragte: «Könnte ich ein bisschen frisches Wasser haben, bitte?»

Amalia ging nach draußen, um das Fässchen zu holen, das im Brunnen hing, damit das Wasser kühl blieb, kehrte ins Haus zurück, goss ein Glas voll und gab es dem Kassierer. Auch sie trank ein Glas Wasser, ihre Kehle war trocken.

«Ich muss Euch daran erinnern, dass Schulden bezahlt werden», sagte Benedetto mit strenger Miene.

«Ich will sie ja bezahlen», erklärte Amalia bestimmt, «ich habe Euch schon gesagt und wiederhole es, dass schon ab morgen früh ...»

Benedetto unterbrach sie, indem er eine Hand hob. «Ihr könnt mich auch in Raten bezahlen.»

«Wisst Ihr, wie viel Zeit es braucht, bis ich tausend Lire zusammenhabe?»

«Seid Ihr sicher, dass Ihr kein Geld im Haus habt?»

Amalia schüttelte den Kopf.

«Ganz sicher?», beharrte Benedetto.

Trotz ihrer Verzweiflung musste Amalia lächeln. «Ihr scherzt wohl?»

«Mir ist nicht nach Scherzen zumute», sagte der Kassierer todernst. «Doch vielleicht sollte ich mich lieber vergewissern, dass Ihr wirklich kein Geld im Haus habt.»

Bevor Amalia ein Wort sagen konnte, öffnete Benedetto die Schublade des Küchentischs, an dem sie saßen, und schaute hinein. «Seht her!», rief er mit überraschter Miene. «Warum habt Ihr mich beschwindelt?»

Vor Amalias weit aufgerissenen Augen zog er ein Bündel mit zehn Hunderterscheinen aus der Schublade.

Bestimmt hat er sie dort hineingelegt, als ich nach draußen gegangen bin, um das Wasserfässchen zu holen, dachte Amalia. Aber warum hat er das getan? Auf einmal verstand sie.

«Zählen wir das Geld», sagte Benedetto.

Rasch zählte er das Geld, wie er es in der Bank tat. Dann steckte er sich die Scheine in die Tasche.

«Ihr habt all Eure Schulden bezahlt. Jetzt schuldet Ihr mir keinen Centesimo mehr», sagte er lächelnd. Er nahm das Blatt mit dem Stempel, riss es in Stücke, stand auf, ging zur Tür, warf die Schnipsel in die Luft und kam wieder herein.

«Auf Wiedersehen», sagte er, und wandte ihr den Rücken zu. Da spürte er, wie er von hinten energisch gepackt wurde. Er drehte sich um.

Und fand, ehe er's sich versah, Amalias Lippen auf seinen Mund gepresst.

An diesem Abend war es fast neun, als Benedetto Lodato nach Haus kam. Das war noch nie vorgekommen, darum traf er seine Frau in großer Sorge an.

«Was ist passiert?»

«Der Direktor wollte, dass ich ihm bei der wöchentlichen Bilanz helfe. Ich fürchte, von jetzt an werde ich jeden Samstag spät heimkommen.»

Nach ein paar Monaten gelangte Amalia zu der Erkenntnis, dass ihre Lage doch nicht so vorteilhaft war, wie es schien. Der Boden gab ihr zu essen, doch das Geld reichte nicht, um sich ein neues Kleid oder ein Paar Schuhe kaufen zu können.

Und jeden Samstag schämte sie sich, wenn sie sich vor Benedetto auszog und der zerschlissene Unterrock oder ihre durchlöcherte Unterhose zum Vorschein kamen.

Andererseits hatte Benedetto getan, was er tun musste, und sie wollte ihn nicht um noch mehr Geld bitten.

Eines Montags brach plötzlich ein furchtbares Gewitter los, und Amalia beschloss, an diesem Tag lieber nicht in den Ort zu gehen, um ihre Waren zu verkaufen. Außerdem war es kalt, also machte sie das Feuer an.

Plötzlich hörte sie, wie heftig an die Tür geklopft wurde, und eine Stimme rief: «Macht auf!»

Sie ging aufmachen, und drei vollkommen durchnässte Männer mit zwei Hunden drängten herein. Die Männer trugen Jagdgewehre.

«Bitte entschuldigt die Störung», sagte einer der drei, «aber dieses verdammte Gewitter hat uns überrascht, und wir fanden keinen Unterschlupf …»

Amalia erkannte ihn sofort. Es war Dottore Pirrotta, der Amtsarzt. «Setzt Euch ans Feuer», sagte Amalia.

Dankbar setzten sich die drei.

«Möchtet Ihr ein Glas Wein?»

«Wenn es Euch keine Umstände macht …»

Dann stellten die anderen beiden Jäger sich vor. Einer war Don Umberto Sparma, ehemals Barbier, der jetzt alle vier Frisiersalons von Vigata und einen Laden für Parfüm besaß, der andere war Don Filiberto Micciché, Besitzer eines guten Dutzends Fischerboote.

Nach einer Stunde klarte der Himmel auf, und die drei zogen ihrer Wege.

Am Morgen des nächsten Tages fühlte Amalia sich nicht wohl, vielleicht hatte sie sich bei dem gestrigen Gewitter erkältet. Das Beste war, zu Hause zu bleiben und auszuruhen.

Der Vormittag war halb vorüber, da stand plötzlich Don Umberto Sparma vor ihr.

«Warum seid Ihr heute nicht auf den Markt gegangen? Ich hatte am Ortsausgang auf Euch gewartet.»

«Mir war, als hätte ich Fieber. Warum habt Ihr auf mich gewartet?»

«Ich will mit Euch sprechen.»

«So sprecht.»

«Bietet Ihr mir erst ein Glas Wein an?»

Amalia bot es ihm an.

Don Umberto sprach eine halbe Stunde lang ohne Pause. Und er war überzeugend.

Am Nachmittag desselben Tages kam Dottore Pirrotta. «Mein Freund Sparma sagte mir, Ihr fühlt Euch nicht wohl. Zieht Euch aus, ich werde Euch untersuchen.»

Der Dottore war in der ehrlichen Absicht gekommen, seinem Beruf als Arzt nachzugehen, doch als er Amalia halbnackt vor sich stehen sah, fiel es ihm sehr schwer, nur ein Arzt zu sein. Er horchte sie lange vorne und hinten ab, das Ohr an das Fleisch der jungen Frau gepresst, das nach Lilien duftete. Wonach hätte es auch sonst duften sollen? Nannte man sie nicht die kleine Madonna?

«Wie viel schulde ich Ihnen für die Untersuchung?», fragte Amalia, als er fertig war.

«Nichts. Kann ich Euch fünf Minuten sprechen?», fragte Pirrotta keuchend wie ein Blasebalg.

«Sprecht.»

Dottore Pirrotta sprach eine Viertelstunde lang. Und überzeugte.

Der Dritte und Letzte, der erschien, war Don Filiberto Micciché. Auch er sprach zwanzig Minuten lang. Und konnte ebenfalls überzeugen.

Um es kurz zu machen, folgende Vereinbarungen wurden getroffen. Don Umberto Spada würde am Montagnachmittag kommen, da an dem Tag die Frisiersalons geschlossen blieben; Dottore Pirrotta am Dienstagabend, da er als Arzt nachts außer Haus bleiben konnte; der Donnerstag würde nach dem Essen durch Don Filiberto Micciché belegt sein, und der Samstagnachmittag gehörte bis zum Abend dem Kassierer Benedetto Lodato.

Jetzt brauchte Amalia sich nicht mehr wegen neuer Kleider und Schuhe zu sorgen. Im Gegenteil, sie konnte das verdiente Geld auf Benedettos Bank bringen, der zum Glück ein verschwiegener Mensch war.

Und sie musste nicht mehr in aller Herrgottsfrühe aufstehen, um ihre Waren auf dem Markt von Vigata zu verkaufen. Sie behielt nur den kleinen Garten, weil sie gerne frisches Obst und Gemüse aß und weil sie etwas anbieten wollte, wenn einer ihrer Freunde zum Essen bei ihr blieb.

Eines Morgens, als sie vor ihrer Haustür ein Sonnenbad nahm, sah sie zwei Schmetterlinge, die einander im Flug verfolgten. Besser: einer wurde vom anderen verfolgt. Und der Verfolgte ließ den anderen an sich herankommen, indem er langsamer flog, doch kurz bevor er erwischt werden konnte, wich er plötzlich zur Seite aus und vollführte einen Halbkreis, der ihn an den Ausgangspunkt zurückbrachte.

Dann setzte der verfolgte Schmetterling sich auf Amalias Bein. Er ergab sich, vielleicht aus Müdigkeit, vielleicht weil es ihm jetzt so gefiel. Sofort war der andere Schmetterling zur Stelle und vereinigte sich mit ihm unter raschem, fröhlichem Flügelschwirren. Es dauerte nur wenige Sekunden, dann lösten die Schmetterlinge sich wieder voneinander und jeder flog allein weiter.

Da überfiel Amalia große Traurigkeit, und sie dachte darüber nach, dass sie zwar vier Männer, aber im Gegensatz zu dem Schmetterling keinen von ihnen selbst gewollt hatte. Die Männer hatten sie gewählt, und sie hatte eingewilligt, weil sie überzeugt war, dies sei ihr Schicksal. Hätte sie frei wählen können, sie hätte keinen der vier genommen.

Die Sonnenhitze machte sie schläfrig. Sie schloss die Augen und schlummerte ein.

Sie erwachte, weil sich plötzlich etwas zwischen sie und die Sonnenstrahlen gestellt hatte. Als sie die Augen aufschlug, sah sie einen Mann vor sich, doch weil er im Gegenlicht stand, erkannte sie ihn nicht.

«Wer seid Ihr?»

Der Mann lachte. «Hat Euch die Sonne geblendet? Ich bin's, Ninuzzo.»

Ninuzzo Gangitano war ein schmucker Junge von zwanzig Jahren, der als Tagelöhner auf den Feldern arbeitete. Amalia sah ihn oft vorübergehen, wenn er zur Arbeit ging und zurückkehrte.

«Was wollt Ihr?», fragte sie und erhob sich.

«Ich möchte mit Euch sprechen.»

«Kommt ins Haus.»

Ninuzzo trug nur eine Hose, Schuhe besaß er nicht.

Obwohl er oft Hunger leiden musste, hatte er starke Muskeln und ein herzerfrischendes Lächeln. Was für schöne Augen er hatte! Und wie er sich bewegte! Wie ein Kater.

«Ich bin gekommen, um Euch einen Vorschlag zu machen.»

«Sprecht.»

«Jedes Mal, wenn ich hier vorbeigehe und Euer schönes Land sehe, das verkommt, weil niemand sich drum kümmert, wird mir das Herz schwer. Es ist eine Todsünde, den Boden so brach liegen zu lassen.»

Er hatte recht.

«Wollt Ihr Euch darum kümmern?», fragte Amalia.

«Jawohl, Signora.»

«Und wie viel wollt Ihr dafür haben?»

«Ihr gebt mir, was Euer Herz will.»

«Einverstanden. Morgen früh fangt Ihr an.»

Ganze Vormittage lang beobachtete Amalia nun, wie Ninuzzo

arbeitete, den Boden pflügte, Unkraut jätete, Bäume beschnitt. Es gefiel ihr, den Schweiß zu sehen, der ihm über die mächtigen Schultern und die breite Brust floss. Sie hatten vereinbart, dass er nur vormittags arbeitete und sich an den Nachmittagen nicht blicken ließ.

Eines Mittwochs, das war Amalias freier Tag und die erste Arbeitswoche war beendet, sagte sie: «Bleibt zum Essen bei mir.»

Nach dem Essen gab sie ihm den Wochenlohn. Ihre Hände berührten sich. Das genügte, damit sie sich einen Augenblick später eng umarmt wiederfanden.

So wurde der Mittwoch zu Ninuzzos Tag. Doch es war etwas anderes als an den übrigen Tagen. Die beiden liebten sich.

Jeden Sonntag ging Amalia zur heiligen Messe. Padre Costantino war gestorben, und für ihn war Don Girlanno gekommen, ein vierzigjähriger Priester aus Montelusa mit glühenden Augen und einer Stimme wie Musik. Alle Frauen der Gemeinde waren in ihn verliebt, doch er beachtete sie nicht. Eines Sonntags nahm Padre Girlanno Amalia mit in die Sakristei und verschloss die Tür mit dem Schlüssel.

Dann kniete er vor ihr nieder, nahm ihre Hand und begann sie zu küssen. Dabei murmelte er: «Meine kleine Madonna! Wie schön du bist, meine kleine Madonna!»

«Ich mach keine schmutzigen Dinge mit einem Priester!», sagte Amalia empört.

«Aber ich will ja keine schmutzigen Dinge machen! Ich will Euch nur anbeten!»

«Wie denn?»

«Darf ich Euch einmal besuchen?»

«Sagen wir Freitagnachmittag», bestimmte Amalia.

Der Pfarrer erschien pünktlich mit einem Koffer in der Hand. Er gab ihn Amalia. «Geht in Euer Schlafzimmer. Zieht die Sachen an, die Ihr in dem Koffer findet.»

Zehn Minuten später tauchte Amalia wieder auf. Sie sah genauso aus wie die Statue der Muttergottes in der Kirche, der gleiche blaue Umhang, das gleiche lange Gewand. Langsam machte sie ein paar Schritte auf den Pfarrer zu, und als sie näher gekommen war, sah sie, dass er weinte.

Don Girlanno kniete mit gefalteten Händen nieder, dann warf er sich der Länge nach auf den Boden und näherte sich ihr auf dem Bauch kriechend, hob ihr Gewand ein wenig und begann ihre nackten Füße zu küssen.

Und so war Amalia jetzt auch freitags beschäftigt.

Drei

Drei Monate lang konnte Amalia verbergen, dass sie schwanger war.

Dann bemerkte die gesamte wöchentliche Männertruppe, dass ihr Bauch runder wurde, und so ließen sich Benedetto Lodato, Umberto Sparma, Dottore Pirrotta, Filiberto Miccichè und Padre Girlanno von einem Tag auf den anderen bei der Kleinen nicht mehr blicken.

Ja, auch Padre Girlanno, denn einmal hatte der Pfarrer sich mit dem Küssen der Füße nicht begnügt, sondern weitergeküsst und sich dabei mit dem Mund immer höher hinaufgearbeitet, worauf die Sache so ausgegangen war, wie sie ausgehen musste. Das hatte sich dann bei jedem nächsten Treffen wiederholt.

Alle waren geflohen, weil jeder fürchtete, Amalia würde ihn für die Schwangerschaft verantwortlich machen. Sparma, Pirrotta, Lodato, Miccichè und Padre Girlanno wussten nämlich einer nichts vom anderen, jeder glaubte, der Einzige zu sein, der in Amalias Bett stieg.

Der Kassierer hatte natürlich einen Verdacht, weil er so viel Geld in der Bank ankommen sah, wie Amalia niemals mit dem

Verkauf von Salat und Eiern hätte verdienen können, doch er zog es vor, sich nicht einzumischen.

Der Einzige, der die Wahrheit kannte, war natürlich Ninuzzo.

Amalia wollte sich im Ort nicht schwanger blicken lassen. Nur Ninuzzo blieb an ihrer Seite, erstens, weil er in Amalia verliebt war, und zweitens, weil sie ihm gesagt hatte, dass dieses Kind von ihm war, da gab es keinen Zweifel, Frauen spüren diese Dinge und irren sich nie.

Wenig fehlte bis zur Geburt des Kindes, da stürzte Ninuzzo eines traurigen Morgens, als er den leeren Brunnen ausbessern wollte, in den Schacht, schlug sich den Kopf auf und starb.

Verzweifelt schreiend, versuchte Amalia ihn zu retten und ließ sich am Seil hinunter. Doch das Seil trug ihr Gewicht nicht, und sie endete wie Ninuzzo.

Eine halbe Stunde später hörte ein Bauer, der gekommen war, weil er um ein wenig Wasser bitten wollte, das Weinen eines Kindes aus dem Brunnen.

Und weil niemand im Städtchen wusste, dass Amalia und Ninuzzo ein Paar gewesen waren, gab es zwei Beerdigungen. Bei der von Ninuzzo war kein Mensch, zu Amalias Begräbnis strömte der ganze Ort. Padre Girlanno konnte nicht zelebrieren, ein anderer Pfarrer musste ihn vertreten, er war ein gebrochener Mann, vor Schmerz wie von Sinnen, zitterte, weinte unaufhörlich und sagte immer wieder: «Eine Heilige! Eine Madonna war sie!»

Als der Ragioniere Scibetta das hörte, wandte er ein: «Und wer war der Vater des Kleinen? Der Heilige Geist?»

Das aufgebrachte Volk warf ihn aus der Kirche. Und alle fuhren fort, von Amalias guten Werken zu erzählen: «Immer wenn ich an ihrem Haus vorbeikam, gab sie mir ein Stück Brot und ein Glas Wein!», sagte ein armer Schlucker.

«Mir, der ich nichts zu essen hatte, gab sie manchmal ein frisches Ei!», sagte ein anderer.

Und ein Dritter: «Ich hatte meine Geldbörse verloren. Amalia ist mir im Traum erschienen und hat mir gesagt, wo ich sie finde!»

Das Kind, geboren am dritten August des Jahres neunzehnhundertsechsundzwanzig, wurde auf den Namen Benvenuto getauft und als Sohn von Amalia Privitera, Vater unbekannt, ins Einwohnerregister eingetragen.

Der Kassierer Lodato erklärte dem Gericht, dass die arme Amalia sehr viel Geld auf der Bank hatte, genug, um dem Jungen sogar ein Universitätsstudium zu ermöglichen. Und so wurde Benvenuto nach Palermo in eine staatliche Anstalt geschickt, die vermögende Waisenkinder aufnahm.

In Vigata hörte bis zum Jahr neunzehnhundertfünfzig niemand mehr etwas von ihm.

In diesem Jahr verwandelte der neue Bebauungsplan einen großen Teil jener Felder, welche dem Städtchen am nächsten lagen, von Ackerland in Bauland. Dazu gehörten auch die zehn Hektar, die einst in Amalias Besitz gewesen waren und die ihr Sohn geerbt hatte.

Micheli Spampinato, ein Mann, der Häuser baute und erkannte, dass hier ein gutes Geschäft zu machen war, setzte Himmel und Hölle in Bewegung, bis er herausgefunden hatte, dass Benvenuto Privitera seit seinem juristischen Examen als Praktikant in der Kanzlei des Anwalts Lopez in der Via Maqueda in Palermo arbeitete.

Eines schönen Morgens, es war ein Dienstag, kam Spampinato in die Kanzlei Lopez und sagte zum Pförtner, er wolle mit dem Anwalt Privitera sprechen. Er musste eine Weile warten, dann wurde er empfangen. Benvenuto war ein hübscher junger Mann, wohlerzogen und zurückhaltend.

«Womit kann ich Ihnen dienen?»

«Sie wissen, dass Sie Besitzer von zehn Hektar Land in Vigata mit dazugehörigem Bauernhaus sind?»

«Ja, ich weiß, man hat es mir mitgeteilt, als ich volljährig wurde. Man gab mir auch die Schlüssel zu dem Haus.»

«Sind Sie je nach Vigata gekommen, um Ihren Besitz zu sehen?»

«Nein. Ich hatte keinen Grund hinzufahren. Aber warum stellen Sie mir diese Fragen?»

«Weil ich Ihr Stück Land kaufen möchte.»

Spampinato erzählte ihm von dem Bebauungsplan. Dieser Boden und das Haus waren jetzt sehr viel mehr wert.

Benvenuto zeigte sich interessiert. Er sagte Spampinato, dass er am nächsten Samstagnachmittag mit dem Zug nach Vigata fahren werde.

Spampinato selbst holte ihn mit seinem Automobil am Bahnhof ab und brachte ihn auf das Grundstück. Als Benvenuto aus dem Auto stieg und das Häuschen sah, wunderte er sich sehr, dass es nach so vielen Jahren Leerstand noch immer völlig unversehrt war.

«Niemand hätte das Haus angerührt!», erklärte Spampinato. «Im Ort hatten alle großen Respekt vor Ihrer Mutter. Ich selbst habe vor einigen Jahren das Dach repariert, als eine Windhose es beschädigt hatte.»

«Warum?», fragte Benvenuto noch erstaunter. Und auch ein bisschen erleichtert. Immer hatte ein leiser Zweifel an ihm genagt, was seine Mutter betraf, da sie ihn mit einem Unbekannten gezeugt hatte, der nicht einmal ihr Ehemann gewesen war. Aus Angst vor bösen Überraschungen war er nie nach Vigata gefahren, um Blumen auf das Grab seiner Mutter zu legen.

Spampinato sah ihn verblüfft an. «Wissen Sie denn gar nichts über Ihre Mutter?»

«Nein.»

«Ich sage Ihnen nur eins: Sie war eine Heilige. Das Ebenbild der Madonna.»

Benvenuto wurde von einer Neugierde gepackt, wie er sie noch nie erlebt hatte. «Ich möchte mehr erfahren.»

«Lassen Sie es uns so machen. Erst einmal schauen Sie sich in Ruhe das Haus an, ich hole Sie in zwei Stunden wieder ab. Heute Abend kommen Sie zum Essen zu mir, und ich erzähle Ihnen von Ihrer Mutter. Gehen wir, ich helfe Ihnen, die Tür zu öffnen, das Schloss ist sicherlich verrostet.»

Es war sonderbar und geheimnisvoll, aber das Haus machte den Eindruck, als sei es höchstens vor drei Tagen verlassen worden. Als Benvenuto den Schrank im Schlafzimmer öffnete, meinte er einen schwachen Duft nach Lilien zu riechen. Konnte das immer noch der Duft seiner Mutter sein?

Ihn überkam Rührung. Die arme Frau, welch ein einsames Leben musste sie geführt haben! Denn so gründlich er sich auch umsah, er fand keine Spur von einem Mann.

Wenn sie so schön und so allein gewesen war, hatte vielleicht ein vorüberkommender Schurke ihr Vertrauen ausgenutzt und sie geschwängert.

Zum ersten Mal in seinem Leben nahm die Gestalt seiner Mutter, die bis jetzt undeutlich gewesen war, wie von Nebel umgeben, schärfere Konturen an, wurde gegenwärtig, körperlich.

Dann entdeckte er ein großes Foto, auf ein Stück Karton geklebt, wie es damals üblich war. Es zeigte Kinder, die eine lebende Krippe darstellten. Über dem Kopf des kleinen Mädchens, das die Muttergottes spielte, war mit Kopierstift ein Pfeil gezeichnet.

Er drehte die Fotografie um. Auf der Rückseite stand in Kinderschrift geschrieben:

Das bin ich, Amalia, mit sechs Jahren.

Er drehte sie wieder um und betrachtete sie genauer.

Gütiger Himmel, war sie schön! Zu Recht hatte man sie die Madonna genannt! Ohne sein Zutun füllten sich seine Augen plötzlich mit Tränen.

Hektisch suchte er überall nach weiteren Fotos, er fand nur eins. Auch hier war seine Mutter, eine junge Frau um die zwanzig von hinreißender Schönheit, als Madonna gekleidet.

Auf der Rückseite stand in der gleichen Handschrift wie auf dem anderen Foto:

Von Padre Girlanno gemacht.

Er suchte weiter, und ihm fiel ein kariertes Blatt Papier aus einem Heft in die Hand, auf dem etwas geschrieben stand. Er konnte es nicht lesen, seine Augen schwammen in Tränen.

Er nahm das Blatt und die beiden Fotografien und ging nach draußen, um auf Spampinato zu warten. Es dunkelte schon.

Nach dem Abendessen begleitete Spampinato ihn ins Hotel. Sie vereinbarten, sich am nächsten Morgen gegen elf Uhr im Café Castiglione zu treffen, denn Spampinato wollte Benvenuto in den Verein mitnehmen, damit er die wichtigsten Bürger der Stadt kennenlernte.

Während des Essens hatten der Bauherr und seine Frau über nichts anderes als über seine Mutter gesprochen, hatten von der Krippe erzählt, wo sie, als Muttergottes verkleidet, eine Reihe von Sündern auf den Weg der Reue gebracht hatte, von ihrer himmlischen Schönheit, ihrer Güte, ihrem Glauben.

In seinem Hotelzimmer holte er die Fotografien und die Seite aus dem Rechenheft hervor, legte sie auf den Tisch, setzte sich und versuchte, das Geschriebene auf dem Papier zu entziffern. Es stammte ganz sicher von seiner Mutter, denn die Schrift war dieselbe wie auf der Rückseite der Fotos.

Montag: Umberto Sparma
Dienstag: Dottore Pirrotta
Donnerstag: Filiberto Micciché

Freitag: Padre Girlanno
Samstag: Benedetto Lodato
Wenn der Mond scheint, ist an der Reihe, wer drankommt.

Das verstand er nicht. War es eine Liste der Stammkunden, denen seine Mutter Eier, Obst und Gemüse verkaufte? Warum war der Mittwoch dann nicht verzeichnet? Und was sollte der Satz über den Mond bedeuten?

Am nächsten Morgen um zehn Uhr besuchte er den Friedhof von Vigata.

«Können Sie mir sagen, wo das Grab von Amalia Privitera ist?», fragte er den Friedhofswärter.

«Wer seid Ihr?»

«Der Sohn.»

Der Wärter nahm sich zum Zeichen des Respekts die Coppola ab und erklärte ihm, wie er zu dem Ort gelangte. Dort steckte nur ein Kreuz aus Holz in der nackten Erde. Doch ringsumher lag eine Unmenge frischer Blumen. Die brachten ihr die Menschen aus dem Ort, das war klar. Sofort fasste er einen Entschluss. Seine Mutter würde ein richtiges Grab bekommen.

Er ging zurück zum Friedhofswärter. «Was muss ich tun, um eine Grabstätte zu kaufen?»

«Morgen früh ins Gemeindebüro gehen. Sie öffnen um neun.»

Er beschloss, an diesem Abend noch nicht nach Palermo zurückzufahren, wie er es eigentlich vorgehabt hatte. Er würde in der Kanzlei anrufen und sich zehn Tage freinehmen.

Spampinato erwartete ihn im Café.

«Wollen wir über den Verkauf des Grundstücks sprechen? Da Sie doch heute Abend schon wieder abfahren …»

«Vorerst fahre ich noch nicht. Ich möchte meiner Mutter einen richtigen Grabstein kaufen.» Er merkte gar nicht, dass er im Dialekt sprach.

«Ein guter Sohn! Ich lasse Ihnen einen Stein gratis anfertigen! Und jetzt gehen wir in den Verein, da weiß keiner, wer Sie sind, das wird eine schöne Überraschung!»

Im Verein waren fast alle Spieltische besetzt. Manche spielten Briscola, andere Scopone mit zehn Karten, wieder andere Tresette, Rommé oder Poker.

«Darf ich kurz um Ihre Aufmerksamkeit bitten», rief Spampinato in die Menge.

Alle Anwesenden blickten zu ihnen auf.

«Ich habe die Ehre, Sie mit Benvenuto, dem Sohn von Amalia Privitera, unserer kleinen Madonna, bekannt zu machen!»

Erst gab es Ausrufe der Überraschung, dann erhob sich ein Applaus.

«Jetzt gehen wir von Tisch zu Tisch, und ich stelle Sie allen vor.»

Sie begannen mit dem Rundgang. Einer gab ihm die Hand, einer umarmte ihn, ein anderer küsste ihn … Sie kamen an einen Tisch mit vier älteren Männern.

«Signor Umberto Sparma, Dottore Pirrotta, Signor Filiberto Micciché und der Ragioniere Benedetto Lodato.»

Als er diese Namen hörte, lächelte Benvenuto, beugte sich vor und sagte leise:

«Sparma am Montag, Pirrotta am Dienstag, Micciché am Donnerstag und Lodato samstags. Richtig?»

Da geschah etwas sehr Merkwürdiges.

Wie von der Tarantel gestochen, sprang Umberto Sparma auf, schloss die Augen und sackte ohnmächtig in sich zusammen, während Dottore Pirrotta zur gleichen Zeit eine Art elektrischer Schlag ereilte, da er mit weit aufgerissenen Augen zu zittern begann, derweil Filiberto Micciché die Karten auf den Tisch warf, aufsprang und aus dem Verein stürzte, wohingegen Benedetto Lodato, anscheinend ebenfalls auf der Flucht, stolperte, gegen einen Tisch stieß, ihn umriss und dabei aus unerfindlichen Gründen schrie: «Hilfe! Hilfe!»

Vier Tische weiter erschrak der Commendatore Farlacca, der unter der fixen Idee litt, eines Tages verkohlt in einer Feuersbrunst sterben zu müssen. Denn sein erster Gedanke war, jetzt sei der Moment gekommen, und er schrie: «Feuer! Feuer!»

Augenblicklich hob ein allgemeines Rennen und Flüchten an, ein Schubsen, Stoßen und Drängeln in einem schrecklichen Wirrwarr aus Geschrei, Weinen, Fluchen, Gebeten und Verwünschungen. Sämtliche Vereinsmitglieder liefen zur Treppe, die sie fallend und rollend hinunterstürzten, um draußen auf der Straße weiterzulaufen und verzweifelt zu schreien: «Der Verein brennt!»

Nach einer halben Stunde war die Feuerwehr aus Montelusa da.

Benvenuto kam natürlich niemals auf die Idee, seine Worte könnten dieses Durcheinander ausgelöst haben, im Gegenteil, er ließ sich restlos von der Erklärung überzeugen, die Dottore Pirrotta den Mitgliedern gab, als die Aufregung sich gelegt hatte. Nämlich, dass es ein leichtes Erdbeben gewesen sei, das nur er und Sparma gespürt hätten, da sie für dergleichen Phänomene besonders empfänglich seien. Der Rest sei ein Missverständnis gewesen, sie hätten sich gegenseitig mit ihrer Angst angesteckt. Benvenuto konnte sich allerdings nicht erklären, warum der

Dottore ihm während seiner Rede von Zeit zu Zeit böse Blicke zuwarf.

Angesichts der allgemeinen Nervosität und Erregung hielt Benventuo den Moment jedenfalls nicht für geeignet, den Dottore und seine Freunde nach einer Erklärung für die Worte auf dem karierten Blatt zu fragen. Er würde es zu einem geeigneteren Zeitpunkt nachholen.

Spampinato lud ihn ein weiteres Mal zum Essen in seinem Haus ein.

Und dort erklärte er ihm, wie und warum Sparma, Pirrotta, Micciché und Lodato zu den Vorsitzenden eines Bürgerkomitees für das jährliche Gedenken an Amalia Privitera gewählt worden waren. Erstens, weil sie die wohlhabendsten und einflussreichsten Personen im Ort waren, zweitens, weil sie Amalia besonders ergeben waren. Sie brachten frische Blumen an ihr Grab, ließen jedes Jahr an ihrem Todestag eine feierliche Messe lesen, sie hatten einen Wettbewerb für eine Statue ausgeschrieben, sie organisierten Pilgergänge zu ihrem Häuschen …

«Werden Sie das Haus abreißen, wenn Sie das Grundstück kaufen?»

«Nie und nimmer!», antwortete Spampinato entrüstet. «Das Häuschen und den Brunnen rühre ich nicht an! Das sind Heiligtümer! Wenn ich das täte, würden die Vigateser mich umbringen!»

Er begleitete Benvenuto in sein Hotel. «Was haben Sie heute noch vor?»

«Ich ruhe mich aus, dann mache ich einen Spaziergang zu den Tempeln, die ich noch nicht kenne.»

«Ich komme mit Ihnen!»

Spampinato wollte ihn keinen Moment lang allein lassen. Er fürchtete, seine Kollegen könnten Benvenuto für den Verkauf des Grundstücks bessere Angebote machen. Diesen Knochen hatte er als Erster gewittert, und er wollte ihn keinesfalls anderen Hunden überlassen.

Noch am selben Sonntag fand gegen fünf Uhr nachmittags im Haus von Filiberto Micciché, der Witwer war und dessen Kinder weit weg wohnten, eine außergewöhnliche Versammlung der Vorsitzenden des Komitees für die jährlichen Gedenkfeiern zu Ehren von Amalia Privitera statt.

Anfangs gestaltete sich die Sitzung etwas turbulent, weil jeder der Anwesenden den anderen vorwarf, ihm verschwiegen zu haben, dass sie ebenfalls etwas mit Amalia gehabt hatten.

«Lassen wir diese über zwanzig Jahre alten Geschichten doch ruhen und sprechen wir über ernste Dinge!», sagte Micciché. «Fest steht, dass der Junge alles weiß. Er kann uns erpressen, wie und wann er will. Er hat uns in der Hand, und das hat er uns mit diesem boshaften Lächeln klar und deutlich zu verstehen gegeben.»

«Aber wie hat er es bloß erfahren?», fragte Sparma.

«Darüber habe ich lange nachgedacht», sagte Pirrotta. «Amalia konnte lesen und schreiben. Möglich, dass ihr Sohn ein Papier gefunden hat, wo sie unsere Namen und die Tage verzeichnet hatte, an denen jeder von uns sie besuchen ging. Und wenn es schriftliche Zeugnisse gibt, meine lieben Freunde, dann sind wir alle erledigt.»

«Hört mal», sagte Sparma. «Das denke ich auch. Wenn wir ihm nicht geben, was er von uns verlangt, wird er uns sicher anzeigen, und das gibt einen Skandal. Dann bin ich als Präsident der Vereinigung katholischer Männer ruiniert. Und du auch, Filibè, als Präsident des Wohltätigkeitsvereins für verlassene Kinder.»

«Blödsinn, ich bin von gar nichts Präsident», erwiderte Pirrotta. «Aber wenn meine Frau erfährt, dass dieser Junge mein Sohn sein könnte, erschießt sie mich garantiert.»

«Wenn es darum geht, so werden wir hier alle einen Kopf kürzer gemacht», erklärte Sparma.

«Du übertreibst!», tadelte ihn Lodato.

«Ich übertreibe? Man wird uns lynchen, Verehrtester! Wenn herauskommt, dass die vier Vorsitzenden des Komitees für Amalia, die Heilige, auch ihre Liebhaber waren und einer ihr sogar ein Kind gemacht hat, wird das sehr böse enden, so viel ist sicher!»

Ein drückendes Schweigen trat ein.

«Ich hätte eine Idee», sagte Pirrotta plötzlich.

«Und die wäre?», fragte Micciché.

«Morgen früh fahren wir alle nach Caltanissetta und sprechen mit Seiner Exzellenz, dem Bischof. Wir schildern ihm die Lage. Sagen die ganze, nackte Wahrheit. Wir kennen ihn seit Ewigkeiten, er ist unser Freund, für uns ist er immer noch Padre Girlanno, ein ergebener Anhänger von Amalia. Erinnert ihr euch noch, wie erschüttert er am Tag der Beerdigung war, der Ärmste? Er kann uns bestimmt einen guten Rat geben.»

«Aber wenn wir ihm gestehen, dass Amalia … na ja, dass wir mit ihr … fügen wir diesem heiligen Mann dann nicht einen furchtbaren Schmerz zu?», gab Lodato zu bedenken.

«Lieber sein Schmerz als unser Ruin!», sagte Pirrotta.

Seine Exzellenz, der Bischof Girlanno Burrera, erfuhr, dass die vier gewohnheitsmäßige Liebhaber von Amalia gewesen waren, als er gerade seinen Milchkaffee trank. Es war sieben Uhr morgens, und die Messe soeben beendet.

«Na, bravo!», sagte er mit kühlem Sarkasmus.

Und fügte nichts hinzu. Die vier, die eine saftige Moralpredigt erwartet hatten, fühlten sich erleichtert. Unterdessen hatte Seine Exzellenz sich ein gekochtes Ei gepellt.

«Warum verspürt ihr auf einmal das Bedürfnis, mir das zu beichten?»

«Weil vorgestern der Sohn von Amalia in Vigata angekommen ist», erklärte Pirrotta.

«Aha!», machte Seine Exzellenz, der Bischof, und biss in das Ei.

«Und er weiß alles über uns und seine Mutter», fügte Sparma hinzu.

Der Bischof verschluckte das ganze Ei, das ihm in die falsche Kehle geriet, worauf er furchtbar zu husten begann.

«Er hat uns die Wochentage genannt, die für jeden von uns reserviert waren», ergänzte Micciché.

«Sicher hat er etwas Schriftliches von Amalia gefunden. Und vielleicht gibt es andere Namen, die er noch nicht genannt hat», sagte Lodato.

«Er kann uns nach Belieben erpressen», schloss Pirrotta. «Denn jeder von uns kann sein Vater sein.»

Nun wurde Seine Exzellenz erst leichenblass, dann lief er rot an, daraufhin färbte sich sein Gesicht grünlich, und zuletzt bekam er einen weiteren Hustenanfall, spuckte den Orangensaft, den er gerade trank, auf die vier, erhob sich, um ins Bad zu laufen, kam aber nicht rechtzeitig dort an, so dass er alles, was er gegessen hatte, auf den kostbaren Teppich im Salon erbrach.

Die vier wechselten verwunderte Blicke und hatten alle denselben Gedanken. Womöglich hat auch Padre Girlanno vor zwanzig Jahren …

Das erste Dokument, das der Angestellte im Einwohnermeldeamt Benvenuto am selben Morgen überreichte, war seine Geburtsurkunde.

Privitera Benvenuto, Sohn der verstorbenen Amalia,
Vater unbekannt, geboren in Vigata am 3. August 1926 …

Wie hässlich das in seinen Ohren klang, dieses «Vater unbekannt», jetzt, da er begonnen hatte, seine Mutter kennenzulernen!

Danach musste er in ein anderes Büro im Rathaus gehen, um einen Antrag auf den Erwerb einer Grabstätte zu stellen.

Als er hineinging, traf ihn der Blitz.

Die Kleine, die da lesend vor dem Fenster stand, war genau das Mädchen, das er sich immer als seine Frau vorgestellt hatte. Er spähte auf ihre Hand. Sie trug keinen Ring.

«Sie wünschen?», fragte sie.

Was für eine schöne Stimme! Bezaubernd!

«Sie wünschen?», wiederholte das Mädchen lächelnd.

Gütiger Himmel, was für ein Lächeln! Strahlend, dass es ihn blendete!

«Sind Sie stumm?», fragte die Kleine maliziös und fing an zu lachen, weil sie verstanden hatte, warum der junge Mann wie vor den Kopf geschlagen dastand.

Benvenuto überlegte derweil, dass das, was ihm gerade passierte, ganz sicher wieder ein Wunder seiner Mutter, dieser heiligen Frau, war. Dann sprach er. «Ich bin Benvenuto Privitera, der Sohn von Amalia.»

«Willkommen», sagte das Mädchen.

Sie reichte ihm die Hand. Benvenuto ergriff sie und ließ sie nicht mehr los. Das Mädchen lächelte immer noch und zog ihre Hand nicht zurück. Dann setzten sie sich und fingen an, miteinander zu reden, als würden sie sich seit je kennen.

Bei Tisch berichtete Spampinato, Dottore Pirrotta habe ihm mitgeteilt, dass der Bischof von Caltanissetta Benvenuto noch an diesem Nachmittag um fünf Uhr zu sehen wünschte. Benvenuto wunderte sich. Was mochte der Bischof von ihm wollen? Spampinato erklärte ihm, dass der Bischof Don Girlanno viele Jahre lang Pfarrer der Kirche von Vigata war, in die Amalia immer ging, außerdem sei er ein glühender Anhänger von Amalia gewesen und jetzt der wichtigste Förderer des Komitees für die Gedenkfeiern. Natürlich schloss er mit den

Worten: «Ich begleite Sie. Wir müssen um halb vier abfahren.»

«Erst muss ich ins Hotel, um etwas zu holen», sagte Benvenuto.

«Mein Sohn!», rief Seine Exzellenz aus und umarmte ihn.

Er musterte ihn aufmerksam, nein, Gott sei Dank, der Junge sah ihm überhaupt nicht ähnlich, das konnte nicht sein Sohn sein. Er tat einen Seufzer der Erleichterung. «Setz dich, setz dich, ich muss mit dir sprechen.»

«Wenn Ihr erlaubt», sagte Benvenuto, während er sich setzte, «möchte ich Euch das hier geben.»

Und er reichte ihm die Fotografie, die seine Mutter als Madonna gekleidet zeigte.

Der Bischof nahm sie, drehte sie um, las, was auf der Rückseite geschrieben stand, und gab sie ihm zurück. Äußerlich blieb er ungerührt, doch in seinem Innern tobte ein Sturm. Sparma und Konsorten hatten recht, der Mann konnte sie alle ruinieren. Ihn selbst zuallererst.

«Mein Sohn, du musst verstehen …», hub er an.

«Behaltet sie, wenn Ihr möchtet, ich schenke sie Euch», unterbrach ihn Benvenuto.

Seine Exzellenz wunderte sich. Er wollte ihm eine so mächtige Waffe überlassen, warum das? «Hast du dir eine Kopie machen lassen?»

«Nein. Warum sollte ich?»

Der Bischof sah ihm in die Augen. Benvenutos Augen waren klar, ehrlich, arglos. Wie die Augen seiner Mutter. Schlagartig begriff er, dass der Junge nicht das Geringste von Amalias Doppelleben wusste und nicht die Absicht hatte, irgendjemanden zu erpressen. Es war ihre eigene Gemeinheit, ihre moralische Verkommenheit, die die Unschuld dieses jungen Mannes besudelt hatte. Er schämte sich. Und fasste einen Entschluss.

«Danke, aber ich kann dein Geschenk nicht annehmen. Du bist ein großzügiger junger Mann. Ja, ich habe dieses Foto von ihr gemacht, am Tag der Unbefleckten Empfängnis. Hast du noch mehr von deiner Mutter gefunden?»

«Ja, Eccellenza, ein Foto, als sie sechs Jahre alt war, und dieses Blatt Papier, wo auch Euer Name steht.»

Er zog es aus der Tasche und gab es ihm. Seine Exzellenz las es und lächelte. Er musste unbedingt jeden Verdacht zerstreuen, nicht für sich, sondern für das Wohl dieses Jungen.

«Weißt du, was die Namen und die Tage auf diesem Papier bedeuten?»

«Ich habe nicht die geringste Ahnung, Eccellenza.»

«Das waren die Wochentage, an denen Amalia all ihre Gebete einem von uns widmete. Und wir haben ihr jeden Monat eine kleine Spende gegeben. Einen Teil davon hat sie gespart. Das ist das Geld, das dir dein Studium ermöglicht hat.»

«Und diese Anspielung auf den Mond?»

Der Bischof war ein Meister auf seinem Gebiet und fand prompt eine Erklärung. «Sie pflegte zu sagen, dass sie den Mond hatte, wenn sie sich zum Beten nicht inspiriert fühlte.»

«Ich verstehe», sagte Benvenuto.

«Und jetzt», fuhr Seine Exzellenz fort, «mache ich dir auch im Namen der anderen vier von deiner Mutter so huldreich begünstigten Männer einen Vorschlag, den wir heute Morgen abgesprochen haben. Du lässt dich in Vigata nieder, wir schenken dir ein schönes Haus, eröffnen für dich eine Anwaltskanzlei und helfen dir, schicken dir Klienten … Wenn du einverstanden bist, sichern wir dir deine Zukunft. Was sagst du dazu?»

Was für eine außergewöhnliche Frau meine Mutter doch gewesen sein muss, war Benvenutos erster Gedanke.

Sein zweiter Gedanke war, wie glücklich er sein würde, wenn er Franca, so hieß die Angestellte im Rathaus, zur Frau nehmen konnte.

Der dritte war, dass er zwar von einem unbekannten Vater abstammte, aber zum Ausgleich nicht weniger als fünf putative Väter gefunden hatte!

«Ich sage ja», antwortete er nur.

ANMERKUNG

Wie im ersten Band mit Geschichten aus Vigata sind auch in diesem zweiten Band mit acht neuen Geschichten die Figuren und die Situationen, in die sie geraten, das Produkt meiner Phantasie.

Darum muss jede Namensgleichheit mit Personen, die es wirklich gab (oder gibt), als purer Zufall betrachtet werden.

Nicht erfunden sind hingegen die Rituale, die Gebräuche, die individuellen und kollektiven Verhaltensweisen einer Zeit, die zwar der jüngsten Vergangenheit angehört, inzwischen aber schon sehr weit entfernt scheint.

A.C.

INHALT

Andrea Camilleri
bei Nagel & Kimche

Die Revolution des Mondes

Aus dem Italienischen von Karin Krieger
Roman. 320 Seiten, gebunden
ISBN 978-3-312-00602-1

Als 1677 in Sizilien der Vizekönig an Elephantiasis stirbt, reiben sich die königlichen Räte die Hände: Endlich können sie sich nach Herzenslust bereichern! Doch sie haben nicht mit der jungen Witwe gerechnet, der unfassbar schönen Elenora di Mora. Zielstrebig besteigt sie den Thron, und einen Monat lang lehrt sie die Höflinge, die korrupten Adeligen und Pfaffen das Fürchten.

«In knappen, pointierten Kapiteln schildert Camilleri die Regentschaft der jungen Vizekönigin, deren Schönheit die gesamte Umgebung erstarren lässt.» Maike Albath, *Neue Zürcher Zeitung*

Die Sekte der Engel

Aus dem Italienischen von Annette Kopetzki
Roman. 260 Seiten, gebunden
ISBN 978-3-312-00551-2

Zu Beginn des 20. Jahrhunderts werden in einem sizilianischen Dorf unverheiratete Frauen plötzlich schwanger. Der Polizeipräfekt soll dem Skandal auf die Spur kommen. Aber Klerus, Adel und Mafia des Ortes halten fest zusammen. Camilleri macht aus einem unglaublichen historischen Ereignis einen Thriller mit Witz und Tiefsinn.

«Man kann das Buch nicht aus der Hand legen, bevor man nicht die letzte Zeile gelesen hat.» Aureliana Sorrento, *SWR 2 Buchkritik*

Nagel & Kimche

Die Münze von Akragas

Aus dem Italienischen von Annette Kopetzki
Roman. 144 Seiten, gebunden
ISBN 978-3-312-00495-9

406 vor Christus wird Akragas, das heutige Agrigent, von den Karthagern zerstört. 1909 entdeckt ein Bauer eine antike Münze von damals, schenkt sie dem Amtsarzt, der verliert sie. Es folgt eine abenteuerliche Suche mit Dieben, Toten und Verdächtigen. Ein herrliches Buch über ein archäologisches Mysterium und das Schicksal eines unscheinbar kleinen Gegenstandes.

«Das Amalgam aus historischen Fakten und erzählerischer Phantasie ist ein reines Lektürevergnügen, das auch als Kommentar zur gegenwärtigen Finanzkrise gelesen werden kann.» *Der Spiegel*

Streng vertraulich

Aus dem Italienischen von Sigrid Vagt
Roman. 272 Seiten, gebunden
ISBN 978-3-312-00468-3

Die köstliche Geschichte eines eleganten Schlitzohrs und Frauenverführers, der eine mächtige Bürokratie austrickst: 1929 reist der Neffe des äthiopischen Kaisers Negus nach Vigàta in Sizilien, um zu studieren. Und die faschistische Diktatur versucht das für ihre Zwecke auszunutzen. *Streng vertraulich* basiert auf historischen Tatsachen und ist ein großartiges Lesevergnügen.

«Camilleri serviert seinen Lesern eine höllisch gewürzte Geschichte, die zeigt, dass der kaiserliche Spross nicht nur spielsüchtig, notorisch klamm und ein lüsterner junger Bock ist, sondern wie Blechtrommler Oskar auch den faschistischen Apparat der Lächerlichkeit preisgibt. Ebenso tiefgründig wie urkomisch.» Niklas Bender, *Frankfurter Allgemeine Zeitung*

Nagel & Kimche